一切还不算太晚

[英]简·艾萨克 著
李强 译

时代文艺出版社

图书在版编目（CIP）数据

一切还不算太晚 / (英) 简 · 艾萨克著；李强译.—长春：时代文艺出版社，2020.5
（杰克曼探案集）
书名原文: Before It’s Too Late

ISBN 978-7-5387-6234-1

Ⅰ. ①一… Ⅱ. ①简… ②李… Ⅲ. ①侦探小说 – 英国 – 现代 Ⅳ. ①I561.45

中国版本图书馆CIP数据核字（2019）第278475号

出品人 陈 琛
产品总监 邓淑杰
责任编辑 曾艳纯
装帧设计 孙 利
排版制作 隋淑凤

一切还不算太晚
[英] 简 · 艾萨克 著 李强 译

出版发行 / 时代文艺出版社
地址 / 长春市福祉大路5788号 龙腾国际大厦A座15层 邮编 / 130118
总编办 / 0431-81629751 发行部 / 0431-81629755 北京开发部 / 010-63108163
官方微博 / weibo.com / tlapress 天猫旗舰店 / sdwycbsgf.tmall.com
印刷 / 三河市万龙印装有限公司
开本 / 880mm × 1230mm 1 / 16 字数 / 196千字 印张 / 18.25 印数 / 4000
版次 / 2020年5月第1版 印次 / 2020年5月第1次印刷 定价 / 47.00元

图书如有印装错误 请寄回印厂调换

1

一阵低沉的轰鸣声惊醒了我，我感到附近有东西在摇动，像是婴儿床摇来摇去。

我咽了咽口水，缓慢地睁开双眼。眼前的事物我看得并不真切，模糊的黑影在远处一闪而过。

摇动持续着，我突然意识到，不断移动的正是我自己的身体。一阵疼痛感袭来。我用尽全力，也无法让身体保持静止，我的肢体完全失去了控制。

汗水顺着我的脖子流淌下来，画面愈发模糊，发动机发出轰鸣声。

黑暗无边无际。我坐在一辆没有窗户的车中前行着。

我努力地回想：乐曲的节奏声、嘈杂的谈话声中夹杂着阵阵欢笑。我的头垂在马桶上方。我的脸紧紧地贴在厕所隔间冰凉的瓷砖上。我从拥挤的、汗涔涔的人群中挤过，随着音乐律动，酒水四处溅落。我急需新鲜空气。汤姆的脸因愤怒而扭曲，他说话时咬着牙，下巴上的肌肉紧绷着。身后酒吧的门“砰”的一声关上。我独自遁入朦胧的黑暗，如释重负。发动机在我身后启动，不停震颤。

我的思绪支离破碎，模糊不清。我的记忆出现了空白，我在昏暗中努力地捕捉它们，而它们却游走在这片黑暗之外。

我的头愈发昏沉，脑中一片混沌。

车猛然停下，把我拉回现实。我被甩向前方，一阵刺痛感从脚底传到小腿肚。我无法移动，却仍能感受到这尖锐的刺痛。

引擎熄火了。车门打开的瞬间，发出刺耳的声响。一阵微风涌入，吹动着我的头发。

身边有窸窣的脚步声。一双手架在我的腋下，颈边传来温热的呼吸，我整个人被架起来，拖着走。

我用尽全力扭过头，发出了一声微弱的呻吟。

那个人立刻停下来，放开了我。

一块布捂在我的口鼻上，传来一阵恶心的甜腻气味。我绝望地试图挣扎，可四肢仿佛囿于一片泥沼。我感到天旋地转，动作越来越慢，意识逐渐远去，直至我的意识陷入了一片黑暗的深渊。

2

威尔·杰克曼督察[①]摇下车窗，吸了一口新鲜空气。暗夜如幕，摇曳在空中的群星窥伺着他。一只蛾子闯入车内，绕着仪表盘振翅飞舞，但他一概不管，一路驰骋，一心享受着迎面而来的清风掠过他的头发。

青草的甜美气息混着野生金银花的芬芳飘入车内。这样的香气在暗夜里总是更为浓郁，尤其是在凌晨两点到五点之间，道路上万籁俱寂，斯特拉特福德[②]的居民已然进入梦乡。此情此景让杰克曼想起了自己刚进警局的那几年，没日没夜地倒班工作，一有任务就得迅速应对。一入夜，整个气氛就会不一样，工作变得零散，但强度不减。同事们团结一致，随时支援。大家热情高涨，回到警局后就更活泼了，开开无伤大雅的玩笑，舒缓下压力，减少点儿疲惫。

---

① 英国警察警衔由高到低：警察局长（Chief Constable），副警察局长（Deputy Chief Constable），助理警察局长（Assistant Chief Constable），总警司（Chief Superintendent），警司（Superintendent），总督察（Chief Inspector），督察（Inspector），巡佐（Sergeant），警员（Constable）。

② 斯特拉特福德位于英国英格兰沃里克郡，是莎士比亚的故乡。

杰克曼把回忆抛到一边，继续前进，离开了身后的小镇，穿过了一条树木掩映下的隧道，前方的路面上铺着朦胧的树影。白天，沃里克公路地是河畔野生动物的天堂，徒步者和出游的家庭会在温暖的阳光下与鸭子们共享野餐。等到太阳西斜，鸟儿归巢，这里又恢复了宁静，除了偶尔会有渔夫路过的脚步声，以及猫头鹰的叫声，或是蝙蝠猛扑向猎物时的一声呼啸。

目的地就在眼前，他掉转车头驶入空荡荡的停车场，然后停下车。他穿过停机坪，走向河岸，路面上的柏油碎石在脚下嘎吱作响，在夜色中格外刺耳。

他看了一眼手表，凌晨两点。就是这里了，一周前，爱伦的尸体就漂浮在此处，和沿岸的芦苇丛挤在一起。

5月3日，星期六，爱伦· 里德曼把她的行李箱放入了自己黑色福特Ka轿车[①]的后备厢，然后坐进了驾驶位。她和室友挥手告别，咧嘴一笑，然后发动引擎，消失在了路的尽头。她本是要去科孚岛的阿姨家里度假一周，但据调查，她甚至连机场都未到过。

媒体随即呼吁证人挺身而出，全力还原爱伦生前的行踪。警方摄像头拍到她的车最后出现在驶离斯特拉特福德的A46公路上。然而，之后的一周里，除了一些见怪不怪的骚扰电话和唯一的目击者——其室友提供的线索，警方无从得知究竟发生

① 福特汽车的一种。

了什么。直到爱伦的尸体出现在了埃文河面上。

只要闭上眼睛，杰克曼依然能想象到她躺在那里的样子，就像个布娃娃一样被扔在一边。黑色的长发与日本虎杖[①]牢牢地绞在一起，像个拖把似的盖在她脸上。她穿的那件T恤紧紧地绷在泡涨了的身体上，一条牛仔短裙紧贴着大腿，双脚裸露着。杰克曼发出一声疲倦的叹息。爱伦的父母从离这儿不远的诺丁汉郡赶来确定这具尸体的身份。纸巾擦不尽二老脸上的泪痕，最小的一个女儿的死讯令这对夫妇悲恸欲绝。二十二岁，比杰克曼自己的女儿西莉亚没大几岁。

杰克曼双手插进口袋，瞥了一眼水面——风平浪静。病理报告显示，死者的身体浸泡在水中已经有一段时间了。大腿后侧的擦伤说明尸体可能曾经被固定在某个地方，而上周末的持续暴雨导致河水流量增加，于是将尸体冲了出来。

案件调查室刚一成立，警方的计算机就发现这起案件与两个月前发生在北安普敦郡农村内河上的女尸案情况相近。二十二岁的凯蒂·夏普在脖子上有相似的捆扎痕迹，她身上没有受到性侵的迹象。这和爱伦的情况真的很像。在一个遛狗人被夏普的尸体绊倒然后发现她之前，她的尸体也在水里被泡了一段时间。

杰克曼揉了揉自己的太阳穴。尽管两个郡都各自成立了案件调查室，两处相距也不过不到一小时的车程，但都没能找到

① 一种杂草，可沿河道生长。

犯罪动机，更别提嫌疑人了。两个取证组在两名死者的衣着、尸体和附近环境上花了不少工夫，但恐怕线索都已经被河水冲走了。

案件的调查代号为“天空行动”。而现在，侦查陷入困境，仿佛空中有云层翻涌，挡住了所有能透出光亮的缝隙。这种讽刺在他身上应验了。

杰克曼捡起一块石头掷向水面，看着它在水面上跳了两下后消失不见，然后转身向自己的车走去。

3

第二天早晨，当杰克曼从运动裤口袋里掏出后门钥匙摸索着开锁时，女儿开玩笑设置的冒泡铃声响了起来。与此同时，四岁的棕色拉布拉多犬埃里克正在他腿边上蹿下跳，系在项圈上的狗绳随之四处乱甩。最后，锁终于打开了。他一边推着把手开门一边从厨房桌上抓起手机。

“您在哪儿呢，长官？”对方特意加上“长官”二字，试图稳住另一头的混乱局面。

杰克曼立刻听出这是侦探安德鲁·基恩粗哑的声音。“早上好。”他瞥了一眼表，八点三十分。“我在去北安普敦的路上呢，一会儿就到了。怎么了？”

“警司找您，说有急事。”

杰克曼猛地前冲试图伸展僵硬的小腿肌肉，却没有达到预期效果。由于睡眠不足，他的肌肉依旧僵硬紧张。“什么事？”

“一桩失踪案。”

“什么失踪案？”

“一个女孩儿失踪了，是个二十岁的学生。警司要你尽快过去参加新闻发布会，估计闹得挺大。”

杰克曼抬起袖子抹了一把额头的汗水。“目前有什么线索？”

“失踪者为女性，中国留学生，就读于埃文河畔斯特拉特福德学院，叫李敏。今天凌晨两点接到失踪报案。失踪前曾和男友发生争执，随后离开了位于罗瑟街和格林希尔街交会处的老茅屋酒吧……”电话那头传来笔记本翻页的声音。“当时大约晚上十点三十五分。之后，她男友手机联系不上她，就去她学校公寓找，并把情况告诉了她的室友。他们今天凌晨两点时报了警，当时已经给她所有朋友打了电话，但还是找不到人。碰巧我当时在刑事调查局值夜班，就过去帮忙了。”

杰克曼走到洗手台边倒了一杯水，边听边喝了一大口。“有她的个人信息吗？”

“不多。我们调查了她和她男友，没什么记录。只知道她去年9月来这里参加商学课程，来自北京。”

“她男友呢？”

“跟他聊过了。他说昨晚他生日，两个人和一群朋友庆生，但自从她离开酒吧后就再没见过。”

杰克曼俯下身，一边系运动鞋鞋带一边问：“有目击者吗？”

“检查了当地的闭路电视摄像头，拍到她在罗瑟街角处转弯进入格林希尔街，可能是在回学校的路上。之后她在格林希尔街和奥尔斯特路之间消失了。那段时间有几辆车经过附近，我们正在全力追踪。但破闭路电视监控录像像素太渣，得处理过才能看清车牌号。”

杰克曼思索片刻。“有没有可能她只是想一个人安静一下？”

“我可不这么认为。鉴于目前的状况，我们开展了彻底的调查。好在昨晚很安静，大多数值班人员也很配合调查。据例行调查，她没有车，所以我们又调查了火车、大巴和出租车公司，都没有她的下落。虽然昨晚当地没有事故记录，但我们也询问了医院，并没有接诊中国女性的记录。”

“她的手机定位呢？”

“关了。”

这个案子必须交给基恩，他工作一向卖力。杰克曼在心里叹了口气。由于招聘流程变化，之后签约周期又可能缩短，像基恩这样的警官越来越少了。

“还有，”基恩继续说，“我们从她学校里的朋友那儿了解到，李敏很用功，但她今天早上七点没去辅导课。我们还通过学校里一位口译员和她在中国的父母进行了沟通，因为只有她爸会讲点儿英语。他们也不知道她上哪儿去了。上次联系她是周末，他们每周那个时候都会打电话聊聊近况。相信我，这绝不是一桩普通的失踪案。”

谢过基恩，杰克曼挂了电话，将杯中的水一饮而尽。他踢掉鞋，打电话给警司艾莉森·贾纳斯。听着拨号键的声音，他脑海中浮现出艾莉森此刻的形象：留着棕色刘海儿的蘑菇头下一张愚蠢的面孔格外突出，新案子一来，急得五官都挤成了一团。

第二声铃响后她便接起了电话，似乎正等着他来电。“女孩儿失踪的案子听说了吧？”

“嗯。”

“好，我要你接手调查。”

杰克曼一激动，眉头又紧蹙了起来。“长官，我现在手上有个谋杀案忙得很，今早还要去北安普敦和凶杀调查小组开会，要不找别人吧？”

“不行，人手已经够紧张了。你不在，首席探员雷利还得一个人应付‘天空行动’，有线索跟他讲。目前，这两个案子得分开处理。斯特拉特福德可能有连环杀手在逃的消息会让媒体炸开锅，更别提公众那边了。好了，一小时后在罗瑟街车站见，确保实时跟进。十二点有新闻发布会，明白吗？”贾纳斯毫不掩饰语气中的懊恼。

“好吧。”

“别忘了领带，新来的警察局长很在意这个。”电话那头断线了。

杰克曼盯着手中的电话。即便是迫于里德曼案件的压力，她如此在意一桩失踪案件还是令他费解，不过这倒是刺激他赶紧行动。沃里克郡每年失踪人数远低于全国平均水平，一般来说，警员处理失踪人口，资源则优先服务幼儿和老年人，而一个二十岁的学生通常不在这一范围内。

电话又响了。他扫了一眼屏幕，是雷利。

“在吗？”

“嗯。”

“我今早得和北安普敦郡凶杀小组开会，要了解一下情况。”

杰克曼闭上眼，用另一只手的拇指和食指搓着鼻梁。“我们在寻找两位受害者的联系。已知她们被害方式类似，但还需要比对被害调查结果。如果能找到两者的私人联系，比如共同联系人、相似兴趣或都去过的地方，那么就能加强两起案件的联系并指向同一个杀手。”

“然后？”

“这能为我们提供动机和新的线索。”

“你们不能邮件交流吗？”

“已经邮件交流过了。会上能和调查人员交流，回顾目击者证词、电话录音和信用卡交易记录并带回相关证据的副本。”电话那头沉默了，杰克曼继续说道，“我今早多半帮不上忙。你十点半要在北安普敦郡总部会见首席侦探史蒂芬森。如果忘了什么，我桌子最上面抽屉里有日志，所有信息都有记录。”

放下电话，杰克曼感觉大腿一侧被猛地撞了一下。埃里克正像一头发狂的羚羊乱窜，等不及要吃早餐。杰克曼倒了满满一碗令人毫无食欲的干狗粮，留下埃里克独自狼吞虎咽。

沿楼梯上楼，走进浴室，他的心思又回到了那名失踪女子身上。贾纳斯说得没错，无论发生了什么，不找到人外界就会纷纷猜测，流言四起。对媒体而言，这将是奔波的一天。沃里克郡的警力配备全英最少，而斯特拉特福德一直是一个平静美丽的小镇，向来少有重大犯罪案件。当初女儿还小时，他就从伦敦北部举家迁居于此，这也是原因之一。

即便是夜晚，在斯特拉特福德小镇中心袭击单身女性也有风险。他脑海中浮现出老茅屋酒吧。这家酒吧位于集市广场对面，离剧院和附近酒馆有段距离。确实，多数一日游的旅客、购物者都是冲着莎士比亚的景点来的，那个点应该早回去了，而且周一晚上交通应该也不算繁忙，但肯定还有些人在附近闲逛吧？他们都可能是潜在目击者。或许她当时在回酒吧与男友和解的路上，却消失在了市中心无数蜿蜒曲折的小路中的一条中？

十分钟后，杰克曼正站在起居室中，弯腰在火炉上方的镜子中打量自己。突然，他听到信箱啪一声关上了，有东西掉到了地毯上。埃里克抬起头，睡眼惺忪地朝门的方向瞟了一眼，又垂下了头。真是当之无愧的看门狗。

杰克曼一边系紧袖扣，一边走到门厅。他弯下腰，拿起一个粉色的信封打开。

收件人是“爱丽丝·杰克曼女士”。他盯着这个名字看了一会儿。当然了，周四是她的生日。

站在门边时，他的肩膀碰到了墙上的翻页相框。相框摇晃着击打石膏墙面，啪啦作响，他抬手去扶才停下来。一张由许多小照片镶嵌而成的拼图相片滑落了下来。他的目光扫过上面一张张家庭度假照片和几年前他在伦敦北部参加马拉松冲过终点线的照片，停在中央那张小小的快照上。那是他和妻子在婚宴上的一张照片。她浅金色的头发和他经过精心修饰的栗色披散长发形成了鲜明对比。他们的手腕紧紧缠绕在一起，做出举杯共饮的姿势。镜头捕捉到了这一瞬间：照片中央，两个人笑逐颜开，双眼在闪光灯下闪烁着幸福的光芒。杰克曼又看了一眼信封，认出那是爱丽丝母亲细长的笔迹。为什么要这么做？她明知爱丽丝永远也不会打开这封信，她再也不会打开任何信了。他把信塞进口袋，拿起钥匙，走出了家门。

4

我在寂静中醒来。周围是一片厚重的，令人窒息的寂静。

痛。我的肩，我的背，我的腿，都很痛。我侧着身，像胎儿一样蜷成一团。我换了个姿势，浑身一颤，四肢感到刺痛无比。我睁开双眼，一道光线刺向我的瞳孔，我立刻闭上了眼睛。我在哪儿？在医院？

不，这里的地板像砂纸一样坚硬粗糙，我的身上没有被子。我揉了揉额头，用手挡在眼睛前，小心翼翼地再次睁开了双眼。黑暗。我仿佛置身于黑暗的洞穴中，只有一小束光从头顶照下。我闻了闻，泥土的气息里混着甜味，像是暴风雨过后回家路上的树林的味道。

我舒展开皱巴巴的身体，疼痛在每一块肌肉间传递。地面划伤了我，它不像泥土那样柔软，而更像是混凝土。

我坐了起来，不由自主地哆嗦了一下。刹那间，一股潮气侵入我的骨髓。我觉得冷极了，这是一种令人难以忍受的寒冷。

我眨了好几下眼，渐渐习惯了自上而下洒落的光亮。这是一个近似立方体的盒子，每条边有大概四米宽。远处的角落里有两三个褪色的布袋，上面积了一层落叶。墙壁坚硬且粗糙，一个盖上的金属格栅挡住了上方唯一的出口，但这里没有窗。

恐惧和恶心吞噬了我。

我拽着夹克，把双腿缩到胸口。擦伤的膝盖在破碎的裤子下清晰可见。我伸手摸了摸一个膝盖，揭下了上面的一块皮。

我怎么会在这里？我眨眨眼睛，试图回想起什么：轻柔的一击……移动车辆的低鸣……四肢麻木……我动了动手指和脚趾。它们都能动，但面对周遭环境，这也没能让我得到多少安慰。我的手脚并没有被绑在一起，我可以四处随意移动，但仅限于这个黑暗的“盒子”。

我的脑袋越来越疼。我抬起一只手摸了摸头发，都打了结，乱蓬蓬的。当我想解开几缕纠缠在一起的头发时，我能明显闻到一股呕吐物的气味。

一阵疲惫感蔓延开来，最终击败了我，让我失去了一切识别力，然后再一次向黑暗投降。

5

“斯特拉特福德学院有三百多名留学生。”

杰克曼注视着安德鲁·基恩。基恩的绿色衬衫在他的大肚腩上绷紧，与淡紫色的编织领带一点都不搭。他总能让自己看起来像是摸黑穿衣服的，但同事和伙伴们的嘲笑并不会让他烦恼，似乎没有任何事能让基恩烦恼。

“所以，这是一场安抚行动。”贾纳斯说道。罗瑟街警局的会议室里，他们三人围坐在一张椭圆形的桌子旁。夹板桌面反射着清晨的阳光。会议室的角落里孤零零地立着一个档案柜，一大堆浅黄色的文件在上面摇摇欲坠。

“看上去是的，”基恩继续道，“校长今天一大早就来了。他刚应付完本地记者的一大通电话，现在正愁家长们会担心安全问题而把学生们接走。”

“所以这也在郡警察局长的职责范围内，”贾纳斯说道，“显然，《斯特拉特福德邮报》今天一大早就给他的私人号码打了电话。天知道他们是怎么知道这个号码的。”她哼了一声。“当然，电话转接到了我这里。”

杰克曼揉了揉额头：“媒体是怎么知道整件事的？”

基恩耸了耸一边的肩膀。“很可能是学院里有人把它散布到了社交媒体上，也许是一名学生，这些人一旦嗅到了警察的气味，就找到了曝光自己的机会，现如今好像人人都想出名，我都奇怪怎么没人用手机拍下她房间的照片。”

“不要说得太快，”贾纳斯说，她把眼镜往鼻梁上推了推，然后转向杰克曼，“确保警局这边能平息这事，可以吗？”

“当然。”杰克曼长吸一口气，房间里安静了下来。“我们应该保持低调，”他边说边吁了口气，“向媒体发表声明，表明我们正在认真处理这件事。这个案子必然会被拿来和里德曼一案进行比较，特别是里德曼在尸体被发现前失踪了几天。在这个阶段，我们必须反驳两个案子之间存在任何联系，好让媒体和公众关注李敏，追踪她最后的行踪。”他说话时眼睛盯着空中。“少在学院里出现。现在才刚开始——我们需要先弄明白我们的行动目标。”

贾纳斯点点头。“我同意，我们可不想看到警局门口挤满了外国记者，学院里就只派便衣警察，这样更谨慎些，不会制造恐慌。”

一阵敲门声让所有人的目光都投向了会议室的入口。门开了，D. C. 凯瑟琳 · 拉塞尔的心形面孔出现在了大家面前。拉塞尔给了杰克曼一个微笑，然后对警司说：“女士，有电话找您。”

贾纳斯起身，“到新闻办公室给朱迪·皮尔森透露点儿近况，可以吗？让她起草一份声明，告诉他们我们只回答三到四个问题，说话要小心，我们不能给公众任何猜测的空间。”她看了眼手表，“十一点三十分再到这里见你。”

杰克曼点点头，看着她冲出会议室进入走廊。每走一步，她的鞋跟都在油毡地板上嗒嗒作响。

他转向基恩。“好吧，我认为我们需要让那位男朋友回来。”

“他就在楼下，我正准备问话。”

杰克曼盯着基恩的黑眼圈。“你连续工作多久了？”

基恩瞥了一眼时钟。“十四个小时，差不多吧。”

杰克曼扬起了眉毛。

“还有最后一项任务，”基恩说着眨了眨眼，“这次你可别拒绝我。”

“好，我会跟你来的。你完成了就回家。”

他们收起笔记，出门走进了走廊，就在要转弯的时候，杰克曼听到身后传来了熟悉的声音：“早上好，先生，你看起来一如既往的干劲十足！”

杰克曼转过身，微笑地看着这个修长健美的身影越走越近。每当受到女性的恭维，杰克曼总能感受到令人不舒服的生硬感觉，但D. S. 安妮·戴维斯却总能做到与众不同，这或许就是杰克曼如此喜欢她的原因。她用明显的泰恩赛德口音说话能让人感受到一种有趣的真诚。

他转向基恩。“我一会儿在楼下见你。”

基恩点点头，向戴维斯颔首致意，然后走开了。杰克曼面向戴维斯，他的眼睛捕捉到了她领子上的白色斑点。“谢谢你，安妮，我也很想念你。”

她注意到了他的目光，舔了舔拇指，然后擦了擦那块斑点。“该死的！”

杰克曼笑了。“第一天回来？”

她抬头看向他，又抬起眼睛望向天花板，但她的脸庞像圣诞节时的孩子一样闪闪发光。“对！然后直接进入了案件调查室。”

杰克曼亲切地笑了笑。安妮和她的丈夫约翰一直以来都是典型的“丁克”警察夫妇——两个人都沉迷于运动和度假，直到她发现自己都快四十岁了，然后去年发现自己怀孕了。在过去的十二个月里，他怀疑这两个人在生活上所发生的变化是超乎她想象的。“你能帮得上我的。小家伙怎么样？”

她挤出一个笑容。“吵，但很可爱。你呢？西莉亚怎么样？”

“她很好，这些天很少见她，她在南安普敦大学。”

“她终于开始了海洋生物学的课程。”安妮赞许地点点头，“真是个聪明的女孩儿。”杰克曼突然想起了口袋里的那张卡片，他把手滑进口袋，手指游走在它的边缘。“实际上，她这周晚些时候会回来。”

“那太好了。”

远处的一声撞击引起了他们的注意。“噢，上帝啊！”

安妮翻了个白眼，“没有什么能赶得上一群警探重新摆放家具了。”

杰克曼大笑了一声。“谢谢你把所有事情都安排好了。”他伸出手，拍了拍她的肩膀。“你能回来真好。”

6

杰克曼挠了挠太阳穴，而后盯着李敏男友汤姆的棕色眼睛说：“让我们从头开始，好吗？”

在过去的二十分钟里，杰克曼一直安静地坐着。基恩询问了汤姆李敏失踪的事情，尽管徒劳无果。汤姆说昨晚一直和朋友们在一起，坚持说不知道李敏会去哪里。她似乎极少走出校园。

杰克曼探身向前，等着汤姆和他对视：“你为什么不跟我聊聊李敏呢？”

汤姆把手指插进头发里，像是在梳头，他问：“你想知道什么？”

“你认识她多久了？”

“她9月份刚刚入学来上预科。”

“她学了些什么？”杰克曼其实已经知道答案了，但是汤姆那不自然的肢体语言，引起了杰克曼的注意：汤姆不断地摸自己的头发，挠自己的后脖颈，在椅子上坐不安稳。

“她正在上商科基础课程，她想在英国大学继续深造。”

“你们什么时候认识的？”

“在新生周，就在学校里。她很随和，容易打交道。”

“怎么说？”

汤姆眯起眼睛：“她和其他中国学生不一样。他们中的大多数总是抱团，有自己的小团体，很少与其他人混在一起，而李敏不同。她想在完成预科课程后留下来，成为一名会计师，定居在这里。”

杰克曼靠着椅子，问：“她不会想念她的家人吗？”

“我想会的，她曾经提到她的母亲，她们很亲近，她经常给母亲打电话。她父亲有一家制造工具的工厂。”

“你能给我讲讲她父亲的生意吗？”

汤姆咬着嘴唇，扭了扭身子说：“不太能。”

“你告诉我们的任何事情都让我们更有可能找到李敏。”

汤姆犹豫了一下，然后向前倾了倾身子。“20世纪90年代，他开始为一家大型外国公司工作，现在他自己生产一些工具出口到西方国家。但是她说，父亲的处境总是不稳定，如果哪条人际交往的渠道没打通就很难做生意。”汤姆叹了口气，说道，“她还说，会计师在中国的工资没有英国高，她以后还想把她的父母带过来。”

一时间，他们谁也没有说话，天花板上微弱的灯泡嗡嗡声充斥着整个房间。杰克曼看到他挣扎着把瘦削的身躯蜷到椅子上。杰克曼看过李敏的照片，她是一个身材娇小的年轻女子。有些时候，李敏和汤姆的身材对比可能会显得很搞笑。

杰克曼耸了耸肩膀，问："我知道你在李敏失踪前和她吵了一架。你们为什么吵架？"

汤姆沉默了几秒，他清了清嗓子说："因为她的父母。我们分手时刚得知他们将在6月份过来。我想见见他们，但她不想把我介绍给父母。"汤姆扮了个鬼脸，"我想我有点儿不讲理。她是独生女，她的父母对她的事业有很高的期望。"他突然尴尬地停下来。

"这些期望不包括找个男朋友吧？"

汤姆摇摇头："她担心如果他们发现她在和人约会，就会把她带回家，不让她在英国学习和生活。"

"你们怎么分开的？"

"她坚持己见，然后就生气了。我一直在喝酒，没有喝醉，但是说话已经不经大脑了。我告诉她，如果她不把我们的关系告诉她的父母，或者哪怕不把我当作朋友介绍给他们，那么一切就都结束了。"

"她难过吗？"

"有点儿，更多的是愤怒，她站起来，用中文对我大喊大叫，然后气冲冲地走了。其实，我有点儿尴尬，整个酒吧的人都转过头来看着我。"

"你让她走了？让一个年轻的女人，一个人走在斯特拉特福德镇的大街上？"

汤姆戴着兜帽，他抬起眼往上看："那天是我的生日，我以为她在考验我，她就是到外面冷静冷静，看看我会不会追回她。我真以为她几分钟后就会回来。”

“然后她没有回来？”

汤姆变了脸色。当他说话的时候，几近耳语。“没有。”

“为了冷静下来，她可能会去什么地方吗？”

“另一位警官也这样问我，我给能想到的每一个人都打了电话。”

“她喝了多少？”

他耸了耸肩：“她不怎么喝酒，如果你是这个意思的话，她肯定没有喝醉。”

杰克曼眯起眼睛：“好吧。那她有钱吗？”

“她有个账户。她的父母会给她钱，但并不多。”

“她最近有没有惹谁生气？”

“没有。”他坐了起来，“她只是个可爱的女孩儿，有点儿固执，但人很好。她在学校里很受欢迎。”

杰克曼起身说：“我需要她在大学内外所有打交道的人的名字，她所有好朋友的名字，还有昨晚参加你生日聚会的每个人的名字。基恩会记下的。”他朝门口走去，手指刚碰到把手，他就转过身，“汤姆，据我们所知，你是昨晚上最后一个见到李敏的人。请仔细想想她最近的行为和在酒吧的表现，如果想到了什么，不管它看起来多么微不足道，我希望你立即给我打个电话。”他转过身来，把手伸进口袋，掏出一张名片。

“你这话是什么意思？”汤姆问。

“任何细节。也许是最近和她交谈过的某个人，一个奇怪的电话，一个她去过的陌生的地方，一封不寻常的电子邮件或一条短信，一些不寻常的事情……我需要知道一切。”

* * *

杰克曼马上就要写完简报，他用手指摸了摸下巴上的胡楂。“让我们把这件事想清楚……”他说。在他忙着与李敏的男朋友谈话和应付媒体的时候，戴维斯已经把唯一的闲置办公室改造成一个处理案件的房间，配有一个挂上当地地图的插针板、用来贴简报的白板、指定的紧急联系电话和一个侦探小组，这些全都挤进了这个狭小的空间里。

他瞥了一眼旁边那块木板上的斯特拉特福德镇中心地图。彩钉标出了学院和老茅屋酒吧的位置，红色记号笔表示李敏在最后一次被人看见时候的位置。地图旁边是李敏的照片，这是用汤姆的手机拍的头像。显然，她已经摆好姿势准备拍照了，她歪着头，直视着镜头，就像是正盯着杰克曼。她的嘴微微张开，露出晶莹洁白的牙齿。她肤色白皙，有一头乌黑的长发。但真正打动杰克曼的是她的眼睛，是淡褐色的，十分特别。

“当她拐过罗瑟街的拐角时，摄像头记录下了她的身影，然后就什么也没有了。她穿着长裙和高跟鞋，不可能走远。”杰克曼摩挲着下巴，“我们已经在寻找目击者了，如果她和附近的人在一起，那么现在肯定已经露面了吧？”

“除非她在躲避什么人或什么东西？”戴维斯的声音从房间的一边突然响起。

“我认为我们需要从她父母那里着手，获得更多信息，”

他说，“我们的警员和他们简短地交谈了一下，但是……”他的眼睛扫视了整个房间，直到发现拉塞尔坐在桌子的一角。她的红头发从脸上往后梳得很紧，在脑后盘成一个髻。“凯瑟琳，我想让你成为李先生夫妇的联络人。告诉他们我们的调查进展，试着建立联系，保持沟通。李敏有秘密的电子邮件地址，另一个电话，或者另一个知己吗？我知道那位父亲能讲英语，至于那位母亲，我就不太确定了。如果需要的话，找个翻译过来。”

杰克曼停顿了一下，拉塞尔抬起头，点了点头。“去一趟中国大使馆吧，看看她的家庭背景。之前与他们交谈的警官说，他们在这个国家没有其他家人或亲密朋友，但我们需要核实这一点。尽可能多地了解她父亲的生意情况，查查有没有什么不寻常的，我们不能排除绑架的可能性，尽管还没有收到索取赎金的电话。”

房间安静下来，杰克曼继续说：“据她的男朋友说，她是一个很受欢迎的女生，而且成绩很好，任何人都没有理由对她怀恨在心。我们还没有找到尸体，是因为还没有找到，还是因为她还活着？”

“今天早上我和学校的护士谈过了，”戴维斯在她桌子边上的折叠椅上大声说，“没有心理健康问题的记录，也没有抑郁症的治疗记录。”

杰克曼点头表示感谢。这使得另一条调查路线不太可行，抑郁的人有时会采取绝望的措施。自杀的可能性似乎不大，尽管他们不能排除李敏有精神病史。他们将不得不依靠大使馆来挖掘这些信息，天知道这需要多长时间。

“关于她的手机有什么消息吗？”

戴维斯摇摇头：“我们无法定位，昨晚十点五十分就关机了。我们目前正在查她的账单，但并没有找到任何有用的信息。”

“好吧，让我们看看证人找得如何，以及我们对李敏昨天的行动能分析出些什么。当地新闻将在每小时的新闻公报上发出公告，《斯特拉特福德邮报》已同意在一小时内在他们的网站上公布详情。我想派一个小组去学校采访所有和她有关的人，另一个小组去检查酒吧里的每一段闭路电视录像。无论出于什么原因，我们都要找到昨晚在那里的每一个人。”

“镇上的摄像头都检查了，我们要求重点查看昨天晚上十点到今日凌晨零点三十分之间通过的车辆，正在等待结果。至少有两辆车值得关注，一辆宝马和一辆白色大众面包车。我们和媒体分享了这些，希望司机们能站出来。”他转向戴维斯，“加快速度，好吗？”

她把一头散乱的黑发拢到耳后，点了点头。

“很好，感谢大家。”他正要离开时，杰克曼的脑海里突然闪过一个念头，他猛地转过身来，“我觉得我不需要强调，但这是一个非常敏感的案件，可能会引起国际媒体的关注。毫无疑问，这个案件将会与爱伦·里德曼有关，可能会有另一场谋杀，甚至可能是一个连环杀手干的。我们没有证据证明这一点，尽管目前还处于早期阶段，我们也不能排除任何可能性。所以，我们讨论的每件事、每一个电话、每一个细节都必须留在这个房间里，除非我或者戴维斯同意，明白吗？”

*　*　*

他靠在屏幕上，按下“倒带”键，然后点击“播放”。侦探个子很高，体格健壮。他硬朗的军姿和棱角分明的下颌给人一种粗犷英俊的感觉。

他聚精会神地看了三十秒的录像，字斟句酌。正如侦探所说，“如果有人认为他们看到了李敏，或者有任何关于她下落的信息，我们会敦促他们立即给办案处打电话。”他的嘴角微微上扬，没有提到任何证人。他们不知道她在哪里。他要确保他们也找不到她，直到时机成熟。

7

一股潮湿的气味扑鼻而来，把我从睡梦中唤醒。这不是梦，这不是梦。

我蜷起身体，把每一根温暖的神经都聚拢在一起。我的裙子湿了。当我意识到这一点时，闻到了一阵恶臭。

风的声音引起了我的注意。远处的树枝发出哗哗的响声。我想起了家乡的竹子在风中摇曳，哗哗作响。

我的脑中出现了一条明亮的街道，远处有铁路桥和学校。我想象着自己去上课，书包的带子摩擦着我的肩膀，主干道上全是大学生，校园里充斥着学生们交谈的声音。记忆是残酷的。劳伦查看时间表，让我做事有条理；斯蒂芬总翻她的包；汤姆爱发短信。我的朋友们，他们想念我吗？

有多久了？ 我想了想时间，但无论我如何努力集中精神，我的脑子还是一片混沌。从我头顶上的小缝隙里透进来的光线已经变成了白昼的强光。但这并不意味着什么。

汤姆。我记得对他大喊大叫。他脸上的伤。我用力按压着大脑的齿轮，想让它们转动起来。我们在老茅屋酒吧里，我把他留在那儿了，我一个人走了。一定是那个售后，我被带到了这里。

我挣扎着爬了起来，双手放在墙上，慢慢地绕着这个方形的屋子移动，我的指尖搜寻着混凝土墙的每一寸。到处都有裂缝，墙已经开裂磨损。但是，没有出口。

我看向顶部，中心有一个金属格栅，几乎有一平方米。我的手心能感到它的温度，冰得很，而且硬得厉害。我摇了摇，什么反应都没有，一点儿动静也没有。我又摇了摇。这一次发生了轻微的移动。我摇得更厉害，直到愤怒的泪水涌上我的眼眶。它轻微地抖动着，可以听到轻微的嘎嘎声，但它仍然牢牢地固定在那里。

我盯着金属格栅，热泪刺痛了我的脸颊。它被一块木板覆盖着，几乎完全盖住，只留下一条缝隙让一小束光线通过。我试着从栅栏之间的缝隙里去够木头，但只有空间把两根手指伸进去，根本够不着。

我用食指探了探格栅的边缘，慢慢地将它绕着冰冷的金属边缘移动，在铁栅栏里来回穿梭。我的手指碰到了不平整的东西，响起了一声金属撞击声。我把中指伸进去，我摸到了一个链环，又大又厚的链环，也许是一条链子。一阵剧痛刺穿了我的手指，我重新拿起它们，在我的左掌心不停揉搓。这种沮丧让人无法忍受，我必须做点儿什么。

我咳了几下，清了清嗓子，深吸了一口气，大声喊叫起来。我的声音原本并不洪亮，甚至在发辅音时显得有些柔。但是今天我又喊又叫，就像我以前从来没有喊过一样，能喊多大声就喊多大声。而后，我停了下来，认真地听着，绝望地希望能听到一点儿回声。然而，什么都没有。

突然，我想起了一件事，我父亲曾经在家里说过：“当你发出声音时，你得站得高，打开喉咙的隔膜。”我挺直腰板，又深吸了一口气，这次叫得更响了，直到我的声音消失，我的喉咙发出咯咯的声音。

我被压得喘不过气来，向后靠在墙上，滑倒在地。这个黑洞在哪里？我聚精会神，拼命地想听到些熟悉的声音，生命的声音。我没有听到车辆来往的声音，没有人们说话的声音，只有我自己的呼吸和风，风呼啸着穿过树枝，感觉就像被种在地面上。这个想法使我颤抖。我被活埋了？

8

杰克曼穿过学校停车场，他看了一下手机，有一个雷利的未接来电。他打算之后再回。他走到一幢现代化的大楼前，拐了个弯，走了进去，艰难地爬上楼梯，来到了李敏的公寓。昨天，她可能正在爬这些台阶，也可能是在放学回家的路上。

他们选择低调查案，这意味着拿不到监控。早些时候，他派了几名调查人员到犯罪现场——李敏的房间搜查，寻找线索，不过他预计搜查不会有什么结果。他们现在已经封锁了李敏的房间，但大楼的其他部分仍然是开放的，以便让住在那里的其他学生能够正常生活。

杰克曼走进大门，扫视了一下李敏和其他三名中国学生合住的公寓。屋子看起来比他见过的学生宿舍要豪华得多，除了角落里小厨房水槽里堆着的用过的咖啡杯、盘子和碗之外，生活区极其整洁，而且十分宽敞。房间中央一张特大沙发上放着几个色彩鲜艳的靠垫，几个豆袋沙发放置在地板上，一堆杂志散落在角落里的扶手椅旁。

房间里空荡荡的，只有守着门的便衣警官。杰克曼和他寒暄了几句，然后走进李敏的卧室。这个房间很小，他猜应该不到十五平方米，中间有一张床，墙边有一张桌子，旁边是一张小梳妆台和一个嵌入式衣橱。

他走进套间浴室，在角落里有一个淋浴间，还有水槽和马桶。房间里没有窗户，只有一小块铺着瓷砖的地板，足够让一个人关上门舒舒服服地待在里面。一只牙刷和一管牙膏放在水槽边上的杯子里，旁边叠着一块粉红色的抹布。架子上放着一个化妆盒，旁边有洗发水和护发素。如果要出门旅行，这些东西都要打包带上。杰克曼咬着嘴唇，回到卧室。床上铺着淡紫色和奶油色的丝绸床单，十分整齐。他打开衣柜，手指在挂着的衣服上摸索。牛仔裤和套头衫堆放在上面的架子上，下面放着一个粉红色的手提箱。

这是一个女学生的卧室，很像西莉亚的卧室，不过要整洁得多。他看了看表，下午四点三十五。李敏的卧室里没有任何迹象能够表明她去了什么地方，又是为什么去那里。他的目光落在角落的空桌子上。警方拿走了她的电脑，技术人员现在就会检查她最后一次上网是什么时候。他穿过房间，拉开下面唯一的抽屉。当他打开的时候，底部有几支圆珠笔发出碰撞的声音。他拿出两张照片，一张上面是一男一女，另一张上面是一位年长的中国妇女——她的母亲，也许是外祖母。他把照片扔到一边，仔细看了看剩下的东西：她的护照，“泰国船库”的菜单，一把梳子，把儿上绑着几根发带。

突然间，杰克曼想起了汤姆说过的话，“她很少独自一人”。她很少独自一人，直到那天晚上。它暗示，或许这是个计划，也许是一个跟踪犯。在杰克曼的经验里，陌生人犯罪极其罕见，大多数受害者是被他们认识的人攻击、虐待或杀害。有人可能已经观察了她好几天，甚至好几周——等待着，计划着，随时准备出手。

花再多时间也无法使想法变得乐观。虽然他不得不承认，李敏失踪的时间越长，他们的解释就越合理。他回想起他在职业生涯中处理过的三起绑架案。其中两起与毒品和债务有关，一旦还清债务，受害者就安全了。第三起是一名商人的女儿被绑架，伊森·拉金是一家大型电子游戏公司的首席执行官，他的女儿失踪不到三个小时就接到了赎金勒索电话。建议总是一样的——付赎金，保全生命。这是一项默认协议，一旦接到要求，新闻界就履行完全控制媒体活动的义务。出于这个原因，大多数绑架案甚至从未公之于众，把受害者救回来是头等大事。

绑架是最令人不愉快又需要技巧的一种犯罪活动，其实主要是一项交易。但是，李敏已经失踪了十多个小时，仍没有收到勒索电话，这种可能性似乎不大。

他想起爱伦·里德曼，在她的尸体被找到之前，她已经失踪了一个星期。他想知道雷利在北安普敦过得怎么样。爱伦·里德曼和凯蒂·夏普同李敏一样，都是黑发女孩儿。他希望这之间没有什么联系。

一阵电话铃声打断了他的思绪，他低头看了一眼戴维斯发来的短信。“这是最清楚的一张照片，是从昨晚老茅屋酒吧的监控里截取的。”他点开照片，似乎与李敏面对面了。

9

杰克曼决定步行回警察局。他拐过街角，来到奥尔斯特路，穿过蓝色的学校校门，再穿过铁路桥，在格罗夫路和雅顿街的交会处停了下来。白天，这是一个繁忙的十字路口，往来市中心的车辆络绎不绝。他转过身，几乎转了一整圈。他的正前方是格林希尔街，后方的奥尔斯特路一直延伸到城外。向左或向右转，就会看到维多利亚时代的梯田。他想了一会儿。最后一次看到他们是在格林希尔街，几乎就在酒吧的正对面。他们知道她已经拐过弯，正朝学院的方向走去。但是格林希尔街尽头的摄像头没有拍到她。所以，她要么没有走多远，要么在某个地方拐了弯。

他穿过马路，循着李敏的脚步往回走。斯特拉特福德镇的边缘仍然有许多黑白相间、凹凸不平的都铎式建筑。多年来，伍德街和剧院周围的街道都经过了翻修和改建，甚至连新的店面都保持了原来的风格。但在更远的地方，现代建筑和商店门面点缀着古老的住宅，格林希尔街是个新旧混合体。他朝那个旧的红色电话亭走去，停了下来。旁边有一个停车场。在这段路，李敏没有小道可以走。他向右看了一眼，走进了停车场。

一架摄像机保护性地指向远离道路的一堆汽车。他在一堵低矮的石墙旁停了下来，朝上面望去。另一边的地面低了几英尺，不过可以跳过它，直接穿过格罗夫路。对他来说是可行的，但对一个穿着长裙和高跟鞋的女人呢？似乎不太可能。

他朝人行道走去。对面的芝加哥岩石咖啡馆早就关门了。他绞尽脑汁。他的警员会沿着这条路走下去，寻找目击者和受害者的线索。他在脑子里做了一个记录，计划要求一路所有仍然在营业的商店提供监控录像，并一直持续到酒吧为止。

装满牵牛花、秋海棠和一串串杂色常春藤的吊篮装点着老茅屋酒吧的侧壁，它坐落在罗瑟街和格林希尔街的角落里。在闪闪发光的阳光下，这幢15世纪的白色古建筑被映衬得色彩缤纷，格外别致。他走进车站，盯了几眼入口处那扇木制的门。

又是一个温暖的夜晚。正是高峰时段，车流的嗡嗡声在他耳边作响，以至于当他到达车站时，他很庆幸自己能够成功逃离。他大步走到后面，穿过职工入口。

杰克曼爬楼梯时看到的第一个人是拉塞尔。她站在楼梯口，正在用手机发短信。

“晚上好，先生。”她抬头看着他，“里面没有信号。”

杰克曼朝她笑了笑，问：“有李先生夫妇的消息吗？”

拉塞尔脸色阴沉下来：“恐怕没有多少。我已经和她的父亲谈过了，但据我所知她一直没有联系他们。他们也不知道她在哪里。他们那儿的时间比我们早了八个小时，所以我想，在明天早上之前我们不太可能打听到更多的消息。”

“好的，做得很好。那大使馆那儿有消息吗？她父亲的生意怎么样？”

拉塞尔发出一声沮丧的叹息：“他们要求提供一大堆表格和文书，但还没有回复。目前我对任何事情都不抱太大希望。”

“好吧，谢谢。继续努力。”

她向窗外望去，额头皱成一团。

“还有其他的消息吗？”

她说话时眼睛一直盯着停车场：“没有，我也说不清楚。”

“这是什么意思？”

她摇摇头，“我不知道，这对父母听起来并不太难过。”她转身看着他，“如果是你的女儿，你会发疯，说不出话，甚至会生气。我知道这通电话是打给世界另一端的，有文化差异，但我很难听出任何情感波动，他似乎控制得很好。”

杰克曼盯着拉塞尔看了一会儿才开口：“人们对事物的反应各不相同。”

“是的，你是对的。”她的嘴角露出一丝淡淡的微笑，“可能是我想多了，我们看看明天会发生什么。”

他点了点头，转身向办案处走去。快到门口时，她在他身后叫道：“哦，对了，有人给你寄来一个包裹。”

他转过身来问：“谁寄来的？”

她耸了耸肩：“是一个棕色信封，在你的桌子上。”

杰克曼走进办案处，朝角落里的办公隔间走去。他一走近，就看见桌子中央那个棕色的信封，上面用黑色圆珠笔清清楚楚地写着：罗瑟街站，杰克曼督察收。他的名字下面有条横线，下面有一个句号。

他拿起信封，撕开信封口，简直不敢相信自己的眼睛看到的东西。里面装满了与里德曼和夏普案件有关的证人陈述、电话记录、信用卡记录等等。愤怒之下，他抓起手机，立即拨打了电话。

第二声铃响，雷利就接了电话，好像就是在等着这通电话："哦，威尔，很高兴接到你的电话。"

"我刚在桌子上找到一堆材料。"

"哦，你收到包裹了。很好。"

杰克曼忍住了怒气："它们怎么会在这里？"

"我想你可能想看一看，"雷利说，"看看有没有想到什么。"

"我现在正忙着对付那个嫌疑人。"

"我真的不认为……"

"别担心，我已经和贾纳斯谈过了，只占用你一个小时左右的时间，既然你一直在调查的最前线，警长觉得如果你仔细看看可能会有帮助。做个双保险，这样可以保证没有漏掉任何线索。"

杰克曼咬紧牙关，把信封扔到一边，挂断了电话。他永远无法理解为什么雷利要扮演侦探的角色，尤其是作为一名负责重大犯罪案件的高级调查官员，每一个案件的判决都必须正确，并被记录下来，每一个决策都必须被详细描述出来。每过一个小时，媒体、家庭、公众和上级的压力都施加在你的肩上，要求你做出一个决定。然而，雷利并没有试图掩饰他对一线警察的厌恶。对他来说，这只是暂时的，是他履历上的又一个印记。

但杰克曼知道事情的真相。如果后来漏掉了什么，可能是他们需要的东西，或许是可以用来定罪的证据，雷利就可以说杰克曼没有注意到。有些人会不惜一切代价逃避责任。

一阵敲门声打断了他的思绪。戴维斯的脸出现了："长官，我想你需要过来看看这个。"

他跟着她进了办案处。几个警官挤在角落里基恩的电脑旁，他们给杰克曼让出了一条通道。

基恩转过身来面对着他："这是昨晚老茅屋酒吧的镜头。"他迅速回到电脑屏幕前，点了一下鼠标。酒吧只有一个出入口，就在镜头里面。有几秒钟，什么也没发生，然后一个模糊的人影进入了屏幕。那个人很高，穿着深蓝色的衬衫和牛仔裤。突然，那个身影在离开酒吧前转过身来。是汤姆！杰克曼看了看屏幕角落显示的时间，是晚上十点四十五分。汤姆一定是到外面去看看李敏在不在。

杰克曼困惑地抬起头，瞥了戴维斯一眼。

她举起一只手，什么也没说。

基恩点击快进到晚上十点四十六分，汤姆又走进了酒吧。

杰克曼换了个姿势："我们要看什么？"

"等等。"基恩说。他的舌头抵着上嘴唇，把时间进度条移到更后的地方，在晚上十一点零五分停了下来。一时间万籁俱寂。同样的人影走出了酒馆，门在他身后关上了。

基恩把椅子转过来面对他们："我们发现他在晚上11点33分回来，他离开了将近半个小时。"

"我们忠诚的男友离开酒吧去干什么了？"杰克曼说。

戴维斯扬了扬眉毛："这确实是个问题。"

*　　*　　*

杰克曼把胳膊肘搁在扶手上，大拇指托着下巴。他打量着汤姆·斯蒂尔，食指在嘴唇上摩擦了好一会儿。

以提供更多帮助为理由，汤姆被带回了警察局。拉塞尔说他很平静友好，在他英俊的脸上没有一丝惊讶的神情。当他被领进同一间屋子时，先前的紧张和尴尬似乎都消失了。

他们花了十五分钟来回顾汤姆前一天晚上的活动，从他到酒吧的时候，到争吵和李敏离开的时候，他出去找她，然后在晚上十一点四十五分之后和他的同伴离开。他以令人惊讶的镇定讲述了整个过程，仿佛在过去的十二个小时里，他已经在脑海中把细节排练了好几遍。

杰克曼抬起食指，勉强能让自己说话："你确定没有什么要补充的吗？"

汤姆微微耸了耸肩，摇了摇头。

"根据我们的记录，你是最后一个见到李敏的人。那是晚上十点三十五分她离开酒吧的时候吗？"

汤姆点点头。

"从那以后，你就没有见过她，也没有听到过她的消息吗？"

“没有，我告诉过你……”

“再想想，”杰克曼稍稍停顿了一下，“认真想想。你现在告诉我们的可能对李敏很重要，你差不多有二十二个小时来考虑这件事。你确定她不会去别的地方吗？”

“是的，我确定。”

“你看，我很难相信你。”

汤姆惊慌失措。他想说些什么，瞪大了眼睛，但杰克曼打断了他：“汤姆·斯蒂尔，你能告诉我你晚上十一点零五分离开老茅屋酒吧后去了哪里吗？”

汤姆的脸立刻僵住了。

杰克曼狠狠地瞪了他一眼：“我开始觉得你并不想帮我们了。”

汤姆下巴的肌肉抽搐了一下，他匆匆瞥了一眼角落里的摄像机，然后低下头，眼球在眼眶里左右移动。

杰克曼看着他在座位上一寸一寸地挪动着身子，两脚正对着门，这一动作使他的身体似乎有了一定的扭曲。这本该是问询的一个转折点，一个揭露黑暗秘密的时刻，但是汤姆脸上绝望的皱纹给杰克曼留下了深刻的印象，不管接下来说什么，都不会是他所希望的突破。

杰克曼深吸了一口气：“与其左顾右盼，为什么不选择诚实呢？我们可以承担后果。”

汤姆目瞪口呆地看着他，回答：“很复杂。”

* * *

回到办公室后，杰克曼转动椅子向窗外望去。暮色刚刚开始降临到停车场之下，远处的天空中有一团黄色、橙色和红色的旋涡。

敲门声使他转过身来。戴维斯把头歪向一边："我想我可能会在这里找到你。"

杰克曼抬头看了看钟，现在是晚上八点三十五分："难道你没去照看孩子吗？"

她扑通一声坐在他对面的椅子上："已经完事了，他睡得正香呢。"

"嗯，我很抱歉地告诉你，让未成年人独处是一种过错。"杰克曼微微一笑说。

戴维斯的左脸颊上有个酒窝。"哦，得了吧，我不会让你一个人玩得尽兴的。不管怎么说，约翰休假了，把他的陪产假延长了两周，直到我回去工作，他可以应付。"她探身向前，戳了戳雷利寄来的棕色信封，问道："这是什么？"

杰克曼的目光落在包裹上，他的愤怒使他无法看着包裹。"只是'天空行动'的一些废话。"他抬头看着戴维斯，"公告有什么结果吗？"

戴维斯回去看了看事故现场，一群警官的耳朵没有离开过手机。"没有什么具体信息，还是那群怪人和一些可能的线索。在昨晚上十点三十分到今天凌晨零点三十分之间通过的白色面包车或宝马，或任何其他车辆的线索也都没有。那么，我们该怎么处理汤姆罪恶的秘密呢？你想把她带到这儿来吗？"

杰克曼考虑了一下。带她来这里的唯一好处就是正式问询她，吓唬她。虽然她不是正式的嫌疑人。这是一起失踪案。他们甚至没有犯罪，所以她不可能是嫌疑人。这该死的规定。

他抬起头来，与戴维斯的目光相遇："想出去走走吗？"

10

拉什布鲁克路通往三一米德，那是一个几乎是全新的住宅区，拥有大小和风格各异的平价现代住宅。他穿过一些老旧的老房子，在一幢砖砌的独栋式新房子前停了下来。当他们走下通往入口的小路时，他看见一个女人的身影，她坐在窗边的单人扶手椅上。他们刚走到门口，她就站了起来。

门闩的撞击声和链条的嘎吱声提醒杰克曼，黑暗正在逼近。最后，门开了，映入眼帘的是一位女士，她的脸是椭圆形的，化了妆，一头顺滑的乌黑短发，穿着黑色裤子和奶油色的丝绸上衣。她的脚上穿着一双金色凉鞋。

"珍妮·沃尔特斯？"戴维斯举起她的徽章，"我是戴维斯警长，这是杰克曼督察。"

"是谁呀，亲爱的？"上面传来沙哑的声音。珍妮看向天花板，说："没什么，回去睡觉吧，我一会儿就上去。"

她转身对杰克曼说："进来吧。"

他们沿着灯光昏暗的走廊走了几步，走进了前厅。珍妮跟着他们走过去，开了灯。

突然，灯光照亮了这个整洁的房间，墙漆成淡绿色，靠墙放着一张奶油色沙发，窗下放着一把配套的扶手椅，远处的墙边有一个橡木梳妆台，上面有几张镶着银框的照片。珍妮示意他们坐下，然后走到那把单人扶手椅前。没有提供点心，但这不是重点，杰克曼并没有忘记自己想要问什么。

“沃尔特斯太太，你能告诉我你昨晚在哪儿吗？”他问道。

她深深地吸了一口气。在柔和的走廊灯光下，她可能会被误认为是一个三十多岁的女人，但在耀眼的聚光灯下，她眼睛周围的笑纹和脸颊上深深的皱纹至少让她老了十岁。“晚上大部分时间都在这里。不得不出去一会儿，但我想你已经知道了。”

“为什么出门？”

在与他对视之前，她闭上了眼睛。“听着，我知道这是怎么回事，”她说，“汤姆给我打了电话。”

基恩把汤姆离开酒吧的模糊闭路电视画面和格林希尔街格罗夫豪斯停车场的私人摄像机镜头结合起来，后者显示汤姆几分钟后才到达那里。汤姆在入口处徘徊了一会儿，直到一辆绿色沃尔沃开了进来，他们后来看到了珍妮·沃尔特斯。他们看着汤姆爬上汽车。几分钟后，他拿着一些文件出来，在回酒吧之前折好塞进了口袋里。

“你为什么不跟我们谈谈呢？”他问道。

珍妮叹了口气：“这很尴尬。”

“我知道，”杰克曼说，“汤姆已经和我们谈过了。”

“那你就知道是怎么回事了。我不想卷入其中。”

杰克曼抿紧嘴唇。在晚上，在这个时候，他实在无法应付这样戏剧性的事。“我们正在调查一起女子失踪案件，你在她最后被发现的地点附近出现。你昨晚为什么开车到斯特拉特福德市中心去接汤姆？”

一阵短暂的沉默。正当杰克曼打算促使她再度开口时，珍妮大声说了出来：“我是一家私人堕胎诊所的代理人，汤姆几周前联系过我。”

“他是怎么知道你的？”

她举起一根修剪过指甲的手指，刮了刮脖子的一边。“他在网上找到了我们。我们以沃里克郡为基地，提供谨慎、保密的服务。我和所有潜在的新客户打交道。过去两周，我们聊了几次，讨论了他的选择。”

“他为什么要联系你呢？”

“他的女朋友怀孕快两个月了。”

“你跟她谈过了吗？”

她摇摇头。

“这样和顾客打交道正常吗？”

珍妮犹豫了片刻。“我们与处境非常困难的人打交道，任何人都可以。我们成功的秘诀就是保密做得好。我们的客户可能处于恋爱关系，已婚，从事高管工作，他们不希望被他人评判。”

“或者是留学生。”戴维斯说。

珍妮轻蔑地看了戴维斯一眼，说：“警官，我所做的任何事情都不违法，也不肮脏。”

“你和汤姆谈了些什么？”杰克曼问道。

她转过身来面对着他。“就是寻常的对话。如果你需要的话，我把所有的细节都记在笔记里了。我会保留每次电话和面谈记录。”

“那很有帮助。”

当她从杰克曼身边走过时，杰克曼闻到了她身上淡淡的香水味，然后她的身影就从房间里消失了。过了一小会儿，她拿着一个黑色皮包回来了。他们看着她翻找着一本A5大小的海军蓝日记本。

她打开本子，翻了几页，找到了她想要的内容。“他第一次与我联系是4月28日星期一。他想知道这一切是如何运作的，需要多少钱等等，这说明他感兴趣，我只记下了他的名字和电话号码。上周三，他又打来电话询问是否有空。我说过我们可以在几天内把事情搞定，但我们必须先见见他的女朋友，检查一下。”

“秘密堕胎要花多少钱？”杰克曼问道。

“这取决于怀孕的时间和女性的健康状况。有很多因素需要考虑，但我们的起价是五百英镑，包含咨询费。”

戴维斯扬起眉毛：“保密的代价太高了。”

珍妮没有理她，回头看了看笔记，翻了几页说：“然后我昨晚又接到他的电话。他想要更多的信息，他说事情很紧急。”

杰克曼靠在椅背上问道：“你的工作是不是经常让你深夜去停车场接客户？”

“就像我说的，我们和处境非常艰难的人打交道。在做手术之前，我们提供完整的援助和咨询意见，也在之后提供咨询和支持。我只是充当最初的联系人。”

“销售人员？”

她清了清嗓子：“我想我不仅仅是个销售，我愿意帮助客户解决任何问题，并提供信息，帮助客户做出明智的决定。汤姆听起来很不高兴，所以我开车去给了他一些资料。他说他要和他女朋友谈谈，过几天再来找我。”

“就这些吗？”

她点了点头。“后来我就直接开车回家了。我才走了半个小时。”

杰克曼瞥了一眼天花板：“你丈夫觉得你晚上突然出去见客户是做什么？”

她眨了眨睫毛。“合作伙伴，”她纠正说，“他已经习惯了。关于我的工作。”

“你看见李敏了吗，还是昨天晚上谈到她了？”

她摇摇头。“没有，其实我和汤姆很少说话。”她迎着他的目光对视了一会儿。“这是共识吧？我不希望诊所受到损害。”

杰克曼也盯着她：“这是一宗失踪案，我不能提供任何保证。”

杰克曼结束了谈话，走过去仔细看了看梳妆台上的照片，珍妮把她的联系方式告诉了戴维斯。他的眼睛扫过几张照片，一张照片上有两个男孩儿，年龄各不相同；在底部一排皮相框里有珍妮的近照，她打扮得漂漂亮亮的，准备出去玩。他拿起了最后一个相框。相框磨损了，好像被人敲过似的。珍妮站在一小群妇女的前面，她的胳膊勾着另一个女人的肩膀，她那只空着的手举着一个玻璃杯对着镜头。

戴维斯啪的一声合上笔记本，站起身来，把卡片递了过去。

门摇晃着，在他们身后关上。杰克曼立刻听到了重新上锁的声音。

当他们坐进汽车，系上安全带，戴维斯斜视了杰克曼一眼："你有什么想法？"

他摇下车窗，空气凉爽而新鲜，在一天的黏腻之后，这是一个令人愉快的时刻。"那么李敏面临着一个大问题，让她有充分的理由去某个地方好好考虑一下。"

"这么说我们是在浪费时间？"

"我不确定。你觉得珍妮·沃尔特斯怎么样？"戴维斯沉默了一会儿，"她的穿着有点儿过了头，但还是按照她的年龄化了妆，可能是她的工作妆……"她的话渐渐少了。

杰克曼默不作声，用舌头舔了舔牙根。

"也许还有别的原因？"戴维斯继续说，"我想汤姆那帅气的男团造型可能会吸引她的眼球。"

杰克曼回想起梳妆台上的照片。珍妮·沃尔特斯和姑娘们出去玩了一夜，玩得很开心。也没有她和伴侣的照片。他仔细查看了前一天晚上汤姆和珍妮秘密会面的闭路电视录像。他们不知道自己正在被监视，但他们的肢体语言中没有任何亲密感，他们之间也没有任何熟悉的迹象。他停顿了一下，用手掌揉了揉疲倦的眼睛，然后说道："汤姆是最后一个看到李敏的人，对吧？"

"目前是的。"

"他迫切要求进行堕胎手术，这可能会给他一个犯罪动机。他从哪儿弄到那么多钱？"

"背景调查显示，他的父亲是一名医生，母亲是一名中学教师。他们住在洛克斯利路，在路的尽头有一幢大的独栋房屋，不可能缺钱。"

"如果他们拒绝提供帮助怎么办？或者他不能告诉他们？我想他们会对他们唯一的儿子在学习阶段把学业毁了感到非常失望。"

"也许她想要留下孩子，于是制造了问题？"

"无论如何，他选择不让我们知道这件事。为什么？"杰克曼说，"我认为我们应该密切关注他。如果他参与其中，这可能会带我们找到她。"

杰克曼望着外面的夜色，沉思着。安排监视活动须得到助理警长的授权，并需要一队警员出席会议，这不是他们能立即做到的，而他现在需要立即行动，即刻。

"汤姆·斯蒂尔被送回家了，对吗？"

戴维斯看了看手表："是的。我让警队的人送他回去，他应该在我们到达这里的时候就已经到了。”

“对了，我想今晚我们会找几个侦探来监视他的房子。到明天早上，我们应该可以派一个监视小组就位。”

戴维斯静静地坐在他旁边，拿出手机发着短信。杰克曼打了几个电话。当他打完后，她把手机装进口袋，把钥匙插进点火装置。“现在去哪儿？”

他眯起眼睛：“我在想，酒吧？”

“好主意!”

他把头转向她：“你完全没变。”

戴维斯笑了。“哦，得了吧，”她叫道，“饶了乖乖女吧，这些天我很少出去。”

他笑了一下：“好吧，只要你能规矩点儿。我们先绕个道就过去。”

*　　　*　　　*

他盯着电脑屏幕，手指在键盘间穿梭，就像水流穿过一条布满了石头的浅溪。他打字速度很快，每打一个字就像这是他的最后一个字一样，尽管他知道他有的是时间。现在是他说了算，是他在做决定。

最后通读一遍。他紧张地喘着粗气，身体分泌出肾上腺素。他按下了保存按钮，计划的最后一部分已经搞定，现在是时候执行了。

11

推开前门时，杰克曼就听到埃里克的尾巴砰砰重击的声音。沿着声音方向，他走进了起居室。

西莉亚从沙发上抬起头，粲然一笑露出一排洁白的牙齿。“老爸你回来啦。”

“想给您个惊喜嘛。”女儿说道。她的脸上没有妆容，头发在脖颈处松散地绑着，几绺凌乱的淡金色发丝从中散落，修饰着面部轮廓。“我还把这家伙从隔壁安吉拉那儿救出来了。”埃里克蜷缩在她身边，舌头吐向一边，尾巴还在拍打着垫子。

杰克曼翻了个白眼。“她应该带它出去遛遛，而不是当小孩儿管。”

“可能她喜欢有个伴吧。”西莉亚抬起手臂向后伸展，黄色背心随之向上缩起，露出牛仔裤腰线上方的蓝色肚脐钉。

“从南安普敦北上一路还好吗？”

“还好，就是M40那边道路施工，路况很糟，花了我将近三个钟头。”

这时，杰克曼突然想起戴维斯还在门廊。“安妮，快进来吧。”他喊道。

戴维斯走到了门口，脸色灰白。“不好意思，我不想擅自闯入。”

杰克曼挥手让她进门。“别这么客气。西莉亚，还记得安妮·戴维斯吗？”

西莉亚抬头一笑。“当然，很高兴又见面了。”

杰克曼回头问女儿：“吃了吗？”

“我点了中餐外卖，厨房里给您留了香酥牛肉和面条。”

杰克曼在心里笑了。原来女儿已经习惯了他在非正常时间工作，甚至连到家时自己不在也不奇怪了。但自己一回家，她还是一脸微笑地欢迎。“太好了，我正饿着呢，恐怕等下又要出门，有个案子。”

“哦。”西莉亚的注意力又回到了电视节目，一个女孩儿正在高层天台弹奏电子琴。

“在看啥呢？”安妮问道，努力挤进沙发边缘。

“《女狼俱乐部》。我喜欢这部电影。”西莉亚抱着埃里克，而埃里克正欢快地舔着她的前额。“老妈以前经常看。”

“哦，我也是呢。”安妮说道。

杰克曼在一旁看着这两个女人全神贯注地看电影。他其实很想问问西莉亚学习如何以及南安普敦那边情况如何，但他看得出来她现在旅途疲惫需要休息。来日方长，还是之后慢慢问吧。

这时，肚子发出的咕噜声提醒他该去厨房了。他打开抽屉，拿出手机充电器放在车钥匙旁。之前就是为了这个给家里打电话。单位的抽屉里其实全是充电器，但他不喜欢翻半天去找那个匹配自己旧手机的充电器。西莉亚戏称它为“板砖”。

吃完了香酥牛肉上面的冷面条，杰克曼对着起居室喊道：“安妮，你要吃点儿吗？”

“不用了，谢谢。”她说道，“得减减腰上的赘肉了。”

看他斜倚着冰箱吃盒装面条，两个女人一起偷笑了起来。他朝门开着的方向偷偷打量女儿。她越来越像她母亲了——一样纤细的身形、修长的胳膊和颈项还有北欧人特有的淡金发色。唯一遗传他的那双灰绿色的眼睛曾被爱丽丝形容为“摄人心魄”。当初，正是他这双眼睛吸引了她。

摄人心魄的眼眸。他的心思转向了李敏。他拿起手机，打开戴维斯之前发给他的照片。他还在等待中方提供她父亲公司的具体信息。

杰克曼耸了耸肩。刚开始在警察局工作时，他很不适应，他怀念皇家海军陆战队时期的刺激生活：各种出行、不可预测性和同事之间的情谊，而处理商店盗窃、家庭纠纷和小偷小摸案件令他麻木。但后来，他参与办理的第一个谋杀案改变了一切。虽然还是身着制服，但他的任务是保护一家位于东伦敦某街角的小型酒馆处一位年轻男子遇刺的案发现场。他目睹了侦探来到现场，出示证件，然后西装笔挺地穿过警用胶带。他们一出场，人人肃然起敬，连警官也显然因为能将犯罪现场转交给他们而露出了如释重负的笑容。对他而言，这一刻一切都变了，因为他终于发现自己想做什么了。

雷利并不认同杰克曼亲力亲为实地考察的调查方式。在他看来，高级警官应该坐在办公室里对团队发号施令、制定破案策略。但杰克曼对电子数据表、目标和勾选框毫无兴趣，实际上，官僚主义和高层内部的政治斗争、预算限制和各种管理会议都令他抓狂。他一心只想搜集各方证据破案然后抓住真凶。杰克曼最后看了一眼李敏的照片，把手机放进口袋，然后叉起一大块香酥牛肉放进嘴里。他总感觉遗漏了什么——这背后定有隐情。

12

好像有一团潮湿的海绵触碰了我的鼻子。我睁开眼。那不是一团海绵。我一颤，立刻缩了回去。那是一只老鼠！我张嘴想尖叫，却只发出一连串嘶哑的嘟哝。不过这足以吓退它了。半明半暗中，它仓皇爬墙逃跑，消失在我的视线中。

我终于缓过神来。一想到这个肮脏的生物在我睡着时挨近嗅我，还在我身上爬来爬去，我就不寒而栗。我抱紧自己，警惕地扫视四周的墙壁，担心黑暗中还潜伏着有其他生物。

然而，我心中又渴望这里有除我之外的存在。在这个黑暗的洞穴中，实在太需要陪伴了。

我更紧地抱住自己。我为什么在这里？除了头上的一道伤口、几道瘀青和擦伤，我并没有遭到袭击。银质手镯也还在手腕上完好无损，那是父母送我的十八岁生日礼物，但我真的没被绑架吗？我父亲在国内算有钱的，但在西方就不算了。家里在北京有像样的房产，但不大，更算不上阔气，家里还留着外祖母传下来的旧沙发，壁炉旁的编织地毯也有年头了，小时候我经常在上面玩耍。

绑架。这个字眼让我不寒而栗。是父亲在国内得罪了什么人所以要报复到我头上吗？似乎不太可能。他是我见过最和蔼可亲的人。还是说这里有人觉得我像中国富二代，想趁机威胁我家人勒索钱财？

我在头脑中反复思索，越想越觉得绑架是唯一合理的解释，不然为什么不杀了我反而把我关在这里呢？

他们联系我的父母了吗？闭上眼，我几乎能想象出得知噩耗时母亲煞白的面孔上濒临崩溃的表情，还有父亲颓然垮下的肩膀。他们的世界会崩塌，我是家里的独生女。

他们到底要多少钱？可怜的父亲，多年以来，他日以继夜地辛勤工作，拓展人脉关系，无时无刻不在社交应酬。如果对方开出天价，他将被迫贷款。在国内，要在短时间内借到这种钱很难，至少合法方式行不通，高利贷会要求短期内高利回报。这样一来，他多年来的积蓄和辛苦经营的一切可能付之一炬。

是我自己决定来英国读书的。多年来，我一直试图说服父母，苦苦哀求他们让我出国。现在看来，这一决定带来的只有痛苦折磨，或许还有巨大的经济损失。

我低头盯着自己的小腹。事态还远不止如此。即便他们交了赎金，我得以被释放回到他们身边，他们也会失望的，因为他们救的不止我一个人，他们对我腹中的孩子一无所知。我喉咙一紧，从什么时候开始，一切都变得如此无可挽回？

我抬头看着格栅。如果我真的被绑架了，他们为什么不回来呢？

我感到一阵饥饿，胃部一阵绞痛。

我感觉口干舌燥，这是否意味着腹中的胎儿也渴了？我在这待了多久了？在我目前的情况下，一个人不吃不喝能活多久？

脑海中又浮现出母亲的脸庞，我的泪水止不住流了下来，我能想象她颤动的双唇和因忧虑而凝重的双眼。即使父亲最终妥协，满足了我的心愿，她从来就不希望我来英国，说我还太小，不适合远渡重洋出国读书。她对我寄予厚望，鼓励我好好读书，但我搬到世界另一端并不在她的期望之中。想到这里，我的胃部一紧。我出国那天，她的神情胜过了千言万语。就好像有人拿刀无情捅进她的心窝，又狠狠拔出。毕竟我是她唯一的女儿。但禁不住我的软磨硬泡，父亲最终坚定支持我不顾一切只为享乐的任性要求，同意送我去欧洲接受教育。

我抚摸着肚子。如果当初听她的话，现在就没这么多麻烦了。

13

杰克曼呷了一口矿泉水，沿着栏杆凝神注视。在那边，最后，他终于认出来了，这个莎士比亚石雕胸像，正是老茅屋酒吧那张照片中李敏身后的那个胸像。这张照片现在正挂在调查室的墙上。照片中，她把前面的长发挽到了脸颊后，双唇弯成一道微笑的弧线。

找零时，他向吧台后的女服务生致谢。今晚西莉亚在家，他本不愿出门喝酒。虽然他的队员已经询问了昨晚值班的工作人员，仔细查看了监控录像寻找关于李敏的线索，并听取并记录了目击者证词，但他还是想亲自来酒吧里看看。至少据她朋友说，这是李敏最后一次出现的地方。今晚，他想在她失踪的这一时间段看看周围的情况。

他转过身，背靠吧台。虽然有些年头了，但老茅屋酒吧并不像其他老式酒吧那样用花哨浮夸的挂毯装饰还散发出一股泼洒的啤酒的刺鼻气味。相反，店面内打磨抛光过的瓷砖地板上摆放着各式各样乡村风格的桌台，周围是木质椅子，还有几把舒适的皮沙发。

杰克曼看了一眼表，十点二十分。他环顾四周。一对情侣坐在入口旁的桌边，十指相扣。一群西装革履的男士坐在正中央那张唯一的长桌边，面前的桌上放着一杯杯贮藏啤酒，他们正放声大笑，好像刚分享了一个旁人听不懂的梗。另一对情侣靠在尽头的沙发上，没有言语交流，避开对方的眼神。这是一个安静的周二夜晚。他又喝了一口酒。根据已获取的证词，派对上最初有十二个人。他们晚上大概八点到达酒吧，之后其他人陆续加入。李敏离开时，酒吧中已经有许多朋友熟人了。当时，这个小小的吧台区到底挤进了多少人呢？

那群西装男子旁边的桌子空着，他走过去坐下。从这里他可以看到酒吧的每个角落，从吧台、大门、餐厅入口到在角落里热吻的情侣，一览无余。虽然昨晚应该更热闹一点儿，这依旧是一个绝佳的位置，特别适合坐着观察周围情况。就目前获得的信息，他认为李敏在斯特拉特福德除了学校里的朋友老师之外没有熟人。从她在学校的住所来看，并没有迹象显示她计划出走。

呷了一口饮料，他心中又升起一股疑虑。这狭小的吧台区内，横梁上有黄铜马像，角落里有老式书橱，窗边有红色台灯，看起来更像是一个乡村酒吧而不是小镇聚会场所。

这时，一阵关门声打断了他的思绪。他一抬头，就看见一张熟悉的面孔出现在门边。这道门穿过餐厅一直通向另一端的厕所。

戴维斯一边走向他一边露出了笑容。她走近坐下，正好挡住了他观察的视线。“在想什么呢？”她问道。

“我在想，学生来这地方开派对有点儿奇怪。”

戴维斯扫视了一下周围。“是有点儿。但据我所知，汤姆有个朋友在这里工作。没准他给饮料打折了？”

“可能吧。我们得核对昨晚在场的每个人的证词，并再次查看录像。谁进来过，谁什么时候离开了。肯定有人注意到了一些情况。”

戴维斯点点头。“没错。”

“还有，我们首先得检查外面街道上摄像头的监控录像，当务之急是追查那辆宝马车还有白色面包车的司机。”

“好的。”

之后好几分钟，两个人都陷入了沉默，却并不尴尬。

戴维斯抬起手扎紧了脑后的马尾辫。一天下来，马尾辫已经有些凌乱，几绺卷发正散落在她脸旁。“爱丽丝还好吗？”

杰克曼盯着玻璃杯说：“老样子。”

他突然开始坐立不安。她的话又唤起了他痛苦的回忆。很多次当他处理完交通事故，就想起一年前妻子也是因为这样的车祸陷入了永久昏迷状态。有些同事问完爱丽丝的健康状况后慢慢地走开了，或者把双手插进了口袋。有人则径直向他走去，低垂着头，双眼湿润。还有几个人不知道该说什么，只得避开他。他的回答总是一成不变：“老样子。”因为从来没有任何变化。

这些回忆让他觉得胃部下沉，并不是他冷漠无情，他知道大家都是好心，但工作时他最不想谈的就是妻子的悲惨状况，因为这是他能够暂时逃避的时刻。

有的同事很快就适应了这种情况。大家都习惯了把化悲剧为幽默作为应对工作中不幸事件的解决方法，但爱丽丝的病情让他们不知所措。对此，他们不能玩笑了之，所以也不知如何应对这个事实和他本人。所以当杰克曼冷漠回应同情或者关切的话语时，他们反而觉得如释重负。有人刚开始不习惯，但最终还是这么做了。最后，大家不再提起爱丽丝，除了个别偶尔造访的老朋友或同事会问两句。但安妮·戴维斯是个真正的朋友。许多个夜晚，他们一起参加烧烤、晚宴和生日聚会，彼此陪伴。她从不拘礼节，也不会因此缄默。

戴维斯闭紧了嘴唇。“那天我和约翰还说我们仨得聚聚，好多年了，真想不到，一个人对你的人生造成这么大的影响。”

“没事，真的。这周是她的生日。”

“对哦。”两个人陷入了沉默，气氛开始变得紧张。“所以西莉亚回家了？”杰克曼点点头。

戴维斯注视了他片刻。“那你呢？”

“哦，你知道的……”杰克曼吞吞吐吐地说，挠了挠耳后。

“还在定期去看心理医生吗？”

他点了点头。“强制要求的。”

令人尴尬的沉默持续了片刻。她转头看向吧台，又很快回头，向他使了个眼色，说：“又到处放电了？吧台那位女士正饶有兴致地打量你呢。”

杰克曼侧身看向她身后，只见弧形吧台边站着一位上了年纪的男人，正小口地喝着啤酒。他回过身，朝安妮翻了个白眼。之前的紧张气氛顿时烟消云散。

“又上当啦！”她咯咯地笑起来。

“你还是一点儿都没变。”他将剩下的饮料一饮而尽，站起身来。“好了，我要回家，看看西莉亚想不想睡前喝一杯。明天见。”

*　　*　　*

他把车缓缓驶入小道，野莓丛和高大的橡树一一挡住后路。他停下了车，走下来，从后座拿了包，停顿片刻环顾四周。

确定周围没人，他心满意足地沿着小路上坡，朝远离公路的方向走去。脚下的泥土被太阳烤得发硬，凹凸不平。背上的帆布包走一步沉一下，走到尽头愈发沉重了。他打开头灯，试图在灌木丛中找到方向。一道光照亮了头顶茂密的阔叶树，地上长满了厚实的欧洲蕨。他得小心点儿，突出的树根潜藏在黑暗中，随时可能绊倒他。伸展的树枝会钩住他的夹克外套，但他并不担心，这条路他已经摸黑走过好几次，早就习惯了。

没过几分钟，他已经穿过灌木丛来到了另一边。远处，一阵窸窣声引起了他的注意。他停下脚步，退几步躲树后，关掉头灯。过了一小会儿，他的眼睛逐渐适应了黑暗的环境，开始环顾四周捕捉一切动静。然后他看到了一只獾：面部有黑白竖条纹，背上有黑色的斑点，左右摇摆着在他眼皮底下穿过了小路。经过他时，它飞快地瞄了他一眼，又继续向前爬。

他长长地舒了一口气，一直等它消失在视线中才又放心地打开头灯。不过这之前，他还是犹豫了一下，缓缓环顾四周。几道光柱照亮了周围。一片寂静，空气仿佛停止了流动。踩到水泥地时，他知道快到旧飞机场了。他摘下头灯，走向棚屋。进门后，他放下包，翻出黑色头套戴上，然后换掉灯泡，俯身解开锁链。

他一边回头看屋里一边把格栅烤架往回拖，发出一阵摩擦声。

她在那里躺着，灯光的黑影在周围的墙上跳动。她双腿贴近身侧，抬起双手遮住脸，试图挡住他头灯发出的刺眼亮光。她的深色长发打了结，凌乱地披散在肩上，胸部的轮廓和臀部的曲线隐约可见。即便如此狼狈，她的美貌依旧令人着迷。

“求你了，别动我！”她哭喊道。

惊讶于她柔和的语气，他什么都没说。她说话一直都是这样，狠不起来。

“求你了！”她双手合十在面前晃动，作乞求状。他知道她在干什么。她想趁机瞄一眼绑架者的长相。但即便她能在灯泡刺眼的强光中睁开双眼，她也看不清头套下的面容。只有他能看清眼前的一切，至少这次是这样。

“求求你，放了我吧。我保证不告诉任何人。”

他无视她的呼喊，从背包底部翻出几条毯子扔到地上。然后，他又从包里拿出食物和水，蹲下身把它们丢进坑里。东西落地时发出了几声巨响，吓得他立马弹了回来，同时下意识抓起了烤架。

“不！别走！”她声嘶力竭，着急地大喊。他愣了一下，望向蜷缩在角落里的那个身影。她扭曲着身体，就像一只猫。她身上的衣服撕裂了，裸露的肌肤上蒙上了一层尘土。当他拖着烤架穿过时，她声音渐弱，只发出一连串低沉的呜咽。

14

随着耳边一阵湿漉漉的舔舐，杰克曼渐渐苏醒。他呻吟着转过身，把狗推开。有个小东西从他身旁的沙发上跳了下去，随之传来东西滑落的声音。他低头一看，不由得又呻吟了起来。之前几个小时，案卷都好好地躺在他胸口，现在却在地上散作一团。所有的证词复印件、信用卡账单、通话记录都混在了一起。

“早上好！”他一抬头就看到了西莉亚明媚的脸庞。“看来你昨天很晚才睡。”

“嗯。”他勉强回应了一声。他感到口干舌燥，脑袋嗡嗡作响。

昨晚到家时，西莉亚已经睡了。他从门口探头张望，发现她用被子盖住了脸，就像小时候一样。埃里克抬起头，努力摆动着尾巴，但并无意离开她身边的舒适区。

杰克曼悄悄回到自己的房间想早点儿入睡。然而半小时过去了，他还在黑暗中睁着双眼出神。想起雷利的文件，他走到起居室，在台灯下开始翻阅案宗。

西莉亚上前一步，关掉台灯，拉开窗帘。杰克曼猛地起身遮住双眼，问道：“几点了？”

“五点半。最喜欢清晨的空气了。”

杰克曼呻吟了一声，又躺下了。看来过去几年放纵的青春生活结束了，西莉亚又重拾了儿时早起的习惯。

埃里克踩在案宗上来回走动，纸张不时发出声响，滑动到她身下。“拜托别添乱，老兄。”他边说边轻轻把狗推开。

他俯身草草收起散落的文件，这时西莉亚回来了，手中拿着两杯热气腾腾的饮料。“特浓咖啡，”她说，“你的最爱。”

“谢谢。”

她低头看了一眼他身边的文件。“在调查那个失踪的女孩儿？”

他眨了眨眼，布满血丝的双眼呆呆地望着她。

“我在当地新闻上看到了。”她说。

他望着她，强迫自己的大脑重新启动。随着思维逐渐恢复正常，他开始思考。想到女儿在家里，而外面的年轻女子接二连三地失踪，他感到一丝焦虑。“答应我一件事，”他尽量温柔地说，“之后出门要多加小心。”

“知道啦。”她一字一顿地回复道，声音中透露出一丝恼怒。

“说真的。不要单独行动，特别是天黑之后。行吗？”

她抬眼望着天花板，不耐烦地点了点头。

清晨的凉风通过后部敞开的法式落地双扇玻璃门穿过房间。两个人小口地喝着饮料，沉默不语。随着咖啡因开始起效，杰克曼渐渐感觉头脑清醒了。

他回问西莉亚："昨晚睡得还好吗？"

"还行，但早上醒来发现被挤到了床边。得教教埃里克如何与他人分享了。"

这时，埃里克恰好摇着尾巴溜达回来了，逗得两个人咯咯发笑。西莉亚俯身抚摸着它的头。

杰克曼活动了一下肩关节。虽然一大早被叫醒，但西莉亚带来的温暖和能量好像散布到了每一个角落，让这座房屋重新有了家的感觉。"你今天有什么打算？"他问道。

她喝了一小口咖啡，舔舔嘴唇，说："打算去山姆和麦琪那里，看看他们有啥打算。"

杰克曼点点头。"你打算在家里待几天？"

"我明天中午得回去了，阿德里安生日，我说过要带他出去吃饭的。别一脸被抛弃的表情，我再过两周又会回来的，咱们不是要去纽基度假吗？到时候有的是时间呢。"

杰克曼惭愧地笑了。从小到大，女儿总能读懂他的心思。于是他又厚着脸皮问道："你和那个阿德里安是认真的吗？"

"拜托！"她抬起一只手，"我没这个打算。"

"别激动，我不是这个意思。只是好奇你会不会请他来家里度假？"

"不知道。"她又喝了一小口咖啡，"可能吧。他父母住在埃克塞特，离这里很远，但他又不开车。”

杰克曼把空的马克杯放在地上，开始整理腿上的卷宗。“如果你想的话，可以请他来纽基跟我们一起度假。”他头也不抬地说。

“请阿德里安？算了吧，他都不会冲浪。别担心，我会计划一下夏天的安排，到时候你就能见到他了。不过你得保证对他好点儿。”

西莉亚继续说着，但杰克曼不再留意她讲了什么。他的目光停留在爱伦·里德曼信用卡账单上的一条记录上，他似乎在哪里看到过这条记录。

15

“两名受害人都与‘泰国船库’有关系。”杰克曼一边自言自语一边向后靠到椅背上。

贾纳斯坐在他对面，手中捧着一杯奶茶。朝着饮料吹气时，她的刘海儿随之飞舞。那天早晨，在去利明顿的路上，她突然想了解案情，着实让杰克曼吃了一惊。好在早些时候，西莉亚的咖啡让他从7点开始就精神抖擞。不过，他还是替她向前台的女服务员要了一些牛奶加入茶中。

“我在凯蒂·夏普的通话记录中发现了一个斯特拉特福德的号码，通话时间是她失踪前一个月。我追踪了那个号码，是一家餐厅。这家餐厅也出现在爱伦·里德曼的信用卡账单上，时间是她失踪前几周。”

贾纳斯深吸了一口气，什么都没说，只是盯着杰克曼。

“我早上发邮件跟雷利说明了这些细节，但这使我担心，”杰克曼顿了顿继续说，“现在两个案子都跟斯特拉特福德扯上了关系，而且我还在李敏的学校宿舍里发现了他们的菜单。这三者估计有联系，我们得做好准备。案件中的三名女性年龄相仿，都是清瘦身材、深色头发。里德曼和夏普的尸体在失踪一段时间后才被发现。而且，她们三位的家人都不在附近。”

贾纳斯重重地叹了一口气，把眼镜推到额头上，边用大拇指和食指揉搓双眼边说道：“还有其他关于失踪女孩儿的线索吗？”

杰克曼向她简要描述了前一天的行动。最后，他提到了侦查人员。当天早上，他们的到来使汤姆家疲惫的侦探们如释重负。

“你怎么看？”她问道。

“怀孕的事给案件带来了新的线索，也使汤姆有了作案的动机。如果李敏拒绝堕胎，这会影响他的前途，这可能是目前最合理的推测了。我不认为这和堕胎诊所的代理商有关，不过我还是派人进行了背景调查以防万一。显然，这种情况下，李敏有理由逃跑。”

“这会给我们留下什么呢？”

“在她即将离开酒吧的时候，我们捕获了面包车和宝马汽车碰巧从附近路过的画质增强影像。希望到时候我们能锁定他们的车牌，并能追踪到这两个驾驶员。目前，我们仍在继续追查酒吧闭路电视录像中出现的嫌疑人，此外，我们也会及时跟进回应媒体诉求。”

“她的父母呢？”

“拉塞尔是他们的家庭联络员。她昨天联系了他们，但他们表示对这一切不知情。我们今天会再次联系他们，但目前最大的问题是受害者研究。”

“大使馆还没有回复？”贾纳斯皱起了眉头。

“几小时前，我们收到了一份报告。他的企业账户和信用评级看起来都没什么问题。关于她和她家人的背景信息很少。”

贾纳斯盯着地板看了一会儿，目光又回到杰克曼身上。她字斟句酌地说：“李敏已经失踪将近三十六小时了。我们调查了所有的医院并没有她的消息，所以应该不是意外。就她的精神状态来看，应该也不是自杀。所以，我们目前有三种思路。第一，既然我们已知她怀孕，她可能只是暂时找个地方静静，之后还会回到学校。第二，她的失踪和其他两个案子相关。但现在下结论还为时过早。第三，绑架她的另有其人。我会让雷利的手下去重点跟进那家餐厅。”她顿了顿，继续说道：“看能查出什么结果。你也继续调查吧。”她把手放在杰克曼身前的桌上，俯身凑近他说：“这些情况目前保密，隔墙有耳，我不希望有人在公众场合谈论这些，现在媒体那边已经有所怀疑。今天早上，华威广播电台就在谈论李敏失踪案时提及了爱伦·里德曼，虽然他们比较谨慎，没有将两个案件直接关联。我们肯定要尽快做出决定。”她停顿了片刻。“先看看今天能有什么进展吧，有消息随时联系我。”

杰克曼点了点头，以为她会像往常一样匆忙离开办公室，赶去参加另一场会议。但今天，她只是静静地坐在那里，抬起头往后仰。“还有一件事。”这句简洁有力的话引起了杰克曼的注意。“你已经三次辅导课没来了。”

杰克曼在心里叹了口气。那场车祸之后，单位同意他返岗担任全职的条件之一就是每周参加辅导课。过去几个月，他把上课的频率减少到了两周一次。他记得取消过一两次课程，但真的有三次没去上课了吗？“我最近很忙。”

她撇了撇嘴。“条件里可不是这么写的。”

杰克曼翻了个白眼。

“说实话，我不在乎你去不去上课，但后勤部门的人一直因为这个事情找我。他们又跟辅导师预约了周五下午四点三十分的课。记得去上课，别给自己惹麻烦，不然下次又要为了这种事找你浪费时间。”她起身整理好公文包。“好，我走了。回聊。”话音刚落，她的身影就从门口消失了。

杰克曼重新陷入了沙发。这该死的辅导课，吞噬了他的生活，如同挥之不去的乌云压在他头上。

事情已经过去快十二个月，但那个夜晚已经成为他心中永远的烙印。当时，他们参加完派对回家，正开车行驶在A46公路上，爱丽丝坐在驾驶座上。那是个美丽的夜晚，夜空中繁星闪烁，照亮前方的道路——这一切恍如昨日，历历在目。

就在这时，有辆车从转角处冒了出来，打着车头灯，光线刺眼得像是把闪光灯开到了最大。它像碰碰车似的在车道上突然转弯，让人根本没有时间按车喇叭。下一秒，他们感受到一阵猛烈的撞击，身体随着车辆翻滚，车灯在眼前闪烁晃动。一瞬间，杰克曼感觉自己在一团五颜六色的光影中旋转，到处乱撞，然后就什么感觉都没有了。他望向爱丽丝。她的头部卡在了被撞变形的福特福克斯轿车顶部和方向盘之间。

杰克曼的思绪又飘向了车祸之后。他伸手去试探爱丽丝颈部的脉搏，确定她还活着。尽管他一再坚持，但医护人员不允许他陪在她身边。他还记得自己被医护人员拖走，在刺耳的救护车鸣笛中被送往医院，脖子用支架固定着。

不久之后，他发现爱丽丝也被从车内救出送往医院了。但他的伤势较轻，而爱丽丝却再也没有恢复知觉。CAT扫描发现她的脑部有血块，随后进行了紧急手术。医生怀疑她的脑部受到了损伤，但即便是手术医师也难以预计她是否会康复。

日子一天天过去了，随之而来的忧虑和疲惫逐渐将他的精力消耗殆尽。每天，他出入医院，爬上楼梯，通过长长的走廊来到病房，鞋子与锃亮的地面摩擦发出刺耳的声音，同时西莉亚小跑着跟随他左右。车祸发生的六天前，她刚结束了大一生活。渐渐地，这成为他的日常，就好像刻在脑海里一样。每次进门前，他都会停下来往手上抹抗菌清洁剂，并且和值班护士确认情况。完成这一系列步骤后，他才终于迈进了妻子的病房。房间里，各种机器运作着，发出短促尖锐的声音，以维持她的生命。

有那么一会儿，外面的世界好像不存在了。他的思绪穿越时空隧道，飘向了那段忙于医院探访、床边守夜、治疗咨询的日子。

最终的诊断结果改变了一切，顾问医师不再谈论测试结果和治疗方案，因为预后不容乐观，他们已经开始讨论姑息护理。

他又想起车祸四个月后某一天，他来到一位专家的办公室。那与其说是一间办公室，不如说是一个箱子，里面放着一个塞满东西的橱柜和一张摆满了棕色的文件袋和笔记本的书桌。请杰克曼坐下后，专家西蒙斯博士俯身前倾，眼周的皱纹更深了。他说："由于这场车祸，你妻子的基底动脉中长期存在脑溢血现象。"他抬起一只手指了指头颅后部的下方位置。"她现在患有闭锁综合征。"

博士用各种手势试图向杰克曼解释这种状况如何导致爱丽丝长期瘫痪。"虽然爱丽丝对于周围发生的一切有意识，但她无法控制自己的身体，连她的双眼也处于永久性瘫痪的状态。"

西蒙斯博士继续说道："坦白说，目前没有已知的治疗方法。大多数患者在症状持续几个月后就去世了，即便是存活下来的患者也少有人完全康复。据记载，有些患者恢复了部分控制能力并能通过眼部活动甚至嗅觉与外界交流。尽管也有个别完全康复的病例，"他顿了顿，"但是非常罕见。"

这段沉重的话语刚消散在空气中，他又谈起未来需要长期护理。杰克曼感受到西莉亚的手指紧紧地抓住了他的手臂。他清晰地感受到一股绝望的情绪正在吞没自己和女儿，妻子永久瘫痪、过去的美好生活一去不复返的事实在脑海中挥之不去。

“对于周围发生的一切有意识。”在最黑暗的那段时光，这句话时刻萦绕在他心头。这恐怕是最糟糕的情形了——就像困在笼子里的野兽，从四面八方与外界隔绝，对自身毫无控制。

这时，停车场的一阵关门声打断了他的思绪，使他回到现实。最初，局里对他重返工作岗位抱有怀疑。他也明白自己要谨慎，毕竟没人想要不合格的警察，特别是在需要明辨是非的重大案件调查中。但他不会给任何人理由质疑他的判断。此刻，他心中升起的怒火皆因这段时间的所有遭遇而起：导致他妻子永久瘫痪的命运、强迫他延长心理治疗的警察、命令他参加心理咨询的贾纳斯。事实上，谈论那起事故正戳中了他的痛处，让他想起过去十二个月中挥之不去的阴影。

不过，这也是他出车祸后第一次被任命处理案件，他不敢造次，让贾纳斯有任何理由罢免他。

他下车走进了总部，里面一片忙碌。戴维斯看到了他，激动地挥手让他过去，她正俯身在电脑屏幕前。

他慢慢走近，她瞥了他一眼，说道：“修复的录像刚传过来。”她按下另一个键。“你看。”她指向屏幕。

杰克曼凑近一看，他能看到那辆白色的大众面包车，画面还是有点儿模糊，但他现在可以辨识出车牌号了。他注意到加油口周围有一个生锈的圆圈。

“这辆车的车主是考文垂一位叫盖·泰勒的男子。”戴维斯说，“他不在记录中，基恩要去那里调查一下。”

杰克曼点点头。“好的。那辆宝马呢？”

她点击鼠标，另一张照片出现在屏幕上。

他看到那辆宝马车和车牌被清晰地标了出来。

“这辆车的车主是特丁顿路一位名叫加洛韦的先生。同样，他也没有记录。”

杰克曼又回想起那段监控录像。录像中，那辆车在经过李敏身边时停下了，然后又加速向前驶去。“我去找这位先生谈谈。”

她转头看向他。“你确定？”“当然，偶尔呼吸一下新鲜空气也挺好。”

*　　*　　*

他的身边都是女人，一张张妆容精致的面庞散发着甜美的香水气息，她们的双眼望向橱窗，阳光下明净的玻璃映出她们的倒影，她们的胳膊上挎着手包。

她们中有些人推着婴儿车，有些则成群结队地逛街闲聊。她们身穿贴身的低胸露背礼服，扎起的马尾辫中散落出几绺碎发。

今天早晨，皇家利明顿比他想象中更繁忙。顾客们早早地来到店里，只为躲避白天的炎热。一位红发女子朝他的方向冲过来，汗水顺着脖子往下淌。当她经过他身边时，他感到一阵恶心。

他偷偷地深吸了一口气，继续穿过大厅，环顾四周。他现在要找一家百货商店，那里有一群热情的服务员能够满足他各种奇怪的要求。在这里，服务员忙于应付各种顾客。而在斯特拉特福德那些古董店和小商店里，服务员能在一群人中认出你。

不，他已经深思熟虑过了。他穿过走廊，拿好第二阶段所需物品。是时候做出改变了。同时，他也不禁好奇侦探会如何理解这一切。

16

我望着斜靠在坑边的那两瓶水，其中一瓶几乎空了，还有半条用橘黄色塑料包裹起来的面包棍、几条巧克力棒和旁边的几只苹果。这些都是昨晚上送来的。

我知道他过来时已经很晚了，因为头顶上的一条缝隙只透出微弱的灰色光芒，坑里也特别黑。我几乎可以肯定，绑架我的是个男人。我在头脑中反复思考过，要把我扛到这里，他必须非常强壮。

昨天晚上他走近时，我听到了脚步声。刚开始，我以为可能是夜行动物，但随后听到了清脆的金属碰撞声。砰的一声，锁链掉到了地上。

当时我满脑子都在想他有什么计划。在刺眼的灯光灼伤瞳孔之前，我已经开始颤抖，因此不得不把脸埋进双手中。接下来，我意识到他把好几袋东西重重地扔进了坑里。后来我发现这些东西是食物和毯子，但之前我并不知道，也从来没经历过这样的恐惧。一声声重击声使我因恐惧而战栗。短暂的寂静之后，我听到了刮擦铁栏的声音。

我心中燃起了一阵怒火。我根本没有机会看一眼或者做点儿什么，甚至无法捕捉到任何之后可能有用的细节，比如他的声音中的抑扬顿挫、他眼睛的颜色或者他的身形。我什么也看不见，什么也听不到。

我抚平了被我压在身下的毯子上的褶皱，提起一角凑近鼻子。这毯子闻起来清新干净，还没有沾染上混凝土粉末的霉味，也没有像坑里的其他东西那样散发出一股尿味。这味道很干净，就像刚淋浴完时浴室里充满的那股味道。我紧紧地抱着这条毯子，生怕会失去它。

我感到胃里像洗衣机般一阵搅动，还发出了咕咕的叫声。令人作呕的胆汁涌上了喉咙。黑暗中，一段儿时记忆悄悄涌上了心头。当时我才十二岁，那一年，我父亲隔壁工厂的厂长失踪了。小时候，他们一家和我们住在同一幢公寓大楼。有一天，他离家后没有出现在单位里。几天过去了，大家都没有他的任何消息。渐渐地，小区里谣言四起，但没有人发现任何尸体，也没人为他举办葬礼，更没有人能解释这一切。后来，他的妻儿搬到了乡下，一户新的家庭搬了进来。当地政府接管了他的工厂。所有人都一如既往地生活着，但每次我经过他家公寓大门时，脑海中总是会浮现出他的脸庞。

我也会像他一样吗？前一天还在学校，第二天人就没了。但他为什么还给我吃的？

可能我的父母还付不起赎金，或许他需要更多时间。我紧紧抓住这一线希望，闭上眼睛，努力回想曾经快乐的家庭生活——母亲站在厨房水槽边，腰上系着围裙，父亲坐在桌边读书。但这样一家三口在家独处的时光并不多。通常，他都忙于和客户或商业伙伴应酬。但如果我们在家，他会如饥似渴地读书，一本接一本地读，好像要学尽书中蕴含的所有知识。他总是看纪实类书籍，从不看科幻小说。此时此刻，我似乎能看到他边伸出一根手指抵住太阳穴边对我说："书籍使人聪明。兰花，要多读书，这会决定你的未来。""兰花"是家人对我的昵称，来英国之前，学校外都很少有人叫我李敏。

愧疚刺痛了我。小时候，我曾经求爸妈给我生个弟弟或妹妹。如果是个弟弟，我就跟他在地上打滚，和他玩摔跤。如果是个妹妹，我就跟她一起看书，和她分享我的秘密。我父亲有一个兄弟，我的母亲兄妹三人。我觉得兄弟姐妹是一种财富，他们会成为我的玩伴，在漫漫长夏，学校里的朋友不在身边时陪我玩耍。我嫉妒我的父母，也不能理解为什么我无法享受这种特权。

每次这种请求都会被无情驳回，令我非常沮丧。不过，这并没有改变我对拥有弟妹的渴望之情。即便到了青少年阶段，我依旧被一股无声的恐惧和孤独笼罩。读《小妇人》时，我和大多数读者一样，在贝斯去世时哭了。但不同的是，我并不是为她的死亡而哭泣。我哭泣是因为我想成为她，去体验一次她所拥有的姐妹深情和乐趣，哪怕一小会儿也好。所以我决定，以后有了孩子，绝不会让他/她独自一人。我要组建一个大家庭，生一群孩子，让他们跑来跑去，一起玩耍，沉浸在他们天真无邪的小天地中。我要让他们一起成长，一辈子相互支持、抚慰。

我摸着小腹，心想不知我的孩子能否听见我的心思。我还没有计划组建我的家庭，不是在这里，以这种状态。汤姆想让我堕胎。从某种程度上来说，我可以理解他。怀孕会激怒我的父母，影响我们的学习，威胁我们的前程。他曾经向我提起，斯特拉特福德郊外有家诊所，在那边，花点儿钱可以做终止怀孕手术。终止怀孕，听起来像是一切的终结。

17

杰克曼到达特丁顿路时，云层的缝隙中透射出几缕阳光。难得华威郡的广播电台也有准确预报的时候。根据天气预报，本周三，斯特拉特福德将会成为该区域最后一个受热浪侵袭的地区。晨间的清风刚带来了一阵凉意，现在又在努力驱散空中的云层。

他经过通往洛克斯利路的入口，那里驻守着经过特殊训练的官兵。他偷偷地打量着汤姆·斯蒂尔的住宅，不由好奇加洛韦和斯蒂尔两大家族如此靠近是否有重要意义。他们的住宅相距不到十分钟的步行距离。

杰克曼瞥了一眼右手边的高尔夫俱乐部，继续向前，来到一座离道路有段距离的分离式砂岩房屋前，把本田汽车停在入口处的车道。走到门口，映入眼帘的是一排大陶罐和窗台花箱，各种颜色的三色堇竞相开放。

穿过车道，碎石在他脚下嘎吱作响。他来到一扇壮观的硬木大门前，按下了门边的门铃。从这里，他听不到大路上的声响，只能听到微风穿过跟前高大山楂树篱时发出的窸窣声，还有远处传来的犬吠声，尽管这一切平淡无奇。这里是斯特拉特福德最适宜休养的地方，这一排房子每座都价值百万，他刚入职时这里发生过几起入室盗窃案件，除此之外，他很少到访此地。

他又按了按门铃。狗吠声越来越响。突然砰的一声，是金属撞击的声音，吓了他一大跳。房子一侧是一道熟铁制的大门，两条狮子犬正在那里上蹿下跳、大吼大叫。

“有事吗？”

在一阵狗吠中，他循声望去，向对方出示了警徽。“早上好，”他向对方打了个招呼。“请问您是加洛韦夫人吗？”

她瞥了一眼他的警徽。“别叫了！回窝里去！”狗吠声戛然而止。两条狗耷拉着眼皮望了她片刻，然后灰溜溜地走开了。

等两条狗走开后，她叩了几下门，然后打开门，自己站在门边，让杰克曼先进去。杰克曼看了看她深蓝色的棉质连衣裙和梳得极为妥帖的银灰色头发。她没有化妆，但是脸上散发出一种英伦玫瑰的柔美。

她双手紧握，问道："请问您需要什么帮助呢？"

"我想和大卫·加洛韦先生谈谈。他在家吗？"

她后退了一步，眼睛眯成了一条缝。"不，他现在出去了。有事吗？"

"别担心，我们只是觉得他或许能为我们的调查提供帮助。"

这时，从远处传来的电话铃声打断了他们的对话。加洛韦夫人看起来有些慌张。"您最好进到屋里来。"

他跟着她穿过厨房、大厅，走进了起居室，从那里正好能看到门前的车道。"抱歉我得离开一下。"说着，她拿起电话，走出了房间。

杰克曼在一把棕色椅子上坐下，望着柴炉跟前的地毯上吸尘器留下的如麦田怪圈般清晰可见的痕迹。

这时，大厅的地板发出了声响。加洛韦夫人出现在了门口。"抱歉，我回来了。您要喝咖啡吗？"

"不用了，谢谢。"

空气清新剂柔和的气味使周围的空气变得香甜。她走进房间，在一张大沙发上坐下。"你要找我丈夫？"

杰克曼点点头。

"抱歉，他不在家。他现在在迪拜工作，得到6月底才回来。我能问一下您为什么找他吗？”

杰克曼没有回答她的问题。“你们是不是有一辆黑色宝马？”

她的眼神闪烁了一下，似乎想起了什么。“是的，在车库里。”

杰克曼依稀记得房子背后的双车位车库。“请问您周一晚上在哪里？”

加洛韦夫人犹豫了片刻，盯着地板说：“没错，当晚我去参加了读书俱乐部的年度晚宴。每年5月由我们轮流举办。今年的晚宴在卢丁顿的一家酒馆举办。”

“您什么时候离开的？”

她低头盯着双手。“我记得大概十点三十分吧。回家路上，我把一位朋友送到市中心，然后顺便喝了杯咖啡。估计到家已经十二点左右了。”

“您当时开的什么车？”

“就是停在门前的那辆路虎揽胜。”她挪了挪身子。

“您确定当时开的不是那辆宝马？”

“当然！我从来不开大卫的车。真受不了那辆车，实在是太低了。您到底想问什么？”

“您确定这辆宝马现在在车库里？”

“是的，今天早上我去车库里取园艺用的股线时还看见它呢。”

“但是周一晚上这辆车出现在了埃文河畔斯特拉特福德市中心。”

“不可能。”她摇头否认，好像要驱散这种观点。

“摄像头拍到了，不会有错。还有其他人能使用这辆车吗？”

加洛韦夫人不太自然地抚弄着她的裙摆。“没有。”

“您确定吗？那还有别人住在这儿吗？”

“只有我儿子安德鲁。我的女儿在外地上大学。安德鲁才十七岁，还在接受驾驶培训。”

十七岁，只比汤姆·斯蒂尔小一岁。杰克曼暗自思索。他们有可能一起上学。他又看了一眼加洛韦夫人。她儿子没有驾照，难怪她会感到不自在了。

杰克曼缓和了语气，说：“周一晚上，有个女孩儿在镇上失踪了。她最后一次出现时，摄像头拍到这辆车在她附近。我们认为驾驶员可能目击到了一些情况。”

“我确信安德鲁没有参与犯罪。”她欲言又止。

“但我得和他谈谈。”

这时，汽车引擎的轰鸣响彻了整个房间，随后传来关车门的响声，接下来就是一阵轻声窃笑和一片狗叫。

加洛韦夫人站起身，面部因为愤怒而抽搐。“好吧，说曹操曹操到，你想见的人来了。”

一个骨瘦如柴的男孩儿出现在了门口，他看起来并没有十七岁，蓝眼睛，顶着一头蓬松杂乱的金发，身上穿着大得不合身的衣服。

加洛韦夫人站那里对他说：“安德鲁，这位是探长杰克曼。”

不知道是他母亲语气中透露出的紧张还是因为提到了警察，男孩儿的脸瞬间变得灰白。他愣住了，好像小孩儿从饼干罐里偷饼干时被抓了个正着。

“探长有问题要问你。”

安德鲁灰溜溜地走进房间，他鬼鬼祟祟地瞟了杰克曼一眼。杰克曼示意他在对面的沙发上坐下，请他回忆周一晚上发生了什么。起初，他对一切拒不承认。但当杰克曼提及监控录像时，他把目光转向了地板。

“听着，我来找你是为了调查一位中国女学生失踪的案子。”杰克曼解释道，“她最后一次出现是周一晚上十点三十五分离开老茅屋酒吧时。摄像头拍到你父亲的车在那段时间前后经过了附近。如果你当时看到或听到了什么，可能会对我们的调查有帮助。”

安德鲁的脸上闪过了一丝微弱的希望，他没想到会受到这样的训诫。

“你当时看到什么人了吗？”

他点点头。“我们在那附近兜了一个小时左右。”

“我们？”加洛韦夫人打断他，听上去有些生气。

“当时杰姆跟我在一起。”

“就知道。”她并不试图掩饰声音中透露出的不满。

杰克曼没有理会她，说道：“你继续。”

“有个女孩沿着罗德街朝着警局方向走去，当时我们正在往集市开。”

“你能描述一下她吗？”

“个子不高，是个中国人。她当时穿着浅色丝质长裙。我们还停下车跟她聊了聊。”

“真不敢相信你居然做出这种事！”杰克曼身后传来一个尖锐的声音。

他回过身。“加洛韦夫人，请保持安静。”她移开了目光，但脸色铁青。

杰克曼转过身对男孩说：“你们说了什么？”

他抬了抬嘴角。“没什么，就问她要不要我们带她一程。我们只是觉得好玩。”

“安德鲁，目前这很关键，仔细想想，你现在是最后一个看到她的人，当时她是什么反应？”

“她抬头看着我们，但没回答。她看上去好像哭过，所以我们按了两下汽车喇叭然后开走了，我们就是想找点乐子。”

“你们当时有没有看到附近有其他人或者车？”

安德鲁盯着地板，咬了咬嘴唇。“我记得当时集市那边停着一辆面包车，就在钟塔旁边。”

“你能描述一下那辆车吗？”

“不太记得了，只知道是白色的，好像是大众。”

“当时车里或者附近有人吗？”

安德鲁摇摇头。“我们没看到任何人。”

杰克曼后仰靠在椅背上，双手交叉放在腿上。是时候换个话题了。“安德鲁，你认识汤姆·斯蒂尔吗？”

男孩皱起了眉头，有一阵子他似乎若有所思。“是的，我们同校，他高我一级。怎么了？”

杰克曼没有理会他的问题。“你最后一次见他是什么时候？”

* * *

杰克曼深吸一口气，试图恢复即将耗尽的耐心。一个小时下来，他没从安德鲁那边获得多少线索。安德鲁声称和汤姆不熟，对方离校后就没见过他。虽然从肢体语言看不出安德鲁在撒谎，但他家和汤姆家相距如此之近，依旧令杰克曼心生疑虑。

安德鲁又回想了一下当时的场景，他和朋友碰到李敏时正在那附近转悠。当时，她正朝警察局方向走去，但摄像头拍到她时，她已经转弯进入了格林希尔街。她当时是赌气离开酒馆漫无目的地散步平复心情吗？还是说她是朝着一个特定的方向前进？那又是什么使她回头了呢？安德鲁·加洛韦是不是在他父亲的宝马车里对她实施了骚扰或者恐吓？他是不是向她传递了来自汤姆的信息，或者另有原因？

他在脑海中反复思索安德鲁的描述。“她看上去好像哭过。”他不知道这是因为和汤姆发生了争执还是其他的原因。

回到车里，杰克曼给局里打了电话。第一声铃响后，电话被接起了。

“长官？”没等他说话，安妮率先开口，“我们追踪到了那辆白色面包车，或者说是我们认为的那辆车。”

“什么意思？”他一边发动车离开加洛韦家的车道一边问。

“车主住在考文垂，目前在哈德斯菲尔德工作。他的合同昨天刚到期。昨晚他开车回考文垂，今天清晨到的。”

“你确定？”

“千真万确，我们查过了，他看起来并不像我们要找的人。”

“车牌号呢？”

“连字母都分毫不差。”

杰克曼打开了转向灯，把车停靠在路边。“假冒车牌？”

“看起来是这样。”

杰克曼感到肾上腺素一阵飙升。这一线索的出现改变了整个事态。如果这辆面包车和李敏的失踪有关，他们可能要准备寻找她的尸体了。“好的，把这一线索告诉每个人。调查周边所有的汽车修理厂，看看近期是否有人订购了新的车牌。同时检查一下警局摄像头，看看过去三个月中，这个车牌在何时何地被拍到过。显然，开车的人小心翼翼试图掩饰自己的身份。”

“好的。”戴维斯答应道，“你从宝马车主那里得到了什么线索？”

“有钱人家的小孩儿偷开他爸的车，从他那里得不到什么线索，他声称看到了受害人，但双方接触不过几秒。他住在汤姆·斯蒂尔家附近，这点可能很关键，等等……”他从口袋中掏出笔记本，把当晚和安德鲁同在车内的那位朋友的具体信息告诉了戴维斯。“派人去询问他，看看他们的证词是否一致。”戴维斯没有立刻回答，电话那头传来一阵噪音。杰克曼突然意识到电话那头陷入了混乱，大家都提高了音量。安妮语速飞快地说："长官，稍等片刻。"说完便消失在了电话那头。

他竖起耳朵，听到安妮正在远处尖声和别人讨论，但听不清她具体说了什么。"安妮？怎么了？"

等了很长时间她才回复。他几乎要失去耐心了。再次跟他对话时，她的声音中透露出一丝尖锐。"长官，请您立刻回局里一趟，应该是收到了赎金要求。"

18

我胡乱扯开面包的包装，扔到角落，正好砸中了一个空瓶。瓶子轻轻地晃了晃，在坑里发出一阵噪音。

之前，我打瞌睡时曾被一阵摩擦声惊醒。起先，我以为自己在做梦，直到我睁开双眼，看到半明半暗中有无数双亮晶晶的眼睛正盯着我。那只老鼠回来了，带着它的朋友一起来了。

我一跃而起，连声尖叫，像吸血鬼似的对着它们龇牙咧嘴，直到它们被我吓跑。但它们还会回来的。这里有食物，它们能嗅到气味。现在我不敢睡觉了，我必须时刻保持警惕。

毯子边缘露出了两只看上去不太新鲜的苹果，其中一只还被咬了几口。上次送来的食物只剩这么点儿了。我双手枕在脑后，向后张开双肘。被关在地下的这段日子里，焦虑、无聊和孤独时刻侵蚀着我，几乎令我窒息。为了保持清醒，我得找点儿事想一想。那就回想一下美好的过去吧。

汤姆，记得初次遇见他是个雨天。他站在雨中，浑身都湿透了，雨水顺着他的下巴往下流。他为我推开学校大门时，脸上的雨水闪着光。他一笑，整张脸都熠熠生辉，直击我的心灵。他的目光在我身上只停留了片刻，却在我的内心掀起了惊涛骇浪。“欢迎来到斯特拉特福德学院。”他边说边冲我眨眨眼。他带我参观了一圈校园，把我介绍给他的朋友们，而我也积极配合（其实我几周之前就到校了，已经熟悉了周围的一切）。

很快，我就进入了他的朋友圈。我努力地回想，说来也怪，我对我们的初次相遇记忆犹新，却想不起来我们的友谊从何时起变成了爱情。我们的感情就这样一天天加深，直到有一天，他亲吻了我。

想到这里，我不禁笑了。当时，我们正坐在我公寓的沙发上听着艾德·希兰的歌。我一边逗他一般戳他的肋骨。我们俩咯咯地笑着，不时摩擦着对方的肩膀。他身上有股好闻的气味。我甚至不记得这一切是怎么发生的。突然间，他的双唇就凑了上来，湿润而诱人。他的身体散发着舒适的温热，令人感觉不到一丝尴尬。即便事后也没有。和汤姆在一起总是这样自然，他似乎对于一切都游刃有余。

从那一刻起，他的温暖似乎无处不在。他好像从来察觉不到其他女孩儿渴望的眼神，即便她们的姿色远在我之上。他总是喜欢在亲密时探索关于我的各种细节，令我受宠若惊。每次当我迫使自己集中注意力学习、盯着笔记本电脑努力阅读时，他早已轻轻松松地做完了作业，在我身边读起了音乐杂志。到现在，我还能回想起每次吹头发时他对着梳妆镜做鬼脸的画面。

我深吸了一口气。这一幕幕回忆让我感到了一丝暖意，我又把头枕回了石头上。我远渡重洋来到英国不是为了谈恋爱，这一切完全不在我计划之中。但那次亲吻之后，几天几周过去了，我们之间的相互吸引使我沉沦。汤姆是第一个打开我心门的男人，他已深入我心底。正因如此，之后即便知道不该如此，我依旧明知故犯。

泪水涌上了我的眼眶。我永远也忘不了他得知我怀孕时煞白的脸色。我们还想和从前一样如胶似漆，但我们不得不面对这一始料未及的情况。

我伸手抚摸着我的小腹，一滴眼泪不听话地沿着鼻侧滑了下来。那天晚上我们吵架了，所以我离开了酒吧，我孑然一身，胳膊上一片鸡皮疙瘩。大晚上一个人在外面游荡，真是愚蠢至极。之前我从来没这样过，总是和朋友在一起，相互照应。但那天晚上我一时冲动，没等别人就独自溜出了酒吧。

当时我正在气头上，每一步都格外沉重。

汤姆不能理解国内和这里有天壤之别。我的父母对我寄予厚望，我必须取得优异的学习成绩，为我将来的职业打好基础。我得让他们看到我在刻苦学习，履行一个女儿应尽的职责。否则，他们会终止目前的资助，逼迫我回国继续上学，与所谓的成功人士往来，以便将来在大公司里谋得令人艳羡的职位。

儿时的记忆中，父亲总是举办各种晚宴，想方设法取悦所有人，为了做生意讨好别人。现在想来，我有点儿能够理解他。他只是想让家人过上更好的生活，我怎么能责怪他呢？但我对这种虚伪肤浅的应酬深恶痛绝。那时候我还小，却要对不怎么喜欢的人强颜欢笑，面对一群陌生人唱歌，还要在餐桌上保持最佳礼仪。

我试图向汤姆解释这一切，告诉他我要用自己的方式处理这些情况，应对我的父母，目前他在我父母眼中是个障碍而非动力，而且他们还不知道我怀有身孕。

但我不指望汤姆能够理解这一切，毕竟他成长的环境和我截然不同。

为了集中注意力，我迫使自己回想另一个夜晚。那是周一的晚上，我正沿罗德街走着。突然，我的脑海中闪现出了一幅画面。一辆黑色的车。它停了下来。里面是一群年轻小伙子。他们脸上浮现出兴奋的笑容，我听不清他们说了什么。他们吹着口哨开远了，我却吓得转身往回走。走到转角处的酒吧，我又犹豫了。我不会让汤姆开心的。于是我走过街角，回到了学校。

我的思绪开始变得模糊。虽然我竭尽全力回忆，但还是想不起接下去发生了什么。好像有人用一层纱布罩住了我的脑袋。当时我已经走过了街角的酒吧，正在格林希尔街上。我只能回想起这么多。我记得有一股力量把我往后拉，还有一块散发着恶心甜味的布。

想到那家酒吧。如果当时走进去就好了，如果自己当时不是那么固执，现在我应该回到公寓了，刘在看电视，郎横躺在沙发上看书，而汤姆会在我身边。

我却被困在这里，在这个冷冰冰的混凝土房间里，只有肮脏的老鼠为伴。

我本不想哭，一哭就口干舌燥，头昏脑涨，只会使情况更糟，但泪水还是忍不住顺着脸颊流淌下去。

孑然一身，孤苦无依。曾经对于远赴英国求学满怀梦想、期待和规划，如今却落得这样的下场。

我又回想起初次来英国的场景。那年我十一岁。那次旅行在我心中埋下了一颗种子，并逐渐生根发芽。2005年夏天，我们来到英国北安普敦大学进行了为期三个礼拜的游学，每天早晨上英语课，还去剑桥、巴斯、斯特拉特福德和伦敦游玩了一圈，英国人的穿着打扮、言谈举止以及当地的自然景观和人文建筑都深得我心。

十四岁那年，我遇到了我的英语老师凯伦·哈德威克。她有一头金发，每次讲到她在多赛特海边的故乡时总会双眼放光，她鼓励我读狄更斯、奥斯汀和勃朗特姐妹的作品。我父亲也是学英语的，所以我们在家时会一起练习。每次我在英语考试中名列班级前茅时，他总是特别自豪。

想起这些，我的泪水止住了，心底多了几分坚强。我只是追求一种不同的生活，为什么就该遭受这样的惩罚？

这么想着，我心中升起了一丝怒意。竟有人拿我和我所爱的人的生命开玩笑，简直岂有此理。

我抬头看了一眼铁栏。我试过逃跑，但没有成功。唯一的希望是等绑匪回来时想办法分散他的注意力。

我坐起来，环顾四周。角落里，干枯的树叶和薯片包装覆盖了我的临时厕所。在对面的角落里堆放着空瓶。他们都太软了，我要找硬一点儿的东西，才能用来打他。急切地搜寻了一阵后，我突然想起了高跟鞋，周一晚上我穿着高跟鞋，我的细高跟去哪儿了？

我绕着坑转了几圈，把里面的东西翻了个遍。虽然知道答案，但我还是这么做了。他把我的高跟鞋拿走了，那是我唯一的武器。现在我一无所有。

19

坐在办公室里准备紧急小组情况简报时，各种思绪掠过杰克曼的脑中。他面前是一封中文邮件的副本，内容是赎金要求。他浏览了一遍翻译内容：

如果你们还想看到女儿活着出现，就不要联系中国或英国的警方或媒体。

李敏在我们手上，她目前很安全，未受到伤害。

如果你们想见她，按照以下的指示做。

我们要求用旧纸币支付两万五千英镑作为赎金。把所有纸币捆好放在一起带到伯明翰的树林工业园区。进入荆棘道上的临时停车处，在5月21日凌晨零时三十分整把现金放到那里的一个橘黄色超市购物袋中。如果照做，李敏随后就会被释放。

目前，李敏有食物和水，健康状况良好。如果你们拒绝缴纳赎金，我们不会杀了她。但我们会停止供应满足她基本需求的物资，让她在囚禁的地方慢慢饿死。

这些话固然非常戏剧化，但是整封邮件毫无生气。新罗马字体看上去非常商务化，缺乏个人色彩。写这封邮件的人显然斟字酌句，以确保内容中包含了所有需要传递的信息，且除此之外没有泄露额外信息。

邮件没有落款。杰克曼向下滑动鼠标，一张李敏的照片映入眼帘，整封邮件才算有了一丝生气。她看起来像在一辆车的后座上。内部喷漆是白色的。角落里散落着几条格纹毯。她闭着眼睛，身体呈俯卧状，几乎像是死了，但照片中莫名透露出一股生机。

杰克曼回想了一下之前经手的绑架案。这类案件的重点在于和绑匪建立联系，不仅是为了获得与对方协商的机会，也是为了确认受害者的状态。在拉金案中，他甚至和受害者进行了通话以确认她还存活着。但在这个案子中，他们只有区区一张照片。

杰克曼揉搓着鼻梁，没有公开的联系渠道意味着没有协商的机会，没有机会获得任何关于李敏方位的线索。

他又回过头看了看邮件。这封邮件是格林尼治标准时间昨天上午十一点三十分发给李先生的。自此，案件上升到了一个新高度。李敏的父母称他们按照指示缴纳了赎金，但李敏至今未被释放。

杰克曼陷入了深思。李敏的父亲有一家工厂，昨天和拉塞尔交谈时，他声称自己的员工多年来忠心耿耿。据他观察，最近没有任何事故，也没有人突然离开。生意上，他的往来对象大多是合作多年的欧洲客户。但如果他卷入了非法事件例如洗钱，这不会出现在他的账户中。而且他们依然没有收到李父生意上主要竞争者的名单。杰克曼记下了这一点，交由团队成员加急催办。

这时，一阵敲门声打断了他的思绪。戴维斯的脸庞出现在他面前。“我们准备好了，长官。”

跨过门槛走进调查室的瞬间，杰克曼感到闷热难忍。狭小的空间里挤满了人，空气都变得黏稠。有些人坐着，有些人斜靠在桌子边缘，还有几个站在房间后面，阻塞了任何来自敞开窗户的气流。他走向白板的一侧，和为了参会刚从利明顿赶过来的贾纳斯站在一起。

拉塞尔在房间前方站定，清了清嗓子，她一贯向后梳得服帖的红发此刻有些凌乱。杰克曼注意到她脖子上有几处黄褐色的斑点。“好了。”她稍作停顿，整个房间安静了下来。“李敏的父母于英国时间昨天凌晨零点三十分收到了一封邮件。”她按下一个键，放大的赎金邮件出现在了屏幕上。

读完邮件，房间里的气氛骤然紧张。杰克曼能听到微风中百叶窗敲击窗台板的声响，然而屋内依旧弥漫着令人窒息的氛围。

读到最后一行，戴维斯做了个鬼脸。“为什么不早点儿告诉我们呢？”她问道。

“说是被吓坏了。”拉塞尔回答道，“他们以为满足绑匪的要求付现会容易一点儿。只要他们的女儿能回来，做什么都行。”

“这正是我们要他们做的，但如果他们早点儿说，我们本可以监控全过程。”戴维斯说，“中国那边的警方呢？”

拉塞尔摇了摇头。

杰克曼又扫了一眼屏幕上的消息。它就在那里，放大的字体似乎使事态更加严峻了。突然，一个字眼跃入了他的眼帘：我们。不是我，是我们。

“李敏。”戴维斯大声重复道。

拉塞尔似乎猜到了她的心思。“这是中文的书写方式。中国人把姓放在名前，不过很多学生来这里后为了方便会采用英文的习惯，把姓放到后面，和大使馆报告上的一样。”口译员说邮件中的中文表达很客观地道。

“所以对方应该是个中国人，或者至少是普通话流利的人？”戴维斯说道。

拉塞尔点点头。

“给我们讲讲你所知的情况。”杰克曼说道。

拉塞尔转过脸面对着一屋子的人。“正如大家所知，李敏失踪后我一直与她的父母保持联系。昨天，他们暗示我他们不知道李敏的下落，也没有人告诉他们女儿失踪的任何消息。”她顿了顿，低头扫了一眼笔记，“今天早上，我多次试图通过电话、短信和邮件的方式联系他们，但一直没联系上。他们确信女儿没有按照预期被释放，现在已经无计可施。”

拉塞尔咽了一下口水。“我之前已经注意到事有蹊跷。”她说道，“他们的反应很异常。不同于一般情况下悲痛的父母，他们的话语非常精准、严谨，甚至有一丝精心安排的嫌疑。”

“你可以把这归结于文化差异和口译的介入。”戴维斯说道。

“他是如何安排赎金交付过程的？”杰克曼问道。

“他说有人给他介绍了一个在饭店工作的联系人，是朋友的朋友，那人给了他一个英国联系人的电话号码，对方会帮他们安排赎金交付过程并把他们的女儿接出来。”

“哪个联系人？”

拉塞尔摇摇头。“他不认识那些人。”

“那介绍他们认识的朋友呢？”

“他不肯告诉我们对方是谁，说是保证过不会透露任何细节，逼他也没用。”

“那他们安排了哪种联系方式呢？”

拉塞尔咬了咬嘴唇。“他们给了李敏父亲一个手机号码，仅此而已，没有姓名。”

房间里的空气变得凝重。“这是我们最需要的信息。”贾纳斯说。

这时电话铃响了。杰克曼恼怒地瞥了一眼电话，回头对拉塞尔说：“继续。”

“英国时间昨天凌晨零点，他收到了一条短信，告诉他交付地点变了。他们按照指示进入了苹果林路的工业园区，而不是之前约定的荆棘路。对方让他们把袋子放到一栋大楼一侧的硬纸板回收垃圾桶内。那栋大楼里有一家名为原子输送机的公司。”

杰克曼摸着额头，不禁露出了一个苦涩的微笑。最后时刻更改交付地址说明这是一次有组织的计划，安排者不想露出任何破绽。

“他们在附近逗留了一阵观察，说一个带彩色面罩的摩托车手拿走了赎金。”拉塞尔继续说道：“他们发给了他一张照片。”

拉塞尔俯身向前，敲击了笔记本电脑上的某个键，屏幕上出现了一张摩托车后部的照片。车手穿着黑色皮衣，头戴深色防撞头盔，车牌号被遮住了。头盔后部是数字46，黄色的字体格外醒目。数字6中部有一道很深的划线，好像是被剐擦过。

杰克曼一边用手搓脸一边说：“看起来像是一辆越野摩托车。彻底搜查附近区域看看是否有更多监控录像。和当地经销商确认一下，看能不能查到制造商。也查一下数字46是否有特殊含义。安排交付的人有信息吗？”

拉塞尔摇摇头，叹了口气说：“也几乎没有。李敏父亲最初和一位英国口音的男子通话，说了绑匪的要求，他们同意将他的生意作为抵押借钱给他。支付完成后会有人联系他。之后他收到过多条来自不同手机号码的短信，告诉他交付已经完成，每次的号码都不同。”

杰克曼叹了口气。“让他提供这些号码，看看能不能查到其中任何一个。另外安排我和她父母通过Skype开个会，我要让他们意识到事态的严重性，不能再有所隐瞒了。”这时，一阵话筒摔落的声音响彻了整个房间，基恩从角落里一跃而起。“总部的技术团队刚来电话，他们调查了邮件的服务器地址，结果显示这封邮件来自微软邮箱，很不幸。但他们通过服务器追踪到了一个位于伯明翰哈格雷路的网吧的IP地址。”“干得好！”杰克曼说，“你去一趟，但愿那里有人会记得一些情况。如果运气好，他们可能会有监控录像。”他回头问戴维斯：“那个垃圾桶有什么线索吗？”

戴维斯摇摇头。“我们安排了伯明翰当地的刑事调查局将它作为证据带走，目前还在检测中。”她的话让人想起了犯罪现场调查人员身穿白色工作服和靴子、戴着头罩翻找垃圾桶，用刷子清理以采集指纹的场景。但杰克曼确信他们找不到任何线索。安排者费尽心思制订了详尽的计划，不太可能会忘记掩盖行踪、处理手套。“好吧，我们要去伯明翰的交付地点看看。”

“对她男友的监视呢？”

杰克曼抿了抿双唇，将目光转向贾纳斯。“我们有二十四小时的授权对吧？”

贾纳斯快速地点点头。

“那就先保留。”杰克曼说，“就目前来看可能性不大，但还是不能完全排除他通过某种方式涉嫌的可能性。”

“我们必须制定应对媒体策略。”贾纳斯说。

通常，绑架案发后媒体起初会陷入沉默，杰克曼察觉到了这一点，但绑匪的要求已经得到了满足，而人质依旧没有得到释放。

他沉思了一下。“赎金要求中提到不要警方和媒体参与。”杰克曼说，“如果李敏还活着我们必须加倍小心。我们要进一步加强新闻宣传，重申她失踪了，号召公众留意她。有可能她已经被放到了某个地方，正在漫无目的地寻找方向。我们需要建立一种动机。”他继续说道：“如果此次绑架是有组织的犯罪团伙或者商业对手所为，事情恐怕没那么简单。可能这是某些人意图干涉李敏父亲生意的一种掩饰。”

“还有一点。”拉塞尔柔和的声音响起了，“李敏父亲有个兄弟，李敏在英国有个叔叔。”

20

我起身，一边用拳头捶打墙面一边尖叫，越打越狠，直到双手疼痛难忍，关节散架了一般，鲜血从擦破皮的伤口渗出。深吸一口气，我用嘴吮吸着伤口，耳边响起外祖母的声音：“兰花，你是个坚强的姑娘，你可以的。”

我突然想起五六岁时和外祖母坐在桌边练习写字的时光。我使劲地把钢笔往下压，笔尖陷入了纸张。外祖母温柔地告诫我别太用力。我下手一向重。

灵光一现。我环顾坑四周，现在正是一天中头顶光线最强烈的时候。我抓起一块小石头在身旁的墙上划擦，留下了一道不太明显的痕迹。我更用力地试了试，粗糙的混凝土墙面上出现了一道浅浅的痕迹。但我用手一摸，这痕迹又化作尘土消失了。

我拉开毯子，把食品袋放到一边，开始往下搜索。绝望刺痛着我的心。我双膝跪地，用双手在凹凸不平的地面上摸索。但我找不到一块锋利的石头，意料之中。在这里的第一个早上，我坐着挑选了一大堆嵌进手臂和腿部的小石子，之后又花了大半天工夫，用手把它们拢成一堆然后挪开。我起身跪坐，目光落到了远处角落的石堆，现在上面还放着薯片包装、枯叶和垃圾。

我走近那堆石头，俯下身子，一股新鲜而浓烈的氨气味扑面而来。我抓起空的面包包装，像戴手套一般把手套进去，然后开始搜索那堆落叶。顿时，空气中弥漫着陈旧粪便的臭味。我扭过头，用另一只手捂住鼻子，感到一阵恶心，但我不能停下来。最后，我终于摸到了金属的钝缘，拿出来一看，是一枚生锈的钉子。我用包装下部擦了擦这枚钉子，用它在墙上刻画起来。

它划出了一道浅浅的痕迹。我试了一遍又一遍，并用毯子一角擦拭这道痕迹。它没有消失。我的办法奏效了。我用力把钉子按入墙壁，继续刻画。

21

贾纳斯跟着杰克曼走进了他的办公室，她把公文包放在他办公桌上，一只手叉腰。“这不是个好消息。”她自言自语地说。

杰克曼按摩着太阳穴，转头面向她。他还在接受李敏有个住在英国的叔叔这一事实。“她叔叔在伯明翰，这是一个线索，特别是交付地点也定在那里。”他说道，“而且我们确信，发送邮件的人懂普通话。”

“他们为什么不早点儿告诉我们？”

杰克曼想起了拉塞尔的话。她说李敏一家称他十二年前来到了英国，在一家饭店当服务员。他们大约十年前失去了联系。“可能他们不认为这和本案有关吧。”

贾纳斯没有回答。

“这是一条新线索。”杰克曼继续说，“我们只知道他的名字，李强。李敏的家人不确定他是否有永久居留证，我们要去查一下。如果没有，我们可能无法按正常情况搜查，但这不代表我们不能追踪他。等等吧。”

“等？估计你还没意识到，全世界的媒体就堵上门了。”她打断道。

杰克曼和她一样焦虑，但原因不同。关于赎金的电话、李敏的叔叔还有越来越紧迫的时间，这些新的线索搅在一起，令他心烦。他想起了绑匪的话：“我们会停止供应满足她基本需求的物资”。

“或许应该找个更有经验的人。”

“喂！”他瞪了她一眼。

“不是让他们接手，只是为了告诉媒体我们在严肃对待这个案子。雷利正忙着调查里德曼谋杀案，也是个让人头疼的案子。”她说。

“没这个必要。”杰克曼咬牙切齿地说，“我之前也处理过绑架案。”

“这次不一样。”贾纳斯说，“我们面对的是五千多英里的距离带来的文化差异，还有不愿透露情况的家属。”

“也不能排除他们涉嫌。”

“什么？”

“你也听拉塞尔说了，他们为什么这么神神秘秘？”面对昨天的新情况，他们的反应的确不同于寻常。如果这是他们一手策划的呢？我们要向大使馆施压，要求他们提供李敏父母的个人银行流水记录，并想办法拿到他们的生意客户名单。“你看，”杰克曼继续说，“如果你能给我更多人手，派他们去学校附近保护孩子们吧。离报案才过去不到四十八小时，再给我一个机会吧。”

她摘下眼镜，一边揉着眼睛一边说：“那和其他案件的关联呢？”

杰克曼苦笑了一下。“有这种可能，但打电话沟通赎金是个冒险的转折，这更有可能是一起独立案件。雷利那边和饭店交涉得怎么样了？”

“还在努力。”她吸了吸鼻子，又戴上了眼镜。“好吧，你确定你能行？”

“当然了。”

他望着她起身拿起包。“有消息马上联系我。”

贾纳斯走出办公室，穿过调查室，这时杰克曼的手机开始在一旁的桌上振动起来。他拿起手机。是西莉亚的短信。

老爸，但愿今天一切顺利。爱您。

他的胸口涌起一阵暖意。自从妻子出车祸后，周围世界如何，开始变得无关紧要。一天，一周，一个月，日子飞快地流逝，穿行在虚无缥缈的永恒中，唯一能让他停下脚步、让他在车祸不久后那段日子走出悲痛的是西莉亚。

得知爱丽丝的诊断结果后，他说服自己接受了她要离开的事实。但西莉亚依旧满怀信心，相信她的母亲会像少数的幸运者那样慢慢康复，不接受其他的可能。

即便在他说服她重回大学校园后，当内心有一种诱惑的声音不断引诱他——怂恿他狂吃垃圾食品、放弃工作、与外界隔绝——杰克曼都克制住了。爱丽丝出事那晚后，他就没喝过酒。他保持着相对健康的饮食习惯，工作之余尽可能在埃里克的热情陪同下多跑步和骑车，然后疯狂工作。

他回头看着手机，笑了。她或许永远不会知道这条短信对他而言有多重要。

* * *

杰克曼望着面前电脑屏幕上李敏父母的脸。Skype网络电话会议易于安排，但半小时的询问并没有得出新的线索。他知道他们之间有八小时的时差，也知道李敏父母可能周一以来就没怎么睡过，但他还是感到一阵焦灼。

李敏的父亲花白的头发前部梳成了刘海儿，衬着他疲惫的脸庞。尽管译员在场，李敏母亲什么都没说。整个面谈过程中，她都低垂着头。杰克曼不确定她这种表现是由于受到了镇静剂的影响，还是不理解，又或者是单纯的悲伤过度。但他们看上去并不愧疚，只是显得很害怕，而且非常悲伤。

“我再说一遍，现在每分每秒都很重要。你们要配合，告诉我们所有已知的情况。在英国为你们安排赎金并交付现金的那位联系人是谁？”

李敏的父亲眉头紧缩，同时重重地吸了一口气。“我已经说了，不能告诉你们。”

他说话一字一句很慢，小心翼翼。虽然杰克曼叹服于他的英语理解能力和标准的发音，但还是开始感到恼火。“他们可能以某种方式参与了绑架。”

“问题不在于我的联系人，他们只是按我说的照办，试图帮助我。我们要找到我的女儿。”

“找到他们有助于我们找到李敏，即使他们没有参与绑架，他们可能看到或听到了什么……”

“他们绝对没有参与绑架，这点我可以保证。”

“那你应该不介意告诉我他们的具体信息吧？”

李敏父亲的下颌一紧。“不行。”

“为什么？”

他望着杰克曼说：“你不知道那些人的德行，在他们那一行混靠的是信任，如果你背叛了他们，他们就会拿你的朋友家人开刀。”

“我们会派人保护你们。”

李敏父亲摇摇头。“你还是不懂。”

杰克曼打算换个话题。“你说你有个住在英国的兄弟，能描述一下他吗？”

“身高约五英尺六英寸，中等身材，没有左耳垂，面部左下方有个疤。”他用手指了指自己的脸颊，“小时候干农活时发生了意外，我们正在找他的照片，好久以前拍的了。”

“你们上次见他是什么时候？”

“我们好多年没见了，一直不亲近。”

“他来英国后在饭店工作？”

“是的，他一向擅长跟人打交道，好像对学习语言挺有天赋。”

“好。如果你能找到他距现在最近一次的地址，把这和他的照片还有其他你们记得的信息一起发给拉塞尔侦探，对我们破案会有帮助。”

“你认为他可能参与了绑架？”

“我们要追踪所有的问询线索。”杰克曼温和地说，“那你之前答应作为赎金交付的现金呢？”

李敏父亲低头往下看。“有人会联系的，我只知道这个。”

杰克曼俯身凑近屏幕。“这很重要。他们一联系你马上告知我们，我们要和他们谈谈。这可以帮助我们找到李敏。”

他瞥了一眼李敏的母亲，发现一滴眼泪正流过她的脸颊。

22

D. S. 格雷递给杰克曼一杯热气腾腾的黑咖啡，自己则在一旁的椅子上坐下。这么一来，他肚子上原本就绷紧的衬衫纽扣几乎要崩开了，断断续续露出浓密体毛覆盖下的白色皮肤。

网络电话会议结束后，杰克曼派戴维斯和团队里其他人前往交付赎金的工业园区，自己径直开车前往伯明翰的警局总部追查李强的下落。现在，他正坐在柯默尔马戏团路的劳埃德楼内，这伯明翰市中心的一幢高大的楼房。等格雷把手中的咖啡杯放到他们面前的仿松木圆桌上，杰克曼缓缓开口。“谢谢您百忙之中抽空和我面谈，您知道哪些关于李强的信息？”

格雷重重地叹了一口气。“不多。我们估计他是非法移民，旅游签证过期后非法滞留在英国。和您通完电话后，我们立马派人前往那户人家提供的最新住址，就在列弗街上，离哈格雷路不远。但那里只有一帮学生，还说他们从9月开始就住这里了。房东是一位名叫特列佛·史密斯的先生，我们和他聊了聊。他说不认识叫这个名字的人，但之前有个住在这里的中国男人符合描述。这些年，他搬进搬出好几次，也不与人来往。他去年夏天住在这里，但后来因为拖欠房租被史密斯先生赶走了。”

“房东有说他用什么姓名吗？”

“他记不清了，图方便也没有留任何书面文件。”格雷翻了个白眼，“那是一幢三层高的连栋房屋，里面都是出租的单间。我估计他大多收的是现金，只要住客付房租，他也不在意。”

“所以李强用了化名？”杰克曼问道，几乎像在自言自语，“本地情报呢？”

格雷摇摇头。“记录中找不到他。史密斯先生提到他可能在中国城的东方花园工作过，但如果他是非法移民，估计用真名也找不到他在店里的记录。”

“所以他最近失踪了？”

格雷又喝了一小口咖啡。“过去十二年他一直处于失联状态，现在就更没理由暴露自己了。”

听到门口传来脚步声，杰克曼转头看门。两下轻快的敲门声后传来了门把手转动的声音。一位女性长官出现在门口，手中拿着一沓A4纸。她望向格雷说：“抱歉，打扰一下。”然后她转头对杰克曼说：“这些是给检查员的。”交接时她嘴角露出了一丝微笑，然后离开了房间。

最上面那张纸上印着来自拉塞尔的信息。“这是李强最好的一张照片，十五年前拍的。”

杰克曼看了一眼照片。一眼看去，这张图片与其说是全家福不如说是面部照片。但凑近仔细看时，他发现李强眼中似乎有光，好像是为了拍照特意摆出煞有介事的样子。杰克曼又盯着照片看了一会儿。李强的头部略微倾斜，这个角度看不太清他的左耳，但隐约可见他一侧脸颊上坑坑洼洼的伤疤。

看了杰克曼递来的照片，格雷不禁失笑。“天哪。”他用手指抚摸着贯穿照片中部的折痕，那是原照片折叠留下的痕迹，“他们就不能找张好点儿的吗？”

杰克曼抿了一口咖啡，把马克杯放到面前的圆桌上。“他现在看起来可能完全不同了，但至少有了点儿眉目。”

“我们现在最需要的是肯恩，”格雷说，“他是这里中国城的巡警，是在英国出生的中国人。他在这里有不少关系，还会讲普通话。”

“太好了，我们去找他吧。”

格雷皱起了眉头。“不行，他正在希腊度假，早班机回来。”

* * *

二十分钟后，杰克曼和格雷停好车，空气中飘荡着一股柴油的恶臭。两个人走进了伯明翰的中国城。午后，周围楼房外墙的水泥散发着热气。一群穿着印花连衣裙的女人经过时，格雷突然转过头。

“就是那里。”杰克曼说。他在一条狭窄的支路拐弯处停了下来，指着东方花园的招牌。“进去看看吧。”

格雷又瞄了那群女人一眼，不太情愿地跟着杰克曼进去了。餐厅的红色墙面上装饰着精致的中国人物喷漆画像。他们走上铺着灰色地毯的楼梯后就看到了一面特大的镜子，还镶着金边。从镜子中看，房间比实际大了一倍。房间里，一家四口人正坐在靠近角落的桌边，一旁的水族箱里，七彩神仙鱼正安静地游动着。听到脚步声，他们回过头来。

一个服务员拿起一本菜单，满脸堆笑地走向他们。杰克曼说明来意后，他脸上的笑容瞬间消失了。

他佯装去附近的服务台换菜单，又回头紧张地看着他们。“有什么可以效劳的？”

杰克曼从口袋中掏出那张照片展开。“你认识这个男人吗？”

那服务员飞快地扫了一眼照片，摇摇头。

“你叫什么？”格雷插嘴问道。

“张辉。”

“有人告诉我们他之前在这里工作。”杰克曼补充道。

但对方面无表情地看着他，把照片递回来。“肯定是很久之前了。”

杰克曼叹了口气。“我们能和经理谈谈吗？”对方点点头走开了，消失在吧台后的一扇门后。他很快回来了，带着一位年长的身穿休闲裤和格纹衬衫的中国男子。

杰克曼又拿出照片重复了一遍之前的问题。

年长男子快速地扫了一眼他的同事，回答时他说话结结巴巴的。“我……我不认识他。”

“您确定吗？”杰克曼问道，“再仔细看看。他叫李强，不过他可能用了化名。他有一道非常明显的疤。”杰克曼指着照片上男子的侧脸说道，并补充说他没有左耳垂。

张辉开始翻译杰克曼的话，但年长男子打断他说：“不认识。”

“那你的员工们呢？”

“我不认为他们会认识这人，抱歉。”

杰克曼和格雷离开了饭店，穿过马路走进了阿卡迪亚管辖区，头顶上挂着喜庆的大红灯笼。路过一家针灸店门口，橱窗里镶嵌着大红色的中国龙。他们停下脚步，走了进去。一位留着齐耳短发的中年中国女人正坐在前台后，听到声音，她从暗处抬起头，满脸笑容。然而听杰克曼介绍来意后，她立刻低下了头。他向她展示了那张照片，但她只是盯着地面摇头。他们还去了隔壁的饭店，但得到了一样的回复。

“我敢说如果我们点菜的话，他们就完全听得懂。”格雷边说边走出门。

他们继续沿凯西大道向前走，杰克曼内心怒火中烧。走到尽头，他在一家中国超市门口停下走了进去。

收银台后，店员正忙着招待顾客。杰克曼一边等待一边环顾四周，他正打量着门口各种各样的米，格雷突然用肘顶了顶他。他转过头，发现队伍前面已经没有人，两位店员正干站着。

杰克曼走到最靠边的收银台，举起银行卡笑了笑。他拿出那张李强的照片，问店员是否见过这个人。

她摇摇头，急促又坚决。另一位店员从她背后瞄了一眼，用中文说了什么，两个人交换了眼色。杰克曼可以肯定，那一瞬间的神情说明她们认出了他。

他凑近她们。“他叫李强，但可能用了化名。你们认识他？”

第二个店员抬头看着他，紧张地咬着嘴唇。“我……”突然，她朝他身后望了一眼，瞬间呆滞。杰克曼听到身后传来脚步声，回头一看，一位中国男子正朝收银台走来。

他能听到身后女孩儿们走开的脚步声。他拿起卡，又举起了那张照片。

中年男人看着他摇了摇头。“她们要工作。”

离开超市时杰克曼气得咬牙切齿，明天他还要来，或许找当地官员或翻译一起来会好点儿，但愿如此。

23

整个下午我都用那枚钉子在墙面上刻画，反反复复地在同一条线上刻画，加深痕迹。刚开始是一种发泄，我把墙面当成绑匪，想象自己正把名字刻在他胸膛上，锋利的边缘越来越深入。虽然手指酸痛，但我并没有停止，我不能，我不知道自己还有多少时间，既然下定决心做了就要做完。

最后，我退后打量着自己的作品。我的名字清晰可见，深深地印在了水泥墙面上。英文名在前，中文名在后。字迹不算好看。“M”歪歪扭扭，“I”又太长了，但至少清清楚楚。我有那么一瞬间的骄傲，但很快又陷入了无尽的悲伤。如果我死在这里，这就成了我墓碑上的铭文。

我的指关节在流血。尘土钻进了缝隙中，之前的伤口又开始作痛。我环顾四周想办法缓解疼痛。没水了。我的目光落在了裙子上。我抓起一角用力扯，只有轻微的撕裂。我又用尽全力扯了一下，终于扯下了一小块布料包在关节上。丝绸太柔软，一边缠绕一边滑落。

这条裙子花了我三十英镑，比我一周的伙食费还多。几周前，我在斯特拉特福德市中心的一家店里看到它，每次路过都很想买。最后，上周末，我鼓起勇气走进店里试穿。店员说我身材苗条，很适合这条裙子。没错。我特别喜欢这灰色的丝绸在阳光下的光泽，还有走路时布料在腿上摩挲的声音。一直以来我都穿着学生样的牛仔裤，但这条裙子让我觉得自己不一样了，像个女人。它让我欣喜，让我觉得自己与众不同。

低头看着撕裂的裙子，我的喉咙一紧。指尖划过撕破的裙边时，破损的指甲钩破了布料。曾经，这条裙子对我意义非凡。今天，它却像一块脏兮兮的破布被遗弃在一旁。

24

几小时后，杰克曼离开主路双车道，左转开进树林工业园区。停车场的地势在缓缓上升，他不得不一直开到顶才找到一个空位。他下车环顾四周。附近一家技工修车店紧挨着制造汽车部件的工厂车间，角落里有一家印刷公司。

戴维斯抬手朝他招了招手。她正站在一个长长的金属车间外，车间一头是玻璃，另一头是可移动厂门。门上方的蓝色标识上写着“原子输送机”。

“有她叔叔的消息吗？”她一边走近一边问。

杰克曼摇摇头。“还没有。这边呢？”

“好吧。”她一边朝大楼一侧走去，一边侧过脸点头示意杰克曼跟上。他翻过蓝白相间的警察封条，在三个连在一起的巨大粉红色工业垃圾桶前停下了脚步，一旁颜色鲜亮的标识是抗击乳腺癌的宣传。一些纸片和一块纸板标示出用于投放赎金的棕色垃圾桶之前所在的位置。

戴维斯把一绺散落的卷发别到耳后，“这些垃圾桶是‘原子输送机’租的，他们有三个容量为一千一百升的垃圾桶。”她用脚尖指了指，“一个装可填埋垃圾；一个回收纸箱，用来放这里用过的所有包装；还有一个用来放赎金。”“通常，这些垃圾每周三上午十点到十二点之间清理一次。我们正在努力和这里的员工沟通，和每个人面谈。之后，我们会把搜查范围扩大到附近。目前还没有潜在的目击者。最大的问题在于投放赎金的时间。这里多数商店晚上7点关门。即便有人落下了什么中途折返，到午夜时分也基本回家睡觉了。”

她噘着嘴陷入了思考。“不过有一点，他们说那垃圾桶每次都是周三之前就满了，他们甚至考虑再买一个。”

“每周三清理？垃圾公司每周都按这个时间来？”

戴维斯点点头。

“那个垃圾桶每次都放在一个地方？”

“是的。”

“所以，我们可能需要找一个在当地并且知道垃圾桶里有什么以及垃圾清理时间的人。他们发送赎金要求时应该知道垃圾桶快满了，因为如果包裹在最上面会好找一点儿。”突然，杰克曼又想起了一件事。“工业垃圾桶一般不应该锁着吗？”

“据这里的员工说，垃圾桶每天晚上都上锁，钥匙挂在办公室里。但我们检查后发现这种钥匙很常见，总共也只有三种不同的钥匙，连那里的秘书都说很容易在网上找到它们。”

杰克曼瞄了一眼手表，下午四点十分，他回头看看其余的垃圾桶。“那这些呢？”

“周一清理它们。”

杰克曼朝停车位走回去，然后转身。令他吃惊的是，这里完全没有绿化植被，没有树木，也没有灌木丛，就像一个水泥丛林。“没有摄像头？”

戴维斯摇摇头。

“什么？伯明翰不应该到处是监控摄像头吗？”

戴维斯被他逗得咯咯笑。“都在大马路上呢，我们会检查那里的摄像头的。但这里是私人房产，他们下班时有警报器，夜间还有安保公司，有情况会给他们打电话，所以没有装摄像头的必要。有几家公司自己装了摄像头，但这些公司在上边。”她沿着一排公司指了指，“当然，我们也会检查它们，虽然想绕过它们不难。它们都跟灯塔似的聚集在大楼前部。”

李敏的父母确认赎金投放时间定在零时三十分，而李敏应该在那半小时后被释放。杰克曼回头看着那一排垃圾桶。投放赎金的垃圾桶位于另一端，被其他垃圾桶挡住了。他试图想象有人在黑暗中翻找垃圾桶的场景。即便那时附近有车经过可能也没人注意到，因为这个垃圾桶太偏僻了，这是个绝佳的位置，显然有人费尽心思发现了这一点。

杰克曼也不知为何自己会突然转身，环顾四周时，他看到窗口出现了一张紧绷尖刻的脸。他凝视了片刻，那人转身离开了窗前。“那是谁？”

戴维斯沿着他的视线望去，虽然那人已经转过身，好像在和房间里其他人说话，但远处他的身形还隐约可见。“哦，那是李维斯先生，他是这里的总经理，挺严厉的。估计等他有了新的垃圾桶，而且我们也不再打扰在生产线的工人时，他才会有好脸色。如果把时间比作金钱，那他可是分秒必争。”

杰克曼又朝窗口望了一眼，但李维斯已经完全消失了。他转过360度，观察了一番周边环境，然后又看了看那个垃圾桶的位置。“可惜他不会大清早就这么警惕，我们得对他和他的所有员工进行背景调查，也要调查租用这些垃圾桶的公司。收赎金的人应该熟知垃圾桶的位置，和安保公司也很熟。安排赎金交付的人肯定来这里考察过几次。看看有没有人在过去几周或是那天晚上之前发现任何异常。”

这时，断断续续地传来了一阵倒车时刺耳的喇叭声，盖过了他的声音。他抬头，看到有辆货车正在靠近，两根很长的金属管道从后方的底座处伸了出来，空气中弥漫着一股浓重的柴油味。几个穿着深蓝色连体工作服的工人从厂里出来和司机说话，另一个人跳上一辆铲车开始倒车，并小心翼翼地避开警察封条。

杰克曼从口袋中掏出振动的手机，西莉亚的名字出现在屏幕上。他走到大楼一侧，远离了引擎的噪音，才接起电话。

“老爸！”

听到电话那头轻快的语气，杰克曼嘴角露出了一丝不易察觉的微笑。“嗯，怎么啦？”

“没什么。我现在在山姆家里，之前的一些同学也在，大家久别重逢。他爸妈不在，所以我们打算一起烧烤叙叙旧。我打电话是想告诉你晚上别等我啦，估计要到挺晚，有可能会住她家。”

杰克曼听到背景中有模糊的闲聊声。西莉亚咯咯地笑着，好像同时参与了另一场对话。“别担心，祝你们玩得开心。明早见。”他回应道。

“长官？”

杰克曼挂了电话，转身看到基恩正朝他走来，黄色的领带松散地挂在他脖子上。“你们这边怎么样了？”

“毫无线索。”基恩气喘吁吁地说，他从口袋里掏出一张纸巾擦了擦眉毛。“网吧里没有监控摄像头。我和当天值班的人聊过了，他说那封邮件发送的时间段店里应该很忙，他什么也想不起来了，对面的商店好像也没有摄像头。”

“付款记录呢？”

“也没有，他们只收现金，我问他有没有常客，想着没准可以作为潜在目击者，但他说这里大部分都是访客，只会来一两次。抱歉长官，这条路怕是行不通了。”

* * *

他在一把木质长椅上坐下，把帆布背包放在身旁。一阵傍晚的微风拂过四周的树木，发出窃窃私语的声音。

不远处，一家人坐在毛毯上，面前的毯子上散乱地摆满了空盘、吃了一半的三明治和装着果汁的大口杯。一个铁盒的盖子滑落了，露出里面的各种纸杯蛋糕。望着那个女人，他深埋心底已久的对于母亲的模糊记忆突然开始涌现。记忆中，她身材娇小苗条，总是穿着白色衬衫和印花裙，露出膝盖。望着望着，那个女人俯身揉起了身旁男人的头发。

两个穿着校服的男孩儿坐在毯子边，挑拣嫩草扔向对方，脸上露出不怀好意的笑容。那个男人坐着向前俯身伸展，又朝后躺下在草地上休息。年纪小一点儿的那个男孩儿抬头朝他哥哥大叫了一声，两个人立刻跑向他们的父亲开始模拟格斗，而这位父亲一边和孩子们打滚一边发出呻吟。身后，他们的母亲惊恐地看着他们，张嘴露出了洁白的牙齿。

他深深沉迷于这一场景中。他的童年中充满了各种假想的世界，里面有他想象中的玩伴，陪他一起玩他想玩的任何游戏。渐渐地，他越来越擅长这种想象，甚至模仿不同人物变换语调，像口技艺人般逼真地模拟各种声音。他的母亲曾不止一次敲他的房门，以为他带了朋友回家玩。

朋友。他回想起校园时光。男生们嘲弄他，叫他怪胎，玩游戏不愿意叫他，而女生们则在背后大笑。只有为数不多的几个相貌平平的女生愿意与他为善，但也好景不长。不，他没有朋友，从小就得依赖幻想中的朋友来满足自己。

当他进入青少年时期，他了解到获得父亲关注的唯一途径是取得好成绩。他的父亲仔细研读着他的报告，好像父亲的生命就依赖于这些报告似的。因此，他决定在学校努力学习来吸引他的老师，以此来使他的父亲满意。同时，他也算计着如何在友谊的边缘徘徊，这样他就不用那么惹人注目。这个孤独的孩子啊。

他又望向那一家人。他们已经不再玩乐，那位母亲正在收拾没吃完的食物装进篮子里，而男孩儿们一边捡垃圾一边互相推搡，那个男人在清理裤子上的草叶。只是这么一瞬，他的心弦被触动了，随后便是一阵心痛，渐渐向上蔓延至胸口和喉咙。

那个男人弯腰轻吻了妻子的脸颊然后起身，而她则回头冲他眨眨眼。就在这一刻，一切都变了。揪心的疼痛烟消云散，他的心突然冰冷如石。

25

晚上八点，杰克曼回到了斯特拉特福德车站。他还在研究李敏朋友们的陈词。

D. S. 格雷那边说李敏的叔叔去年夏天就从公寓搬走了，那他现在住在哪儿？他人在哪里？杰克曼确信，中国城里有人知情。D. S. 格雷保证，当地巡警一到就给他打电话，但这也要等到明天。

他又读了一遍另一条证词，把它扔到一边。他也不确定自己要寻找什么，可能是一种不同寻常的东西，又或者是李敏遇到过或交谈过的人。

根据她朋友的证词，当时并没有人在附近观察或骚扰李敏，所有的老师也表示学校里没有这种人。甚至连汤姆也没注意到，似乎李敏多数时间都和他在一起。

突然，他想到了一种可能性。或许李敏曾经尝试寻找她的叔叔，然后遇上了麻烦?

他又把每条证词逐行看了一遍，目光停留在劳伦·塔特的证词上。她是李敏最好的朋友，但周一晚上并没有参加派对。

杰克曼靠在椅背上，脑海中又浮现出了爱丽丝。曾经无数个夜晚，她下班回到家，向他讲述上班时听说的关于朋友或同事的故事。他们中的一些人，他从没碰到过，或许永远也不会碰到。她总是无微不至地关心他人生活，甚至是陌生人的生活，令他惊叹。他早就学会了在她分享新闻时做一个安静的听众。她的热情让他想起一只加热的茶壶，只有先倾倒完里面滚烫的茶水才能慢慢冷却。

他在脑海里翻来覆去地思考这种可能性。如果李敏真的有秘密，她会和谁说呢？汤姆？有可能，不过她失踪那晚他们吵架了。因为怀孕的事，还有她父母的缘由，还有其他的问题吗？可能她不确定自己能不能信任他，至于好朋友……

杰克曼看着劳伦的证词。得采取点儿行动了，他思考片刻，抓起桌上的电话开始拨号。

* * *

劳伦·塔特别扭地用踝关节碰着椅腿。她身材矮小，肩膀宽阔，像一匹敦实的小马驹。光泽的棕色头发垂落在脸颊两侧，像一扇丝质窗帘。她上身穿一件黑色T恤，下半身搭配褪色的包臀牛仔裤。

他们停车时，劳伦的母亲就在门口招呼他们了，面露担忧之色。她的这套现代风格的半独立式住宅位于小镇北部。杰克曼很庆幸自己提前打了电话，和塔特夫人的短暂通话为之后的面谈铺平了道路，她也非常配合。她给每个人倒了刚煮的咖啡，然后按照约定让女儿单独与戴维斯和杰克曼待在厨房。虽然那次通话后她并未提及李敏，但杰克曼看得出来，她女儿挚友的失踪令她担忧。

塔特家的厨房很大，横贯整栋房屋的后部。透过天窗，柔和的阳光照亮了涂漆桌面。隔壁房间传来微弱的播放电视节目的声音。

杰克曼笑着说："劳伦，谢谢你答应面谈。"

她睁着大大的眼睛回望了他一眼，然后又把目光投向了他身边的戴维斯。

"别紧张。"杰克曼露出了一个善意的微笑，"你没惹什么麻烦。我们只是想了解李敏的情况，不知你是否愿意帮我们？”

她用力地点了点头，什么都没说。

杰克曼飞快地瞥了一眼戴维斯，继续说道：“你在证词里说，周一晚上你没和李敏一起去老茅屋酒吧？”

她清了清嗓子。“我没去，那天是我妈生日。我们全家出去吃饭了。”

杰克曼点点头。“你最后一次见李敏是什么时候？”

劳伦想了一会儿。“周一傍晚吧。我去她公寓喝了杯咖啡，她买了条新裙子，想给我看看。”

“那时几点？”

劳伦停顿了片刻。“大概五点吧。我大概在那里待了一个小时。”

“所以你大约六点离开的？”

“应该吧。晚餐定在八点，我想回去准备一下。”

“那时李敏看上去怎么样？”

“挺好的，真的。那晚是汤姆的生日，一起出去的人挺多。我们聊了一会儿，然后我就走了。”

杰克曼笑了笑。“你觉得你们俩亲近吗？”

劳伦脸上容光焕发，但她的眼角看起来像是湿润了。“嗯。”

“你们怎么认识的？”

劳伦拉扯着脖子上的银项链，指尖缠绕其间。她望着某处放空了一会儿，似乎在回忆美好的过去。当他们的目光再次相遇时，她似乎冷静了一些。“大概是开学第二周，我下课后穿过校园去食堂，一支铅笔从她的包里掉了出来。”她露出了一丝笑容。“抱歉。那之后，我们老是拿这个开玩笑，我们就因为一支铅笔认识了，听上去很怪，但我们因此聊上了，她跟我一起走进了食堂。我初中就认识汤姆还有她的其他一些朋友，我俩算是一见如故吧。”

杰克曼歪着头说：“你们的共同好友，比如史蒂夫，说你俩形影不离。”

她笑了。“李敏和汤姆才是形影不离。我和她成为朋友是因为我向她介绍了油管网站，她特别喜欢油管上搞笑的改编歌曲。不在一起时，我们就晚上在Skype上聊天，一起在油管上看视频。”她耸耸肩，“她真的很好相处。大家都喜欢她，她关心所有人。”

“具体来说？”

劳伦想了想。“比如说学校里有些富人家的孩子，特别傲慢，逃了课还要求你借他作业抄。我们大多数人都和他们保持距离，但李敏会和他们相处。她不是受气包，但她还是会和他们聊天说笑，还把自己的书借给他们，帮他们赶上其他同学。”

“她有不喜欢的人吗？”

劳伦安静地坐着摇了摇头。

“那不喜欢她的人呢？”

“没有。”

“你们在一起时她都和你聊什么？”

“什么都聊，主要是女生的话题。她会和我讲她家里的事，夏天她家人过来时，她还想带我见他们。”

她继续说了些关于李敏家庭的情况，但那些事实杰克曼早就知道了。“那其他家庭成员呢？”

劳伦看上去有些困惑。“她是独生女。”

“她去过伯明翰吗？”

“应该没有吧。我知道留学生一般都会去伦敦、巴斯那样的地方。她没跟我提过伯明翰。”她脸上没什么表情，眼神明亮。

“谢谢。”杰克曼冲她微笑了一下，“那汤姆呢？”

“什么意思？”

“他们处得怎么样？”

“挺好的。”

“哦，拜托，你最好的朋友现在失踪了，我们知道她怀孕了。”

劳伦睁大了双眼。她沉默了一阵才开口。“她很害怕。”她低声说，似乎在喃喃自语。“汤姆想让她把孩子打掉，但她不确定该不该这么做……”她只说了半句，便把后半句咽了下去。“我能问个问题吗？”

杰克曼点点头。

“你们觉得她现在还好吗？”

“我们目前没有任何证据表明她受到了伤害。”他给出了很官方的说法，“如果能确定她的下落就更好了。”

他看到她的眼眶湿润了。“我担心她遭遇不测。”

戴维斯从口袋里掏出了一包纸巾，抽出一张递给她。“亲爱的，我们能理解你，别去想这些，我们正在竭尽全力搜寻她。同时，如果你想起任何可能有帮助的细节，请随时联系我们。”

26

我感到有人用指背轻轻划过我的颧骨。是外祖母吗？我努力睁开眼，伸手想抓住她，但上方只有空气。怎么会是她呢，她去世快五年了。

我的脑海中满是清明节的场景。去年，我们去了家族墓地。雨中，蜡烛依旧点亮，我们在心中缅怀逝去的亲人。

我坐起身，抚摸着脸颊，迫切地想要重温那种熟悉的感觉。小时候，外祖母每晚哄我上床睡觉时都会抚摸我的脸颊。想起这些，我的心里一暖。

每天早晨我去上学时，外祖母都在家里。晚上放学回家，她会在家等我。父母都忙于工作，只有她似乎总有空和我玩耍聊天，为我做饭，监督我完成作业。有时候我们会去公园散步，坐在长椅上，望着天空中的云朵。外祖母很喜欢云，她说它们可以自由移动，飘到不同的大陆上，体验不同的乐趣。

我们会在公园里待好几个小时，谈论学校、我的朋友还有其他在我看来很重要的事情。她也会和我讲她的童年。我喜欢听她讲在山东长大的经历。我从来不知道她的年龄，但她脸上布满了生活艰辛留下的深刻印记。她向我讲述童年的故事，讲述她从很小的时候就开始做家务、和父母下地干活儿，她们那里当时还保留着不少旧时的习俗，外祖母总是坚定地保持自己的个性。表面上看，她服从于严苛的权威。但内心深处，她与之誓死抗争。小的时候，她读的书听的音乐都受到了限制。婚后，她鼓励女儿接受教育、工作自立，支持女婿开厂做生意，然后也这样教育我。

“你很有冒险精神，我的小兰花。”她总是这么说，“你就像是一只小小的笼中鸟，丰衣足食，生活无忧。总有一天，笼子的门会打开，到时候你就可以张开翅膀自由飞翔了。当那一天到来时，你要远走高飞，不念过往。你面对的机会将是我们无法企及的。”

新的冒险。我环顾四周，竭力把想说的话咽了下去。

我多想大声告诉她：“外祖母，云朵并不自由，它们任由风摆布。风一旦生气就在空中扫荡，风卷残云过后，云朵荡然无存。您并没有告诉我，风生气了我该怎么办，风消失了我该怎么办。您教我把握每一次机会，但您没有告诉我情况不妙时该怎么办。”

此时此刻，绝望向我伸出了魔爪。我扑向地面，弓着身子抽泣了起来。

时间好像静止了。渐渐地，疲惫蔓延到了全身，把我拉回了梦乡。太热了，别睡，别睡，我的头脑昏昏沉沉，我还要在这里待多久？我的眼皮越来越重。就睡一小会儿……

27

开晨会时，杰克曼俯靠在书桌边，目光停在面前的白板上。一张蜘蛛网图占据了整个板面，图中央是李敏的照片，周围的线将她与汤姆、李强还有赎金勒索信联系了起来。李敏已经失踪两天多了。在他看来，对她的下落开展的调查尚无进展。“对那辆摩托车的调查有进展吗？”

基恩点点头。“我把照片发给了一位经销商。他们认为那是一辆铃木DRZ，一种很流行的轻型摩托车，很容易被偷，我们正在调查失窃摩托车报告，目前还没有发现。”

“那个头盔呢？”

“没什么重大发现，46是第九届世界冠军瓦伦蒂诺·罗西的比赛号，这种贴纸网上到处都是。”

“这也算是对公众诉求的有力回应，”戴维斯满怀希望地说，“我们正优先处理各类消息，杜绝浪费时间，这是一项艰巨的任务。”

杰克曼点点头。“好的。有人看到过那辆面包车吗？”

“这方面的调查进展艰难。”戴维斯说，“过去三周，我们彻底搜查了警方的监控录像，还调查了考文垂那位拥有同样牌照的车主的监控录像。我们并没有发现他有任何可疑行迹。可能绑匪在不停更换牌照。”

“那户人家有消息吗？”

拉塞尔摇摇头。“她父亲还在和那一带的居民沟通，试图寻找可能和李强还有联系的人，目前没有发现。他们都很害怕。”她补充道，“这从她父亲的声音中听得出来，他还说之后可以过来配合搜查。”

“赎金投放者的手机号呢？”

“都是即充即用，没有注册。”基恩说，“每次联系李先生，他们都会换一张手机卡，没法追踪他们。”

“那钱呢？”

“付了。”

杰克曼挑起了一边的眉毛。

“他在这边的联系人安排了交付。”拉塞尔说，“他从当地协会借了钱，几个不同的来源，然后将钱当面交给另一个男人。”

“他不能再联系上那个男人了？”

拉塞尔点点头。“他说不能了。”

杰克曼疲惫地摇摇头。他望向窗外，黑压压的一片人头。“她叔叔李强呢？”

戴维斯开口了：“他的具体信息已经发布到国内外。如果警方有他的记录，肯定会有人发声的。”她清了清嗓子：“您打算什么时候回伯明翰？”

“我今天下午四点十五分要去中国城和那边的巡警会面。”他叹了一口气，“但愿今天能有新进展。”

杰克曼看了看手表，现在是上午八点四十五分。“好了，我得走了，几个小时后回来，有事打我电话。”

* * *

戴维斯离开坎普登主路，经过新客栈旅馆，进入了克利福德钱伯斯小镇。阳光透过风挡玻璃照进车内，她不得不眯起眼。

行驶在小镇的主街道上，她似乎回到了英格兰中部地区最繁华的地区，街道两旁的各种独立式住宅和复古别墅周围是一望无际的乡村风光。

她在街道尽头的铁门那里转了弯，朝庄园主宅邸的方向开了一段路，又原路折回，把车停在了街道右侧，就在老教堂过去一点儿的地方，石砌带阳台的农舍房屋群就位于步行道上，她猜这些过去应该都归庄园主所有。

这时，街道尽头第二栋房子的窗帘被人猛地拉上了，这引起了她的注意。她疲惫地熄灭了引擎。媒体报道导致来电猛增，各种资源更加紧张了。今早探长也不在办公室，现在她最不想要的是任何浪费时间的东西。

等到她下车沿着凹凸不平的水泥路步行时，门已经打开了，一个略有些驼背的老年男子出现在门口。虽然外面气温飙升，他还是穿着灰色的裤子，在开领的奶油色衬衫外套了一件浅褐色的针织衫。

戴维斯向他出示了警徽。“您是格雷姆·沃德先生吗？我是D. S. 戴维斯，您之前打电话说有线索？”他抬手打了个招呼，抓了抓稀疏的头发，那缕头发勉强能遮住他头上的黄褐斑。

“是的，请进吧。”

她从他身边走过，进入了狭窄的门廊。“继续走，”他补充道，“在第一道门右边。”

打开门进入起居室时，她听到远处传来狗吠声。绿色的沙发上装饰着印花抱枕，一旁倾斜的扶手椅对面是20世纪70年代风格的盘条电暖炉。角落的橱柜上放着一台老式的台式电视。另一侧墙面上的餐具柜里陈列着各种彩漆陶器人物，还有儿童成长过程中不同阶段的照片。空气中散发着一股发霉浑浊的味道，像多年未清理的旧烤箱那股味道。

格雷姆·沃德跟在她身后，拖着脚步走进了房间。“请坐。”他说，然后转向房间尽头那扇关着的门。戴维斯猜那扇门通向厨房。“别叫了，弗里克！”他命令道，但狗吠并没有停止的迹象。

“要不要来点儿茶？”他试图提高音量，因此声音有些刺耳。

戴维斯挤出一个微笑。“不用了，谢谢您。”

“来一杯吧！”格雷姆抬起一只手，转身朝房间尽头的门走去。他一开门，一只小狗立刻从门后蹿了出来，更大声地吼叫起来。

格雷姆转身对戴维斯说："请见谅，弗里克只想表示一下友好。"

但这条狗看上去一点儿也不友好。它一直在戴维斯身边徘徊，龇牙咧嘴的，随时都可能扑上来咬人，喉咙里发出低沉的咆哮。戴维斯害怕地望着它，直到格雷姆回到房间才如释重负。他端着托盘，杯具和茶托随着双手的颤抖相互磕碰。

"让我给您倒杯茶吧。"戴维斯说着小心翼翼地瞄了那只狗一眼，一边起身从格雷姆手中接过满是溢出的茶水的托盘。她把托盘放在两个人中间的小咖啡桌上，开始倒茶。

"先生，您一个人住这儿吗？"她边问边递给他一杯茶，坐回沙发上。

"请叫我格雷姆。"他睁大了双眼，"是的，薇拉六年前去世后我就自己住这儿了。"

她点点头。"联系警方时，您说自己掌握了可能与调查相关的信息？"

格雷姆放松地靠坐到扶手椅上。"是的。"他停顿片刻，呷了一口茶，"我看到了一辆面包车，和广播里描述的一样。"

"您能描述一下吗？"

"那是一辆白色的大众面包车。很显眼，因为车身侧面有模糊的印记，之前应该有个标志，加油口周围还有个生锈的圆圈。"

戴维斯坐正了身子。"格雷姆，这很重要。您在哪里看到它的？"

格雷姆把杯具放到茶碟上。“让我想想。我当时和弗里克在外面。”他瞥了一眼狗，“我们每天都在这儿附近散步几英里，对吧？”那条狗立刻起身，摇头甩尾，格雷姆冲戴维斯挤挤眼，“让我永葆青春。”

戴维斯感到一股怒火正在涌上心头，但没说什么。

格雷姆抬头望着天花板。“应该是在主路上看到的，这周早些时候，周一或周二。”

“什么时候？”

格雷姆没回答她。他的双眼看向一侧，陷入了沉思。“如果她在这儿附近，我敢保证他们把她带进了老树林。”

“什么意思？”

“就是你们寻找的那个女孩儿。这也是你今天来的目的，不是吗？山上的老树林里有些水箱，好多年不用了。要我说，那里是保存尸体的绝佳地点。”

“为什么这么说？”

格雷姆耸耸肩。“我觉得这显而易见。开到老庄园主宅邸大门，然后右转。从那里开始要全程步行，但从那里你可以看到前面山上的树林。”

戴维斯警惕了起来，勒索信还没有对新闻媒体公开，目前，他们最不希望有个老头胡言乱语引人注意，让公众纷纷猜测。“我们肯定会进一步调查，但目前我们谈论的是失踪案件。”

她仔细地想了想，克利福德钱伯斯不过是个小镇，这里的主路，到会堂就是尽头了。进出只有一条路，对绑匪来说不会太冒险了吗?

格雷姆盯着半空继续说："最近，这附近车来车往很频繁，过去可是很安静的。"他缓缓地摆动着头部："世态变了啊……"

"为什么这么说？"

戴维斯困惑地望着他。正当她打算进一步追问那辆面包车的情况时，传来了一阵重重的关门声。弗里克一跃而起。厨房的门打开了，一个剃平头的年轻男子走上前。"你们在干吗？"

在狗冲向来人的同时，戴维斯从沙发上起身。不过弗里克并没有咆哮，而是甩动尾巴，在他膝盖周围上蹿下跳。格雷姆抬起头说："噢，卡尔，很高兴见到你。"他转头对戴维斯说："这是我儿子卡尔。真是个帅小伙，对吧？"

卡尔看上去四十多岁，上身穿一件深蓝色的马球衫，显出胸部发达的肌肉，下身穿一条脏兮兮的冲锋裤。他抬起粗糙的手擦了擦额头的汗水，一脸怀疑地打量着戴维斯。"这位是？"

戴维斯觉得有必要出示自己的警徽。

"他很受女人欢迎呢，"格雷姆继续胡扯，"他应该会喜欢你，因为他偏爱深色头发的女人。"

"我们在调查斯特拉特福德一名学生失踪的案件。"戴维斯解释道，"您父亲打电话说他知道一些可能有助于调查的信息。请问您住村里吗？"

卡尔看上去吃了一惊。"不，我在这里长大，现在住在斯特拉特福德。”

“卡尔是个管道工。”格雷姆边说边鼓起瘦弱的胸膛。

“我正在修理马路尽头一个公共水龙头。”卡尔补充道。

戴维斯试图继续追问格雷姆，但得到的回答很模糊。儿子来了之后，他看上去心不在焉。她把茶杯放回托盘里。“好吧，我已经得到了目前所需的所有信息，格雷姆，我会派一个同事过来给你录口供，谢谢您的协助。”她起身与格雷姆握手告别。当他握着她的手时，她的手剧烈地颤抖着。“如果您之后想起了其他信息，请随时联系我们。”戴维斯收起包，“谢谢您的茶。”

卡尔送她出门到路上。走到车边，他再次开了口。“有件事我得告诉你。”

她转身看着他。

“是关于我爸的。”他有些心虚地回头看了一眼房子，“我不确定他提供的信息是否有用。”

“为什么？”

“他有阿尔茨海默症。”

“医生确诊了吗？”

卡尔做了个鬼脸。“目前还是早期，但他经常有幻听幻视的症状，搞不清状况。”戴维斯惊讶地抬起了眉毛，卡尔继续说道：“之前有一个星期，他说听到楼下有人闯入，叫我过来。那时是凌晨两点。我从斯特拉特福德一路赶来后发现家里一切正常。门是锁着的，根本没有闯入的迹象。连弗里克也没有咆哮。他还把东西放在错的橱柜里。昨天他找不到牛奶，我们找了半天，发现他把牛奶放在了垃圾桶里，一整盒牛奶。”

沿着马路延伸的方向，戴维斯凝望着通往庄园主宅邸的大门。白天的温度还在不断上升，大门笼罩在一片扭曲的水汽中。她回头看着卡尔说："谢谢提醒，我们会记着这一点的。"

然而上车后，一团疑云笼罩在她的心头。刚才格雷姆所说的一切真的是一个老人的胡言乱语吗？还是他真的看到了那辆面包车？她迅速从口袋里掏出手机。无论消息真假，她都怠慢不起。

28

醒来时，头顶上方传来一阵噼啪声，就像干柴丢进火堆里的燃烧声。

我向前俯身，屏住呼吸，四周瞬间一片沉寂，只有远处传来树叶沙沙作响的声音。我坐了回去。也许只是老鼠。但它们四处抓挠跑动发出的声音和刚才不同。我摇了摇头，试图驱散脑海中的胡思乱想。在这里待太久，都开始产生幻觉了。

之前，粗硬的混凝土在我的手臂上留下了凹凸不平的压痕。我掸了掸手臂，清理掉尘土和小石子。

从透进来的光线判断，现在是白天。我回头看看下方的混凝土，又环顾四壁，又回想起昨晚的沮丧和绝望。外祖母。我甚至无法在脑海中想象出她的模样。连记忆都开始离我远去。

我向前挪了挪，然后僵住了。那个声音又出现了，但不是噼啪声。我侧耳倾听。那个声音更像……拖曳声，在尘土飞扬、老旧不堪的混凝土地面上拖曳的声音。准确来说，是拖曳的脚步声。

拖曳声越来越响，越来越频繁，有时像砂纸在石膏上的刮剐擦声。我抬眼望向铁栏。来人步步逼近，断断续续地投下阴影。

突然，我脑海中冒出了一个想法。如果不是他而是其他人，该怎么办？或许这人不小心闯入附近，而且不知道有一个陌生女子此刻正被囚禁在脚下几米处。

“救命！”我的声音虚弱得如同窃窃私语，我咳嗽了一下，再次大喊，“救命啊！”

那个声音停住了。我的胃猛地一缩，我再次声嘶力竭地大喊：“救——命——啊！”

当毯子被掀起时，强烈的阳光直刺双眼，我眯起了眼睛。头顶上方是旧屋顶的残骸。我一定是在一个旧房子或谷仓里，砖瓦缺失的地方有零星缝隙，暴露出一部分裸露的房梁。

突然，有个什么东西跳入坑里，我吓得放下双手。

我喘息着，向后跳去。有一双黑色的眼睛透过黑色兜帽的缝隙看过来。

突然这个男人跪了下来，我吓得缩回了角落。

他旁边有一个包。我看看他，又看看包。我得一跃而起，打倒他，然后逃跑。但我感觉四肢僵硬如石。

突然，他伸手拿起包，翻找了一圈后拿出了一卷胶带。

他抓住我的手臂，开始当着我的面粗暴地撕扯胶带，发出刺耳的撕裂声。他用胶带箍住我的双臂。我试图用双腿往回拖来抵抗，但很快就被他按住动弹不得。

“求求你……不要……”我尖叫着说不出话来，泪水夺眶而出。他俯身向前，灼热的气息喷在我脸上。恐惧之下，我的胃里开始一阵阵翻江倒海。

一只戴着手套的手靠近我的脸，我紧紧地抱住自己。

他一只手托着我的下巴，用另一只手的手指温柔地擦干了我的眼泪。有那么一刻，他停下来看着我。绝望中，我眯起眼睛，试图通过那条缝隙窥探他黑色兜帽后面的秘密。他立马回过神，就像从未停下一般，再次伸手去拿包。渐渐地，嘴上的胶带越缠越多，甚至能闻到胶水的味道。最后，他把我的头向前一推，用一块不知什么布料把我的眼睛蒙了起来。整个世界顿时一片黑暗。

我浑身上下每一块肌肉都在颤抖。

遮眼的布条弄得我很难受，灰尘使我的眼睛瘙痒不堪。不过布条系得不紧，他以一种古怪的方式继续着，就像一位心灵手巧的母亲在给孩子穿衣服，动作小心翼翼却很坚定。

但这可不是穿衣打扮。他把我的双手捆在身前，又绑住了我的双脚。

我感觉他走远了，他整理包发出的刮擦声和拖曳声渐渐变小。

我感到周围空了，又只剩我一人了。我仍蜷缩在角落里，等着围栏关上、链条锁上发出的熟悉声音。

我不会死，至少现在不会，我感到一阵解脱。肌肉抽搐渐渐消退，成千上万的疑问涌上心头。为什么现在把我绑起来？我该怎么吃东西？对方究竟意欲何为？

时间仿佛静止了，留我在原地思绪万千，恐惧与困惑交织在一起。

那一刻，我才意识到膀胱要炸了，我要上厕所。被这样五花大绑着，我最不想做的事就是上厕所。我正想着要如何憋住尿，这时我听到了另一个声音。

砰的一声，身边好像多了个什么。我的呼吸变得急促，他回来了，又是撕扯胶带的声音。我侧耳倾听，试图理解听到的声音。咕哝声、低语声，但没有固定的语句。

周围发出一阵动静，我感受到他行动时带起了一阵空气流动。

又是一声碰撞，但这次缓和多了。他把包丢出去了吗？我竖起了耳朵。终于，围栏栅门发出了吱呀声，我瞬间抬起头来，还有锁链的声音。然后一切归于寂静，整个空间笼罩在一片沉默之中，只有缓慢的呼吸声和轻柔的敲打声，就像水龙头的滴答声，我这才意识到这里还有人。

29

斯特拉特福德城外有一座古老典雅的村庄叫作米尔古特，村里一个六英亩大小的雕塑公园里，坐落着布鲁姆山疗养院，一座带有乔治时期风格的红砖建筑。疗养院路途遥远，杰克曼和西莉亚一路无言。疗养院的主楼屹立山顶，紫藤花在门前曲折铺开，像一条精美的紫色地毯，杰克曼对这眼前的美景却视若无睹。想起这疗养院，他就心情沉重。对于他的病妻爱丽丝来说，这里无异于一座监狱。

进入大堂的时候，杰克曼的鞋底踩在木制地板上发出了尖锐的声响。墙上挂着镶了镀金边框的莫奈画作印刷品，带花的窗帘束了起来，搭在装了铅条的窗户上。前台小姐是一位美丽的金发女郎，精心打理的秀发盘成一个发髻。父女俩在访客簿上登记时，她眼睛离开电脑，抬起头来，微微一笑，目送二人进入主楼。

途经一间图书室，里面的书柜顶到了天花板，还有一把皮质安乐椅。又路过了一间休息室，屋里满是印花软沙发和靠垫，还有一些精致的瓷器小人。最终，他们来到电梯前，乘电梯上了三楼。一出电梯右手边的第二间，就是爱丽丝的房间，过去的八个月里，这就是她的家。透过她房间里的窗户，就可以看到田野一路绵延至布鲁姆山的后山。

爱丽丝被安排坐在床边绿色的安乐椅里面，她的双手叠放在大腿上，手下露出来的蓝色固定带扣了起来，防止她向前摔倒。一眼看上去，她仿佛睡着了，头低着，垂到胸前，口水在嘴边汇成一条线。走近时他们却发现，她蓝色的眼睛是睁开的。

“妈妈，你这样坐着会得颈椎病的。”西莉亚语声欢快，说着拉起胸前的包带，越过头顶后，一松手，任由单肩包落在身后的床上。她向后扶起妈妈的头，伸出手去环抱她。

杰克曼后退一步，喉头一阵抽搐。让他不胜其扰的不是爱丽丝没有回应，过去几个月里，他已经渐渐习惯了，而是西莉亚的声音让他不自在。面对这么多苦难，她还能乐观面对，简直要逼得他喘不上气来。等到西莉亚退到一旁，他才走上前，草草地抱了一下妻子。

杰克曼看到女儿从包里抽出一张面巾纸，给母亲擦了擦嘴，然后从包里面倒出来一摞卡片，坐在旁边逐一打开朗读。他们很久没有一同前来探望爱丽丝了，而女儿的举动，让他心疼。当西莉亚在那里絮絮叨叨时，他则在床的另一边坐下，任思绪纷飞。

自从十七岁加入皇家海军后，杰克曼一直在军中效力。第五年休假的时候，他遇到了长他两岁的丹麦微生物学家爱丽丝。她和之前见过的女人都不一样，她能够理解他对露营、徒步这类户外运动的热情。一开始，两个人只在杰克曼短暂的假期里见面，仿佛幽会，俩人都兴奋不已。但随着感情升温和关系的深入，杰克曼越来越感觉到，聚少离多让彼此的思念愈来愈痛彻心扉。

他好不容易下定决心才从海军退役，这个决定几乎影响了他生活的方方面面。相识大约两年后，他们结婚了。杰克曼也加入了伦敦警察厅，因为据说在这里工作每天都充满挑战。

他想起了新婚燕尔的日子：到了晚上，两个人就一起懒洋洋地躺在沙发上，计划着去看金字塔，去马丘比丘徒步，在大峡谷上跳伞。倒不是两个人约定好了不要孩子，只是他们的梦想容不下一个孩子。那段时光，属于新起点、梦想和冒险。

然而，结婚不到一年，爱丽丝突然开始母性大发。一夜之间，他们的爱情生活脱离了悠游自在的乡间小路，飞驰进入高速公路快车道。在街上遇到婴儿时，她会柔声细语地和小宝贝讲话；在商店和餐馆里见到小朋友时，会向他们招手致意；她还买了一堆有关育儿室设计和布局的杂志。

最终，爱丽丝如愿有了身孕。临产前几个月，她每天在屋子里转来转去，嘴里还哼着小曲，像清晨歌唱的鸟儿那样欢喜。然而，杰克曼却显得惶惶不可终日，除了激动，更多的是焦虑和恐慌，担心即将到来的手忙脚乱的日子会把目前的幸福生活搅得一团糟。

但是当西莉亚躺在他臂弯里的时候，看到她包裹在粉色皱巴巴的毯子里，露出细小的手指和满头的白色胎发，他立刻感到强烈的爱意涌上了心头。接下来的日子里，他的保护欲与日俱增，捧在手里怕摔了，含在嘴里怕化了。

他想起来有一次教女儿骑车，小丫头吓得尖叫："别放手，爸爸。"杰克曼一路抓着车子后座，跟在后面小跑，身子弓得腰酸背痛。他也记得第一次参加家长会的时候翻阅女儿的作业，发现一张画，画的是她最好的朋友，而底下歪歪扭扭的字迹写着"我的爸爸"。他还记得，尽管都已经十三四岁了，小姑娘站在人群中还是会紧紧抓着他的手，怯生生地不敢自己点餐。

现在他望着女儿，看到她从床头柜里取出梳子，轻柔地给母亲梳头。一年前，西莉亚刚上大学一年级，还只是一个自信却普通的十九岁女孩儿。然而，那个夏天发生的意外，永远地改变了她的生活。在接受爱丽丝现状这件事上，她可比杰克曼强多了。

一方面杰克曼希望爱丽丝能够恢复一些意识，至少比现在好一些，甚至完全清醒过来。另一方面，尽管不愿承认，可他心中又觉得她这样下去还不如那一晚死了算了。他转头去看爱丽丝，发现她眼神空洞地望向窗外，西莉亚继续给她梳着头。他不知道她会不会做梦，但如果可以的话，只愿她梦中都是美好的回忆。因为她拥有的，只剩下这些回忆了。

杰克曼找个借口出了门，下楼到前台倒咖啡喝。咖啡机里流出浑浊的液体，杰克曼掏出手机，屏幕角落显示出×号，没有信号。等到咖啡做好，他倒了一包糖，还给西莉亚的杯子里倒了几小罐奶，然后就把咖啡放在一旁。

前台小姐还在那里打字，杰克曼冲她点点头，径直走向门外查看手机。还是没有信号。他不禁沮丧，绕到主楼的侧面。

有一格信号闪了几秒，然后就又消失不见了。布鲁姆山风景固然不错，很有乡村风情，但是手机信号让人绝望。杰克曼侧身斜望着整座楼，看到爱丽丝房间窗台上陈列着一排生日贺卡，心里闪过一丝愧疚。他停下脚步，深吸一口气，收起手机，回到楼中。

杰克曼端着咖啡进门的时候，差点儿和西莉亚撞了一个满怀。“爸爸，妈妈眼睛动了。”

杰克曼稳住身子，庆幸刚才盖了盖子。

“刚才阳光照进来，我问妈妈要不要合上百叶窗，她向右转了转眼睛呢！”

杰克曼看看妻子，发现她依然两眼发直看向前方。“太棒了，亲爱的。”他尽量让自己显得激动。

西莉亚的笑容僵住了。她走到床的另一边，坐在妈妈旁边，紧紧抓着她的手。“你不相信我。”

杰克曼递过去咖啡。“当然相信了，只是，哎……”他叹了口气。他已经数不清有多少次在医院看着爱丽丝，问她问题，希望她能有点儿反应。动一动、眨眨眼或者转转眼球，很容易让人以为她恢复了一些，但之后也不过如此，还是老样子。“不要抱太大希望，可能只是巧合。”

西莉亚灌了一大口咖啡，“我没做梦，是吧，妈妈？”她的语气中透露出恳切。

杰克曼走到窗边说道：“天气不错。”

背后有人走动，杰克曼转身去看，原来是爱丽丝的护工克里斯蒂娜进来了。“早上好呀，爱丽丝，”她带着令人欢快的爱尔兰口音问候道，“大家今天都好吗？”说着，她朝杰克曼和西莉亚点点头。“今天全家都来陪你过生日了，多好啊！”

杰克曼来到了床前。“她今天情况如何？”“很好。”克里斯蒂娜答道。

西莉亚问道：“您察觉到什么变化吗？她有意识了吗？”

克里斯蒂娜把手搭在胯上，说道：“我恐怕没有发现什么变化，但现在还说不准以后情况如何。”

西莉亚于是和她说了刚才的发现。

“真的吗？你真是好孩子。”克里斯蒂娜边答话边慈爱地拍了拍爱丽丝的头。

克里斯蒂娜红润的脸庞笑起来很明媚，爱丽丝一向喜欢这样的人。杰克曼也很开心。

克里斯蒂娜在屋里忙活了好一阵，先是给爱丽丝拉平床单，又抖了抖她的枕头，让枕头保持蓬松的状态，还称赞了窗台上的那一排生日卡片。杰克曼则走到另一边，坐在角落里的椅子上。

西莉亚问：“我们可以在床边留一个记录本吗？这样就可以记录妈妈什么时候有意识了，看看有没有什么规律。”

“这个啊，我在办公室有她的病例，会记录下来的，”克里斯蒂娜回答道，“但是你们当然也可以自己记录，完全没有问题。”

西莉亚的乐观让杰克曼如鲠在喉。牵强附会还不容易吗？抓着渺茫的希望不放，到最后只能眼睁睁地看着希望破灭。

杰克曼突然感到肩头一暖，原来是克里斯蒂娜把手放在他肩上。她注视着他说："我们永远不会放弃希望。"

30

我蜷缩在角落里，听着身旁断断续续的敲打声。这个声音让我不安，敲，敲，敲，时有时无，伴随着断断续续嘶哑的撕扯声。

我的新同伴也被绑了起来，就像我一样。而他们不知何故在摆弄胶带，拉扯着试图固定住胶带。

又是一声撕扯声，然后一声撕裂，随后是拖曳的声音，随之而来的是新一轮敲打。不过这次声响更大，他们似乎更有把握了。一阵咳嗽声和噼里啪啦之后，又是一声撕裂声。

我缩了回去，恐惧的压迫快令我窒息了。

身边的新同伴比我更加坐立不安，这一切似乎没完没了。

直到我听到有个声音问道："李敏，是你吗？"

我的手臂上瞬间起了鸡皮疙瘩，我试图集中注意力听他讲话。听口音他不是英国人，而是中国人，但不是北京的，并且他说的是英语。他为什么会在这里？我试图回应他，但不过是透过胶布发出了一阵含混不清的咕哝声。

"是我，罗尼。"

我如释重负，一时说不出话来。我大声地呜咽起来。终于有我认识的人了，还是同一个学校的。

我感觉到他向前探了探。“我帮你摘一下蒙眼的布条。”

说的还是英语。但是这次我明白了，罗尼来自香港，他说粤语，和我说的普通话不太一样。母亲总说我不应该将全部精力放在学习英语上，而耽误了学习更接近母语的语言。

挪到我身后时，他触碰了我的发丝。他摸索着帮我解开布条时扯到了几缕发丝。我哆嗦了一下，但没有出声。突然之间，布条被取下了。过了一会儿，我的眼睛才适应了新环境。一缕微弱的光线照了进来。

我抬头看着罗尼。和其他来自富裕家庭的孩子一样，他有花不完的零花钱，还驾车四处游玩。我们有几节课是一起上的，我和他还挺熟。看得出来，他今天不太一样。他平时精心打理的头发今天乱蓬蓬的，嘴边还有胶带的痕迹。他的衣服也很脏，好像刚在泥巴里打过滚一样。

他笑了笑，用手按着太阳穴说：“头好痛。”

我向下看一眼，发现地上有一堆胶带。从被带进来的那一刻起，他就试图解开这些胶带。从他的手腕开始，然后是脸。我抬起眼睛，正对上他的目光。

他指了指我的嘴，“要把胶带拿掉吗？”我点点头。

“会有点儿痛。”

我又点了点头。除了点头，我也动弹不得。

他慢慢地撕起了胶带一角。随着揭起的胶带越来越多，我感到一阵刺痛。终于，他问道：“准备好了吗？”

我眨了眨眼，表示同意。他干脆利落地一扯，我脸上一阵火辣辣的疼，直往后缩。随后他又重复了两次，每一次问我是否已经准备好。最后，我终于又能自由呼吸了。我深吸一口气，对他说："谢谢你。"

他跪坐起来，继续解开我手上的绳子。"你还好吗？"他望着我，眼神温柔而充满关切。"大家都在找你。"

我有一会儿说不出话来，独自一人在那儿坐了好久，思考命运，让寂寞渐渐耗尽体内的能量。

"你怎么了？"我最终开口问道，却意识到这话过于刺耳，说出口时嗓子发痛。

"我也不确定。"罗尼盯着某处说道，"当时是上午九点左右，我正走在奥尔斯特路上。突然脑后被人重重地打了一下，"他伸手揉了揉头，"当时估计晕过去了。"

我试着慢慢理解他的话。我想知道关于他被绑架的每一个细节，怀着一丝期待，希望他的经历能够解答一些困扰我许久的问题。

他帮我的手松了绑。我擦了擦嘴边，向前挪了挪，和他一起解开绑住我们脚踝的胶带。"也许有人看到你了？"

他停下想了一会儿，扫视前方，然后摇了摇头。"也许吧，但是我不记得看到过任何人。"或许他没有注意到我的犹豫和我脸上失望的表情，也可能是无视了吧。"醒来时，我已经在车后座了。"

"什么样的车？"

"我不知道，当时眼睛被蒙住了。我能听见引擎的声音，我想大声呼救，可是我的嘴被堵住了，手也被绑起来了。起初我以为我在做梦，过了好久车才停下，然后引擎熄灭了，门开了。

“你那时到这儿了？”

他看向我。“是的，他把我拽出车，然后，我刚站好，我就感觉到有个尖锐的东西隔着T恤刺了进来。”他俯身向前，伸手摸了摸背上那处地方，疼得龇牙咧嘴。我一看，那块布料已经被钩破了，线头散落下来，皮肤表层已经划破，整片血迹斑斑。“他没有说话，就把我带到了这里，但刀还在我的背上，我记得被推倒跪在地上，还有金属的叮当声……”

“是门上的链条。”我抬头看向屋顶，“应该是锁链。”

罗尼起身查看时一个趔趄。

“小心点儿。”

“我的头好重，像塞了棉花。”他说道。

“我当时也是。他应该是下药了，事后头疼得厉害。”

罗尼揉了揉前额，环顾四周，然后走向铁栏。“这是唯一的出口？”

我点点头，看着他抓住护栏。“没有用的，我已经试过了。”

他使劲摇了摇，衣服随之晃动，链条在后面哐当作响。

“一定有办法的。”他说道。

“没有办法。”

罗尼用手捂住眼睛，上下揉搓着脸颊，他又开始蹒跚移动了。

“你最好坐下。我一开始也晕得厉害，像宿醉了似的，只想睡觉。”

他坐了下来，将头靠在墙上休息。几分钟的沉默之后，他看向了我。“你呢？”

“什么意思？”

“你是怎么到这里的？我们都知道你周一晚上离开老茅屋酒吧后就失踪了。新闻和广播都是你失踪的消息，大家议论纷纷，学校里到处都是警察。你还记得些什么？”

“今天是星期几？”我无视他的问题，问道。“星期四。”

星期四，那就意味着我已经被困在这个暗无天日的地洞里三个晚上了。

我看着罗尼，不确定自己到底在期待些什么。

我的失踪当然会让警方提高警惕。但是被困在这个暗无天日的地洞里，几天下来我已经开始胡思乱想。有时我感到如此孤独，好像自己已经被遗忘了，就算整个世界都抛弃了我，太阳依旧照常升起。从某种意义上来说，知道他们还在找寻我的下落令人欣慰。但是为什么他们还没有找到我？罗尼为什么在这里？

我向罗尼讲述了来到这里的经过，说着说着，我意识到自己对绑匪知之甚少。

罗尼专心地听我说完，然后说道：“警方以为你已经和另一个女孩儿一样被谋杀了。”

我猛地抬起头看着他。“你什么意思？”

“嗯，在他们找到尸体前，她已经失踪了一周。所以大家以为你可能会成为下一个受害者。”

听到这里，我脊背发凉。静静地坐了一会儿后，我明显感到坑里的空气开始变混浊，毕竟现在有两个人要呼吸这里的空气。

“你觉得我们为什么会在这里？”我最后还是开口问道。

他深吸一口气，想了一会儿。“为了赎金？可能他们觉得我们家里比较有钱。”

“我家并不有钱，我父母的钱都套在工厂里。”

他摇了摇头，面无表情，好像也没了主意。

“就算如你所说，这是绑架，”我举起双臂伸展着，继续说道，“为什么要把我们俩关在一起？这根本说不通。”

“我不知道，”他说，“也许他觉得我们两个被绑住了手脚，嘴也被堵住了，所以没法交流了吧。”

混浊的空气加上逐渐升高的温度，令人窒息。我将目光锁定在了面前的墙上。

“他。”

罗尼扭过头：“什么？”

我看着他，“你说的是‘他’。”

过了几秒钟，罗尼才开口。“这个嘛，我估计他是男的，因为只有男的才有力气把我抬进车里，然后一路带到这里。”

我回头看了看头顶上方的栅栏。“是的，”我自言自语般地说道，“我也这么想。”

31

在克利福德钱伯斯镇的主街，杰克曼发现一辆大众车停在路上，于是放缓了车速。那是一辆白色的面包车，车身上有黄色和蓝色的标识，写着“C Ward 管道疏通解决方案”，标识旁还有一滴蓝色水滴，而标识上方则是斑驳的黄色蒸汽水垢。他查看了一下油箱盖——没有生锈的痕迹。但是他以前在哪里见过这个标志。

他暂时不去想这些，一路开到底，在一辆警车旁边停了下来。这辆警车前面停着两辆警用路虎、一辆全顺货车，还有一辆黑色的奥迪。看到奥迪，他有些困惑。雷利他妈的在这儿干什么？他下车，甩手关上车门，沿一条小路离开小镇，来到了一片农田上。

那天早上离开布鲁姆山以后，杰克曼先把西莉亚送回家，然后听了戴维斯的语音留言。听起来她很激动。“有线索了！受害者可能被困在克利福德钱伯斯的山林里。”他回拨过去，但电话转到了语音信箱，于是他直接开去现场了。路上，基恩在调查室里给他汇报了最新情况：戴维斯今早接了一个电话，说有人好像在克利福德钱伯斯镇附近看到了那辆白色面包车。

他们现在已经派出一支搜查小队去现场，勘验附近林中废弃的水箱。

到达现场后，杰克曼看到门口有守卫，防止遛狗的人和好事的村民进入。杰克曼向守卫出示了警徽，然后沿着崎岖的山路一边向上爬，一边眺望山林。他以前在附近遛过埃里克，所以对这一带很熟悉。他爬了一半就停下来了，扫视四周，不禁满腹狐疑。林后有一条赛道，更远处还有一条马路。夏天的时候，这里常有遛狗的人和小孩子来玩。把尸体藏在这里，未免太冒险了。

正要继续向上爬的时候，杰克曼看到戴维斯正在远处下山。坡有点儿陡，戴维斯脚下不稳，看起来就像一路跑下来似的。到杰克曼身边时，她已经气喘吁吁。“消息有误，长官。”戴维斯说道。

杰克曼的视线越过戴维斯，看到雷利从林子里面出来，手机紧贴耳朵在讲电话。“他在这儿干吗？”

戴维斯翻了个白眼：“谁知道，他和搜查小队几乎同时到的。”看到雷利走过来，她立刻不说话了。

“啊，杰克曼你来了。”正说着，他被一块凸起的土块绊住了，打了一个趔趄。

“你牵头的？”杰克曼仰起头，下巴朝林子的方向撇了撇。

“对，”他边说边稳住脚步，“电话进来的时候，我正和贾纳斯警司在一起，就想着搭把手吧。有一个水箱新近移动过，得用切割机才能打开。”

杰克曼微微点头。“还有别的吗？”

“好像没了。”

杰克曼回头望着山上的树林，换了个话题问道：“餐厅那边跟进得怎么样了？”

“里德曼案那家？”雷利摇摇头，“饭店里人太多了，来来往往的。我手下的侦探已经找到女孩儿们去餐厅那晚值班的人了，但他们记不清楚到底是哪些人了。”

“沃德先生儿子来之前，他一直滔滔不绝地讲。”她面露愠色好像一直在想这件事情，完全没有听到他们刚才的对话。“他非常确定看到了一辆面包车，还提到油箱盖锈了一圈。后来儿子到了，他就岔开话题，讲他儿子多么有魅力，多喜欢深色头发的姑娘。”

戴维斯絮絮叨叨地继续讲她如何询问格雷姆·沃德，但杰克曼没有在听。他脑海中又浮现起那个水滴的标志，忍不住想了一遍又一遍。突然，他记起在哪里见过这个标志了，心头生出一种不祥的预感。

“路边那辆面包车，”杰克曼说道，“就是那辆管道工的货车，是沃德的吗？”

杰克曼突然这么一插话，吓了戴维斯一跳：“是的，不过不是格雷姆·沃德的车，是他儿子卡尔的。”

“他儿子也是管道工？”

安妮点点头。

杰克曼转头望着雷利说：“我以前见过那辆面包车上的标志。”

“在哪里？”

“一个冰箱贴上，在爱伦·里德曼和朋友合租的家中。我肯定见过。”

“爱伦·里德曼是深色头发。”戴维斯插话道。杰克曼转头看她。“什么？”

“赶紧查一下卡尔·沃德的背景，”杰克曼下了命令，然后转身和雷利说，“我觉得我们得和小沃德谈谈了。”

雷利退了一步，支支吾吾地说：“我还要整理支票。”

杰克曼狠狠地瞪了他一眼说：“支票安妮会处理的，你就跟我来吧！”边说边拽雷利的手臂，拖着他一路小跑。

他们一路跑下山，把戴维斯甩在后面。到了大门，杰克曼朝着镇子快跑过去，雷利在后面气喘吁吁、步履蹒跚。有几个遛狗的人在一旁聊得热火朝天，看到杰克曼经过他们身边跑向主街，还投去狐疑的目光。

回到镇上，管道工的车还停在主街上。杰克曼快到那边的时候，手机振动了起来。是戴维斯打来的。他停下来喘了口气，然后按下接听键。“什么事，安妮？”

“好多事，长官。”她的声音听起来上气不接下气，好像刚跑完步。“沃德以前——2006年的时候，殴打过前女友，2009年因为强奸被捕，后来撤诉了。去年斯特拉特福德警方接到报警，到他家里调查家庭暴力案件。虽然他妻子拒绝起诉，但他案底不清白，有暴力倾向。”

“好的，谢谢。”

挂了电话，杰克曼把手机放进口袋，猛敲小屋的前门。雷利也赶来了，弯腰扶着膝盖，大口喘着气。

门后的链子一阵哐当作响，随后门打开了，一个高个子、黑眼睛的光头男人出现在门口。他抬眼看向雷利，雷利瞬间站直了身子。

杰克曼朝他出示证件，介绍了两个人的身份。“你是卡尔·沃德？”

“怎么回事？”沃德回道，“你们今天不是来过了吗，我爸爸需要休息。”

“我们能和你聊聊吗，沃德先生？”杰克曼解释道。

“聊什么？”

“可以进去聊吗？”

沃德打量了他们俩一阵，走出屋子，关上了身后的门。“在外面说吧。”

沃德双手交叉在胸前，矢口否认和爱伦·里德曼有任何关系。听到爱伦的住址时，他记起今年早些时候，自己曾被叫去修理爱伦室友的暖气，但声称从未见过爱伦。沃德举止镇定自若，言谈放松，但是他身上有种莫名的东西让杰克曼深感不安。杰克曼回头看看面包车，问道：“介意我们看看车里吗？”

雷利冲他使了一个眼色，警告他不要乱来。他明白雷利的意思——他没有搜查证，无权搜查这辆车。目前他并没有像样证据，只是通过调查了解到他和被害人有一丝联系，除此之外就是他爸说他喜欢深色头发的女孩儿这一点了。

卡尔·沃德犹豫了几秒。“我也没什么好遮遮掩掩的。”

于是他伸手从口袋里掏出一串钥匙翻找起来。这时，戴维斯也赶到了，杰克曼和她交换了个眼色。与此同时，卡尔·沃德解锁了后门并把门拉开了。

杰克曼探身进车，一股漂白剂的味道扑鼻而来。他四处打量时，沃德就站在旁边，魁梧的身躯令人无法忽视。车内壁的架子上挂着一套工具，角落里还有一个大工具箱，除此之外，别无他物。

杰克曼注意到，戴维斯先看了看高大的卡尔·沃德身上破旧的衣服，又查看了车厢内部和车尾。“你一直把车弄得这么干净吗？”她问。

沃德不屑地翻了个白眼。“工作上我一向很有秩序。”

搜查的时候，杰克曼感觉沃德在盯着他。他知道雷利也同时在车外关注车内的情况。空气里弥漫着一丝紧张，他拼命地寻找着什么，但也不知道那是什么。

“行了，”沃德看了一眼手机，“你要是搜完了，我得回去了，今晚还有一单生意要谈。”

尽管百般不情愿，杰克曼还是听他的话准备下车了。然而就在他转身快要下车的一瞬间，一道金光闪过，吸引了他的目光。他又钻进车里，走近前排座椅后部，弯下身来。座椅中间塞着什么东西，他戳了一下，感觉像是一片塑料，于是他又向前探探身。

“喂！够了。”

杰克曼毫不理会沃德的警告，从口袋里抽出手电筒照向那片区域。灯光下，一个金色的东西闪闪发亮。

“我说你有完没完！” 沃德暴怒，喊完这句话，就砰的一声，冲上来扑到杰克曼身上。杰克曼肚子上挨了一拳，沃德一手掐着他的脖子，勒住了他的喉结。他拼命想要挣脱沃德的手，一抬头看到一个扳手砸向他，杰克曼使出吃奶的力气弯腰躲过。沃德的手还掐着他的脖子，于是他用膝盖冲沃德的裤裆撞了过去。

扳手砸在车厢地板上，发出叮当一声，回荡在整片区域。杰克曼听到有人呼喊，并向后扳开沃德。他终于挣脱了沃德，看到山上冲下一些搜查小组成员，来到他身边，控制住了沃德，戴维斯也上来帮忙。

大伙把沃德从车后门拖了出来，杰克曼站在那里，揉着自己的脖子。“滚开！”沃德大喊，“你们无权搜查！”

杰克曼边向前走边盯着他，一跃跳到人行道上。“警局见。”

这场骚乱很快吸引了当地居民的注意，人们纷纷拉开窗帘、推开窗户、打开门看发生了什么情况。没用几秒钟的时间，面包车周围就围满了人，后排的人伸长了脖子想看清楚发生了什么。

几个警员给沃德扣上手铐，戴维斯拘捕了他，然后把他推进了车后座。这时，杰克曼才回到了面包车里，戴上手套，把座位中间夹着的塑料片取了出来。他眯着眼睛仔细瞧着这SD存储卡，心里得意地笑了。

*　　*　　*

杰克曼走进审讯室，门在身后咔嗒一声关上了。他拉出一张椅子，把腋下夹着的粉色信封小心地放在桌子上，然后重新播放起来录音带。卡尔·沃德和他的律师，甚至一直专心记录的基恩，都抬起头来看着他。

雷利起初想等他的团队从利明顿赶来再开始审讯，但是杰克曼不想拖延，以免再有人丧命。如果沃德和李敏的失踪真的有联系，如果他能够透露有关她下落的情况，审讯必须立刻开始。恰好警察局长打电话给雷利询问案件进展，他这才不情不愿地同意立马对沃德进行审讯。

正如杰克曼所料，沃德一开始表现得游刃有余。沃德又恢复了之前的从容，声称自己婚姻美满幸福，并拒不承认自己认识或见过爱伦·里德曼、凯蒂·夏普和李敏。他甚至暗示，警方逮捕他是因为实在抓不到真凶，只好病急乱投医听信了一个糊涂老头的胡话。

杰克曼双手叠放在桌子上，说道："你之前告诉我，你并不认识爱伦·里德曼、凯蒂·夏普和李敏。"说完，他摊开双手放在面前的文件上。

看到这份文件，沃德那位寡言少语的律师突然坐直了身子，问道："这是什么？"

杰克曼没有理她，从文件中抽出了两张纸。他翻过第一张来，眼盯着沃德。这是一张爱伦·里德曼和卡尔·沃德的自拍照，图中两个人脸颊紧贴，对着镜头微笑，看上去好像两个人就坐在沃德的面包车后座上。他又展示第二张，爱伦的裸照。

"因为录音的缘故，我这里解释一下，照片中的女性与爱伦·里德曼的外形特征吻合。”杰克曼说道，“沃德先生，这些图片是从你车上发现的SD存储卡中读取出来的，对此你作何解释？”

“那不是爱伦，”沃德辩解道，“她的名字叫艾玛，她就是这么和我说的。”

“我想单独和……”

沃德朝他的律师抬了抬手说：“没关系。”他向下扫了一眼，开口说道：“好吧，我是结婚了。我跟她确实好过一段时间，不过只有几周，而且是好几个月之前了，我已经很久没见过她了。其他两个女孩儿我压根儿不认识。”

“你确定？”

沃德坐直身子，点点头。

杰克曼靠在椅背上，好一会儿没说话。

“完全肯定吗？”

沃德瞟了眼文件袋，又看看杰克曼，没说话。

杰克曼从文件袋中拿出一个警用展示袋，里面斜放着一部手机。“这是你的手机吗，沃德先生？”

沃德靠近瞧瞧，点点头。

“你可以给解释一下，为什么在爱伦·里德曼失踪当天，通话记录显示还有人用这个号码给爱伦·里德曼打电话发短信吗？”

沃德猛地向前俯身。“胡说，她的号码不在手机里。”

“确实没有，因为你已经删除了，但是通话账单你可删除不了。”

他的律师立刻站起来："我要和我的代理人单独谈谈，现在就要。"

突然有人敲门，杰克曼转过身，拉塞尔招招手，要他到走廊上去。她脸色泛红，好像刚跑过来。

"什么事？"杰克曼问，伸手在身后关上了门。

"沃德有李敏消失时的不在场证明。我们问过他妻子了，那个周末他们在伦敦玩，直到周二早上才回来。我们问了酒店，酒店确认他们有过预订。前台小姐还记得他，估计没少勾搭人家。"

这时，走廊尽头的门突然被人拉开，雷利走了进来。他正和别人讲电话，手机紧贴在脸上，兴奋地像要过圣诞节的小朋友。"好的，没问题，一有消息我立马告诉您。"

雷利一边走来，一边挂了电话。"有什么新情况吗？"

杰克曼摇摇头。"他正和律师单独聊呢，我建议等下送他回监狱好好冷静冷静。"杰克曼把文件袋给了雷利，"行了，我走了，还得继续跟进绑架案的事儿。"

雷利难以置信地看着他。"什么？我们都快查出来了。"

杰克曼心里叹了口气。"嫌疑人与一名受害者联系密切，有通话记录和照片为证。面包车已经按照程序检查过了，明早你就会收到初步报告，应该能提供足够的证据，可以对里德曼案提起诉讼。我四点十五分要去中国城和巡警会合，找李敏的叔叔。"

雷利一脸困惑："李敏是深色头发，现在不见踪影，和其他两个受害者一样，你怎么知道他们没有关联？"

杰克曼盯着雷利："李敏失踪的时候，他和他老婆在伦敦。"

雷利嗤笑了一声。

"我们查过了，"杰克曼又叹了口气，"之前三角恋的假设错了，也许他从未想要杀了她，也许她只是威胁要告诉他太太。最起码他要有动机吧。北安普敦那边正在调查他是否与凯蒂·夏普有什么关系，但是我们没有发现他与李敏案有关联，并且李敏案不一样——我们收到了勒索电话。"

"也许是他变贪婪了呢？可能还有同伙吧？"

"勒索信是中文写的，即便有关联，也肯定牵涉到中国人。我把基恩留在这里，他熟悉李敏案，如果有新线索出现，他立马就能看出来。"杰克曼走向门外，挥挥手机说，"有事再给我打电话吧。"

杰克曼听到雷利在他身后骂骂咧咧了一阵。他关上门，大步流星地走出了走廊。在转角处，他差点儿撞上匆匆赶上来的戴维斯。

"啊，我还以为赶不上你了。"她说。

"我已经迟了，不能耽搁。"

"知道，我和你一起去。"

杰克曼眯起了眼睛："你确定？我估计今晚下班会很晚。"

"没问题，午饭时间回了趟家，约翰打理得井井有条。不要和别人讲，我感觉他想辞职当全职奶爸。"

杰克曼不禁偷笑，他很难想象约翰那么个大块头，整日奶孩子、洗尿布。“好吧，只要你愿意就好。”

戴维斯微微一笑：“快说服我。”

32

杨肯看起来一脸酷样，镇定自若。他上身穿着一件白色亚麻衬衫，下身穿着一条深色长裤，正斜靠在阿卡迪亚入口对面的商店橱窗边。见杰克曼和戴维斯走过来，他立刻笑脸相迎，笑得脸上都起了褶子。

“一路飞过来还顺利吗？”杰克曼问道。

“太吵了。我女儿才六个月大。”他苦笑了一下，“高空飞行时她耳朵很难受，闹了一路。”

“您愿意协助我们调查，真是太感谢了。”杰克曼说，“具体情况D. S. 格雷都跟你说了吧？”

“你们正在调查一起绑架案，想追踪受害人的叔叔，一个叫李强的人，对吧？”

“没错。”杰克曼向他介绍了一下之前调查中遇到的种种困难，“或许你能帮助我们？”

“可能吧，我们就从红龙开始吧，跟我来。”

杰克曼刚想说从东方花园下手可能更容易突破，但杨肯已经穿过马路，大步穿行走进阿卡迪亚管辖区了。他和戴维斯对视了一眼，跟了上去。

杨肯在红龙针灸馆门外停了下来。“你们有她叔叔的照片吗？”他问道。

杰克曼把那张老照片递给他。他看了一眼，谢过杰克曼，然后推门走了进去。

一进门，一股透心凉的空调冷气扑面而来。杰克曼一眼认出了昨天那位坐在前台后面的中年女子，不过她今天的反应和昨天截然不同。看到杨肯，她脸上顿时容光焕发。

他们愉快地用中文交流了一阵，不时地点头微笑，杰克曼和戴维斯完全被晾在了一边。直到杨肯指向他俩，中年女子才对他们点头致意，低头欠了欠身，匆匆消失在长长的窗帘后。杰克曼估计那窗帘后面是店铺半部分的入口。

不知为何，店铺看起来比昨天小了。杰克曼头一次注意到，不远处墙边有一张小小的黑色皮沙发，旁边还有一张低矮的桌子，上面的光面杂志被精心摆成了扇形。戴维斯好像读懂了他的心思，走过去用手按了按沙发座位，脸上露出了调皮的笑容。

就在这时，一个灰色头发、留着小胡子的中国男子出现了。他像老朋友似的和杨肯打了个招呼，冲戴维斯和杰克曼笑了笑。接下来他们用中文交谈了一阵。杨肯也把照片递给他看了。他看起来似乎并没有认出李强，但拿着照片细细打量了一阵子。杰克曼看看杨肯，又看看那个男子，试图理解他们的对话。随后，杨肯拿起手机，一边打电话一边点头，并示意他俩跟他走出店铺。他开始对自己徒劳无益的尝试感到挫败。

走出门外，滚滚热浪瞬间袭来。杰克曼解开了领口的扣子。“那边什么情况？”他问道。

杨肯转向他。“他们说周建是这一片的领导。”

“他是不是不会英语？”

杨肯笑了笑。“他会，但只和客户说，他一般更喜欢讲普通话。我们现在去东方花园，他们答应跟我们聊聊。”

杰克曼扯扯他的胳膊，示意他慢点儿。“你跟他们很熟？”

杨肯转过身。“他儿子之前涉嫌参与种族仇恨犯罪，我在审讯过程中帮了他们，一家人很感激。”说完，他继续向前朝着饭店方向走去。

穿过主路时，杰克曼说话得扯着嗓子喊才能不使自己的声音被往来卡车引擎发出的轰鸣声湮没。“我们等下不会只说普通话吧？”

杨肯犹豫了片刻，说：“没事，饭店里有个叫陈涛的人，他英语很好。”像是感觉到了杰克曼的担忧，他又补充道：“别担心，探长，我在这边工作了三年。你会慢慢和这儿的人混熟的，他们也会渐渐信任你。”

“我觉得语言相通会有帮助。”

“其实就是要守他们的规矩。他们来到这里后还形成了自己的文化圈子，也讲究上下等级。除非上头的人认可你，不然没人会理你。”

杰克曼扭头望了一眼针灸馆。“他是这里的头儿？”

杨肯点点头。“没他同意什么事都办不成。”

“他认识李强吗？”

“照片看着很眼熟。他是这么跟我说的。”有辆车打着转向灯在他们面前转了弯，他们暂时停下了脚步，然后穿过边道，走向饭店。“实际上，他觉得李强可能还在附近。”

今天在饭店门口接待他们的是另一个服务员。他打开门，微笑着用英文招呼他们，用手臂示意方向，引领他们走进饭店。杰克曼如释重负。

“我们是来见陈涛的。”杨肯说。

“他在等你们呢。”服务员说着稍一鞠躬，“请跟我来。”

他们一前一后走进了吧台后面，穿过酒窖，出去后就来到了饭店后部。不同于店内繁复的装饰风格，这里的墙面被刷成了简洁的奶油色，上面有黑色灰色的抓痕、裂纹和剐痕，应该是这些年来搬运东西时擦到留下的。

那位服务员抬起手叩了一下门，然后打开门退到一旁，请他们进屋，点头致意后就默默退了出去。

杰克曼从前一天开始就期待和这个男人会面，看到站在窗边的男子居然比自己年轻，他心中一惊。此人不到四十岁的模样，短发方额，上身穿一件开领式粉色衬衫，下身穿着深色长裤。进屋时，他冲着他们笑了笑。

“我是陈涛。”他从桌边走来，一边自我介绍，依次和他们握手后示意他们坐下。“我听说你在找一个叫李强的人？”他边问边走回桌子的另一边，“我对这个名字不熟。”

杰克曼坐在椅子上，俯身向前。“是的，我们昨天到这里后四处问了问，通过引见认识了另一个男人。”

陈涛点点头。“那是饭店的总管，他今天不在。”他抽出面前桌上的绿色记事本。“不确定我是否能告诉你们一些有用的信息。”他说。

戴维斯把照片递给他。经过这些天的折腾，这张照片现在已经变得皱巴巴的，边缘处还有折角。

他摇摇头。“我不认识他，不过这边不断有人过来，有的就待几周，有的久一点儿。”他絮叨了一阵，但杰克曼不再听他说话。他的目光落在一份来自本地报纸的翻页上，就挂在他身旁的墙上，用剪辑画框裱装着。翻页的标题是“本地饭店庆祝开业二十五周年。”照片中，一群员工面带微笑地聚集在吧台前，陈涛站在中央。背景中还有另一个身影，此人在照片边缘处，站在人群后面，侧过头面向镜头。

杰克曼起身指着画框问道：“那是谁？”

杰克曼这一打断，陈涛似乎有片刻的惊讶，但他很快恢复常态，然后走到杰克曼身边。“这是我们二十五周年庆典的照片。”他说。

“我知道。”杰克曼回答道，他指着吧台后的那个人问，“那是谁？”

陈涛的眉宇间闪过一丝不安。开口前，他咽了下口水：“他叫吴鹏，他……之前帮我们干过一段时间。”

杰克曼顿了顿，从桌上拿起照片，举起来和剪报上的照片比对起来。两张照片中的男人侧头的角度很相似，而且都挡住了左耳。他凑近看了看，发现他左脸上有一道疤。“如果我没看错的话，他和我们要找的那名男子有着非常相似的面部缺陷。”

陈涛双手插进口袋，目光停驻在剪报上。

“关于吴鹏，你能告诉我们什么？”

“他在我们店里做了大概三年服务员，挺优秀的，大家都很喜欢他。”他摇了一下头，“但他去年夏天走了。”陈涛转过身看到戴维斯拿起了笔记本和钢笔，不禁怀疑地看了她一眼。“不是正式的，懂吗？”

杰克曼举手示意明白，这才让陈涛开口，杰克曼自然不希望对方在移民问题上闭口不谈。“我们来这里是想调查一名失踪女孩儿，而且我们认为李强，或者说吴鹏，可能对我们的调查有帮助，就是这样。所以他为什么走了？”

“他总爱迟到。他一般晚上来，因为他好像更习惯那时候上班，但还是迟到。我们没法信任他，有时候他甚至干脆不来，所以我们不得不开除他。”

“那之后你见过他吗？”

“没有亲眼见过，但我感觉他来过几次，他的小舅子在厨房上班，他倒是有签证。”他急忙补充道。

“我们能见他吗？”

杰克曼看着他打了通电话，简短地说了几句，过了一会儿有人敲门了，一位头戴白色厨师帽、脖子上系着黑色长围裙的瘦高个儿男子出现在了门口。

陈涛向他们俩介绍说：“这位是王杰，他的姐姐是吴鹏的妻子。”他拍拍王杰的肩膀，“他们问你什么，你就如实回答。”他说，“抱歉，我有事先告退了。”

“您好，请坐。”陈涛退出房间后，杰克曼对王杰说道。

桌后只剩一把椅子，王杰走过去坐下，看起来比之前矮了一些。显然，他很不自在。

“你最后一次见到吴鹏是什么时候？”杰克曼问道。

王杰看看他，又看看戴维斯。“问这个干吗？”

“我们在调查一个案子，需要和他谈谈。”杰克曼解释道，“他或许能帮上忙。”

听了这个回复，王杰还是一脸怀疑。

“你姐姐和他结婚多久了？”杰克曼问道。

“他们没有注册结婚，但他们声称是夫妻，因为有个女儿，这样听上去体面点儿。”他不太自在地扭动了一下身体，“他们在一起大概三年，不过去年已经分居了。”

“他们住在哪里？”

“我姐姐和十八个月大的女儿和我住在一起，至于吴鹏嘛……”他摇了摇头，“我也不知道，他只是每周来一次，给她送钱。但也不是每周都会来，他很恶劣，沉迷赌博，还到处欠债，债主经常找上门来。”他露出鄙视的神情，“他昨晚本该来的，孩子要买奶粉了。”

“他会来你家里？”

王杰点点头：“我就住在这上面。”

“他什么时候来？”

“随时都有可能，通常是晚上或者大清早，从来不会在白天来，他就是个夜猫子。”

杰克曼俯身向前，语气缓和了一些。“能不能把你所知道的关于吴鹏的一切都告诉我们？”

33

杰克曼撕开糖包，把糖加进意式浓缩咖啡中，一边搅拌一边抬头看着杨肯。“太佩服你了，五十五分钟就搞定了我们昨天几个小时都没办成的事。”

之前从饭店出来后，他们穿过阿卡迪亚管辖区，走进了超市。今天，收银台后面还是那天那个女孩儿。那位好管事的经理自然又凑了过来，不过他今天的态度友善多了，简单聊了几句后，他同意她离开柜台和他们聊几分钟。用普通话混着蹩脚的英语，加上杨肯在一旁翻译，女孩儿确认那个符合李敏叔叔外貌描述的男子周二晚上来店里买过东西。她又看了一眼照片，说他现在头发少了，但他左脸上那道清晰可见的疤痕令她确信他就是照片中的男子。她晚上在附近的凯奇赌场做清洁工，说他是那里的常客。她也说他用的是吴鹏这个名字。

杨肯笑了笑。“跟询问的方式有关，得直接点儿，说明你要什么，不能像我们问询时那样，各种试探绕弯子，试图抓住破绽。如果这么做，他们只会沉默不语，调查也就毫无进展。”

“我们那时费了好大劲才从使馆要到李敏的家庭背景信息，还不全，完全没有他们家生意上的任何信息。”

杨肯点点头。

杰克曼向他讲述了当时Skype网络电话会议的情景。李敏父母是如何支付赎金并避免与警方有任何联系直到事态失去控制。即便到了那个地步，他们依旧拒绝透露任何关于那两个联系人以及他们是如何筹集资金的信息。

“意料之中的事。”杨肯听罢说道。

“怎么说？”

“他们不想惹麻烦，只想闷声发大财，我们只需要确保过程合法。我跟你说过，我在这一带工作了三年，和有些住户很熟。他们之间会互通有无，积累人脉搞关系，遇事知道该找谁帮忙，犯罪率才能压下去。如果不信任你，他们会自行解决，事情就不太好办了。”

“那李敏父母是如何在这里筹到钱并找到联系人帮忙的呢？”

“英国这边很多和中国有联系的社区团体都能做这种安排，想找个人帮忙不难，更何况还是钱的事情。”

“你是说香港三合会那样的有组织犯罪集团吗？”

“是的，三合会算一个，也有其他的。我们知道他们一直在活动，但这种事情不好调查，一提到有组织犯罪集团或者三合会活动，大家就闭口不谈。这一行有自己的规矩，我们对他们的情况略知一二，但这一行水太深。”

戴维斯刚才一直在喝咖啡没说话，这时突然抬头问道：“你老家是哪里的？”

“天津的，在中国东部。我出生之前父母移民过来了。”

“他们对你干警察这一行怎么看？”

“他们刚开始好一阵子都不能接受。”他冲她笑了笑，“现在接受了。”

* * *

走过凯奇赌场，杰克曼和戴维斯停下脚步阅读外面的标识。二十四小时营业。每晚提供现场娱乐活动。接受私人定制。

现在是晚上六点半。杨肯说是要与家人共度假期最后一晚，先行一步。

伯劳路上的轿车、货车从他们身边呼啸而过，一位摩托车手在车流中穿进穿出。杰克曼深吸一口气打开门，扶着门框和戴维斯一起走进赌场，来到了前台。

杰克曼并不经常光顾赌场。他玩过几次老虎机，也尝试过轮盘赌和21点扑克游戏，那还是他和爱丽丝在结婚时周年纪念日去拉斯维加斯旅游时的事。但工作让他了解到了赌博的黑暗面。和毒品一样，赌博也会成瘾，让最可亲的人变成最可怕的魔鬼，为追寻其所谓的梦想不择手段。

他们在前台登了记，出示了身份证，然后穿过玻璃双重门，走进了一个大房间。房间中央灯光昏暗，核桃木制的圆桌周围摆放着皮质的椅子和沙发。吧台上方的开放式橱柜中，各种类型和大小的杯子在枝形吊灯的灯光照射下闪闪发光。一排烈酒沿后面的墙壁排列着。

这里似乎是中心区。房间四周是几扇镶着金边的玻璃双层门，他看了一眼门上的标识：餐厅、歌舞表演厅、游戏室、棋牌室。戴维斯去厕所了，于是杰克曼跟随标识指示走进了游戏室。他一走近门就自动打开了，他跨过门槛，走进了另一个吧台区。一位身穿紧身红色连衣裙的金发女招待抬起了头，她涂着和连衣裙一样颜色的唇膏，见有人来立刻满脸堆笑。似乎门口的二十四小时营业指的是全天候的派对装束。

“我在找游戏室。”杰克曼说。

“没问题，先生。”她笑着露出一排非常洁白整齐的牙齿，“就在房间另一头的双层门后面。”

杰克曼冲她微笑了一下作为回应，她的双眼瞬间亮了。“还需要我做什么吗？”她问道。

“或许还有件事你能帮上忙。”他出示了一下警徽。

女子手肘撑着吧台桌面，手掌托腮，一副好像在玩游戏的样子，露出了一大截事业线。

“我在找一个人，他是你们这儿的客人。”杰克曼说着伸手去掏那张照片，却意识到照片在戴维斯那里。一抬头，他发现对面的女子正挑逗地用舌头舔着牙齿，唇边露出了一丝笑意。

突然，他感到身边多了个人，“在找这个吗？”戴维斯问道，把照片递给他，翻了个白眼。

女子立刻起身，打量了戴维斯片刻，瞟了一眼放在吧台上的照片。

“有什么可以帮您的？”

杰克曼转过身循声望去，看到了一位体格健壮魁梧的男子，身上穿着一件打褶的黑色西装和开领式白衬衫。杰克曼举起警徽，简单介绍了自己和戴维斯。

那男子伸出一只手说：“在下山姆·查普曼，是这里的经理，请问有什么可以效劳的？”

“我们正试图追踪一位名叫李强的男子，他可能会用吴鹏这个名字，听说他是你们这儿的客人？”

“我们这里客人很多的。”

吧台后的女子嗤笑了一声，转身去检查烈酒了。

查普曼咧着嘴角露出了微笑。“开玩笑的，请跟我来办公室。”

他们跟着他来到角落处的一扇黑色门前，门上有一块金色的标识写着“闲人免进”。男子在一旁墙面上的按键盘上输入密码时，俩人就在身后等着。随着“哔”的一声，他推开了门。

和之前的饭店一样，这家赌场的后部走廊远不如内部装修豪华。他们跟着经理走进了一间办公室。进门后，经理走到了一张碎木层压桌后面，在电脑键盘上敲了几个键。杰克曼和戴维斯坐在他面前的塑料椅上，可以看到经理身后的墙边有一排灰色文件夹。

“我们的所有客人都要注册登记，这是赌博业的规定。”

他说。“但我们的记录里没有一个叫李强的人。”他又点击了几个按钮。“不过，有个叫吴鹏的人注册了，如果他是你们要找的那个人。”

“您能认出他吗？”杰克曼问道。

查普曼摇摇头。“估计不行，你们有照片吗？”

戴维斯从口袋中掏出照片递了过去。

他又摇摇头。“这应该是几年前拍的了。”他边说边把照片递了回来。

“您再看看。”杰克曼说着指了指他脸上的疤痕。

查普曼搓了搓下巴。“呃……我可能在这里见过他。”他抬起眼，“说实话我记不起来了，我不太去赌场主区转悠的。”

“那您知道他上次来这里是什么时候吗？”

查普曼又点了几下按钮。“应该是周末，他好几次都是周六周日来的，如果你们想看的话，我可以叫人把数字监控影像邮件发给你们。”

“越快越好，还需要一份纸质版的。”

34

我瞥了一眼罗尼，他正用头轻轻地磕着身后的水泥墙，眼睛扫视整个地洞的情况。

最终，他停下来，静静地在那儿坐了一会儿，他的眼睛一直盯着上方的围栏看，“你觉得我们这是在哪儿？”他问道。

我深吸一口气，躺了回去。“荒郊野外。”

“为什么这么说？”

我叹了一口气。“你听外面。”随即，我们沉默了一会儿，一只鸟在远处啁啾了两声。我转过身来面向他：“没有人，没有汽车发动机的声音，今天甚至没有草木的声音。我已经试过大声呼叫，并没有人来。但是我能闻到植被、树木、树叶、土壤的气息。我觉得我们是被困在了乡下某个荒郊野岭。”

我可以感到自己说话越来越简短，一是脾气上来了，再加上黏腻的热浪，更不愿意说话了。

“谁会在荒郊野岭的地下建一个水泥坑？”他问道。

我环顾四周，尽是肮脏破损的墙壁，上了年头的蜘蛛网，像用过的渔网一样挂在角落里。地面凹凸不平，坑坑洼洼，上面只刷了一层粉。“我不知道，没准是储藏用的？但是看起来有些年头了，像很多年前建的又被人遗忘了。”

“一定藏了什么秘密。”

“什么意思？”

“这个嘛，如果不是为了隐藏秘密，谁会大费周章地在地下建造这样一个房间？”

听到他的话，我突然呆住了，我从来没有把这儿想成一个房间。房间应该是有柔软的地毯，粉刷漂亮的墙面，舒适的家具，墙上会挂着家庭照或者一些让人留念的照片。房间应该是你想要去的地方，你可以在里面放松或者和家人朋友共度美好的时光。对于我来说，房间这个词代表着坐在家里壁炉旁沙发里的美好画面。但是，他说得对，我已经把这个地方变成了一个房间—— 一角是马桶，另一角是用来喝水的地方，毯子在晚上可以凑合当个床，早上又可以当成垫子折起来。不知怎么，整齐有序的表象让它看起来更像是一个住所，一个房间。想到这里，我不禁难过得流下了眼泪

“对不起。”他伸出手，摸了摸我的肩膀。

“我没事。”我抹了一下泪水，推开他的手。

“不，这么长时间独自一人被困在这里，实在是太可怕了。”

不可否认的是，身边有另外一个人陪着的确能减轻那种恐惧和绝望。但是，不确定性和强烈的不安感依然笼罩着我：“我们会发生什么事？”

“我不知道，但是我不喜欢这样。为什么要把我们两个关

在一起？还关这么久？”

眼泪顺着脸颊流下来，我的眼睛立马变得又红又肿，过去几天里我已经哭了不知多少遍。

罗尼清了清嗓子。“我们聊些别的吧。”

我用手擦了擦脸上的泪水：“什么？”

他过了一会儿才回答，好像在斟酌怎么说：“今年过完后你会做什么？”

他声音中的乐观感染了我。

“你是说如果我们逃出这里？”

他眨了眨眼，点点头。

我深吸一口气，然后慢慢呼出来，回答道：“我拿到了布里斯托大学会计学专业的有条件录取通知书。”

“这就是你想做的？”

我盯着地面：“这就是我想做的，你呢？”

他耸了耸肩：“没想好。我父亲希望我报名另外一门课，在这里继续完成学业，但我还没想好。”

“你申请了吗？”

罗尼摇了摇头。

他混乱的人生让我有点儿惊讶。从小就制定好的人生目标，意味着我的人生已经被严格制定好的人生规划所主导，每门课程都是人生规划中的重要一步，我无法想象那种临时的决定，将人生完全留给运气。“逃出去后你会做什么？”

“回家吧，或者四处走走。我还没有计划那么远。”

“其实就只剩下几个星期了。”

他再次耸了耸肩："又要离家三年，在这里读一个学位，你父母会感觉如何？"

"我相信他们肯定会感到一丝难过，尤其是我母亲，我们非常亲近。但是在这里有很多的机会，我喜欢那种只要你有资格和能力，你就有机会的感觉。"

罗尼表示理解："所以你想留在这里？"

"我之前是这么想的。"随即，我们又陷入片刻沉默。当我回头看他时，他正专注地盯着我，好像在打量我脸上的每一道轮廓。

"难道你不想家吗？"他问道。

我苦笑道："当然想。我想我的父母，我想念曾经的舒适圈，那时他们总是替我打点好一切。"

"我有点儿惊讶。"

"为什么？"

"在学校的时候你总是很开心，在班上也很自信。"

我一时不知该如何回答："那你呢？"

"我？"

"你想念家里的什么？"

他微微一笑："我以为我会想念家里的食物，但是到头来我并没有，我还挺惊讶我这么快就适应了。但是我很想念在海边的时候。"

"这里也有海。"

"对啊，如果你想来一场公路旅行的话。"

"那你的家人呢？"

“我不觉得有多大区别。我很少见我的父亲，他总是在工作，即使他回家，也还是在家工作或者娱乐。我像碍他事似的。”

“那你母亲呢？”

“我九岁时她就去世了。”

“抱歉，我之前不知道。”

他开始盯着面前的空地看。“你怎么会知道。”

我们的对话陷入了尴尬的沉默，我想要了解更多，关于他在香港的生活，但是他看上去遥不可及，似乎陷入了另一段回忆中。现在不是时候。他刚才极力缓和的气氛现在又变得沉重起来。

空气变得越来越湿润，我感到气喘吁吁。这时，远处的一声撞击声引起了我的注意。我侧过头，视线从罗尼身上转到顶部的围栏。那个噪音又出现了，就像校园垃圾收集日垃圾车轮发出的隆隆声。

“是雷声。”罗尼说道，“太好了，至少空气会变得清新起来。”

35

杰克曼深吸一口气，弓起背放松了一下。现在他们正在一条狭窄的小巷里，面前是一扇刷成黑色的门，离人行道有一小段距离。这里就是王杰住处的入口。从这个位置，他们可以看到厨房门旁的垃圾桶里已经堆满了垃圾。垃圾桶后方，东方花园酒店门口灯火辉煌。

那天离开赌场后，他们拜访了王杰的姐姐王娜，她就住在他们眼前的这栋公寓里。她是个娇小的女人，和她弟弟像是一个模子里刻出来的，但要更加柔和一些。她的英语表达很清晰，但她对于李强的下落和习惯知之甚少，说他们分手时大吵了一架，即便当年在一起时也不太了解他，现在分手了就更不了解了。当杰克曼提及他的真名叫李强时，她丝毫没有表现出惊讶，似乎这位前任的任何事情对她来说都不足为奇。

杰克曼又回想了一下赌场的情况。那边提供的李敏叔叔的最新住址是列弗街，和王娜说的一样。显然，李强是碰上了什么麻烦，才不得已杜撰了一个新的身份，并改名吴鹏。去年夏天之前，他有固定住址和工作。正想着，杰克曼听到戴维斯的手机铃声响了。只见她从包里掏出手机，接起电话，冲着杰克曼做出了“基恩”的口型。

已经过了八点。低处的云层开始聚集，天色渐渐暗了下来。黄昏过早降临，随之而来的还有倾盆大雨的风险。“等下，我开下扬声器。”戴维斯说道。

他看着她按了下扬声器，把手机按一定角度举到两个人面前。瞬间，车里全是基恩的声音。“你那边有什么情况？”杰克曼问道。

“有些复杂，没从沃德那里问出什么，发现我们掌握了他的手机记录后，他就一直是一副‘无可奉告’的样子。法院那边倒是联系了我们，说是在座位一侧发现了几缕头发，似乎是连根拔起的，车顶还有细微的血迹。他们会马上检测这些证物中的DNA，但愿明早之前会有结果。”

“太棒了。”

“还没完，我们和北安普敦那边也一直在联系。调查显示沃德的公司去年在凯蒂·夏普家里安装了新的中央供暖系统。”

“有意思。”

“是的，但没有证据将他和李敏联系起来。我们检查了伦敦那家旅馆的监控录像，他当时肯定在那里。李敏叔叔这边有进展吗？”

“我们已经证实他还在中国城附近。”杰克曼回答道，“不过他似乎刻意保持低调。周二有人在超市看到了他，上周末他去了赌场。我们会待在这附近，看看今晚能否碰到他。”

“好的，还有一件事。今天晚上，雷利又在BBC国家新闻节目上吹牛了，我回头把链接发给你。”

基恩挂断电话后，杰克曼看着戴维斯用手指划过屏幕等待视频加载。屏幕上出现了一位身穿红色夹克的新闻播报员，正谈论着席卷全国的热浪，并预测会出现雷暴天气。戴维斯调低了音量。“稍等，要快进一点儿。”

她又在屏幕上划了两下，然后推了推他的胳膊。“来了。”

杰克曼看到雷利出现在了小小的手机屏幕上。他梳了个大背头，把胡子刮得干干净净。

“他今晚穿的好像是蔻驰那一身西装外套。”

雷利拿起了面前的提示词，但显然没有按那上面写的来。他和观众分享了爱伦·里德曼案件调查取得重要进展的消息，并将今天的逮捕称为“里程碑式的跨越”。

记者问到他今天上午在克利福德钱伯斯小镇的行动。“我派手下的人调查这个方向已经进行有段时间了，目前不方便透露任何细节，但我确信调查的方向没有问题，应该很快就能提出控诉。”他一口气说完这些话，语气中透露出恰到好处的坚定，神情庄严肃穆。他又继续讲述他们如何为了这桩案子日夜工作，并感谢了所有为维护斯特拉特福德当地治安做出贡献和努力的人们。

“我呸！一派胡言！”

杰克曼瞥了一眼戴维斯，她惊掉下巴的样子有些好笑。他的目光又回到了屏幕上，看到雷利又一脸真诚地点头致意，然后转身离开。

戴维斯把手机放回包里。“还说什么‘我派手下的人调查这个方向已经进行有段时间了……’，真能扯。”

杰克曼摇了摇头。“别在意。”

她转过头看着他。“要不是上头把他捧上天，我也不至于这么在意。”

“谁，贾纳斯吗？”

“不是！是那个该死的新局长，他俩老一起去上高尔夫球课，他觉得雷利拉的屎都是香的。”

两个人坐在车里，一阵沉默。

“这是我们不得不面对的情况吗？警察局政治。”

杰克曼耸了耸肩。

“再干个十年。如果真是这情况，那我希望自己快点儿到三十岁。”

杰克曼开了瓶水，喝了一大口。即便摇下了车窗，车里依旧很闷。他望着王杰住处的门口。

戴维斯顺着他的视线望去。“你确定只有一个入口？”

杰克曼点点头。“只有一个是和街道相通，另一个要穿过饭店后门，从这里可以看到，情况应该都在我们掌握之中。”

刚开始，雨丝只是轻轻地落下。细小的水珠弄脏了风挡玻璃，模糊了杰克曼和戴维斯的视线。几分钟后，硕大的雨点飞快地从天而降，撞击车身时发出噼里啪啦的声音。

远处，一道闪电后，雷声滚滚而至。杰克曼收起胳膊肘，摇上了车窗。他无法想象会有人愿意在这样恶劣的天气出门。

* * *

几小时后，杰克曼一边活动肩膀一边查看仪表盘上的时钟。凌晨三点五十三。他扫了一眼邻座。戴维斯的黑色长卷发垂下来，散落在肩膀和周围的座位上。

他望了她一会儿，听着她睡觉时轻柔低沉的呼吸声。

他们已经在车里坐了好几个小时，看着各种人在饭店门口进进出出。主路上，车辆先是缓缓移动，然后一辆辆飞驰而过，最后渐渐消失在路的尽头。最终，饭店的灯火熄灭了，店员们陆续下班离开。

杰克曼喜欢这种秘密工作。一想到随之可能有情况，他就兴奋不已。这种实地执法的机会也是他当初入伍的原因。虽然今晚到目前为止，除了一只在城市里游荡的狐狸和一只古怪的猫咪，什么都没有出现。

夜色中，几缕晨光已经穿透黑暗，初现天际，太阳很快就要升起了。过去一年中，他看过了太多日出，对周围光线的细微变化已经习以为常，清晨第一缕阳光照在皮肤上的暖意也不再令他激动。

鸟儿们已经开始在树丛中争斗啼鸣，似乎在为准备晨间音乐会练习发声。

他坐在那儿好一阵子，迷失在蔓延的思绪中。慢慢地，阳光越来越强烈，周围空气中的尘埃也渐渐聚集起来。他的思绪随之消散了。这一刻终于来了，他暗自想。透露出疲惫的暖色调光线，总是在清晨醒来之际如期而至，大家都从床上起来，开始了充满活力的一天。这是一场旷日持久的战役，也是全球失眠症患者的噩梦。此刻，他正在和每晚都强势侵入他体内的睡魔斗争。

36

我是被滴水的声音惊醒的。水不断地从屋顶缝隙滴落下来，在距离脚边几英寸的地方形成了一个小水坑。我本能地拨动了一下它们。

灰暗笼罩着整个坑。暴风雨过后，空气变得清新起来，但气温骤降。我把视线转向罗尼时，吓了一跳。

他勉强支撑着身子躺在我边上，双眼睁大，浑身都在发抖。

“你还好吗？”

他回头看着我：“这破洞，才几个小时，就从夏天变成了冬天。你就只有一条毯子吗？”

我噎住了。我知道该做什么，却不知为何有种异样的感觉。我犹豫了片刻，然后抬起毯子的一角，试探性地看着他，他轻轻地点了点头，双臂交叉，慢慢地贴过来。躺在身边的不是汤姆而是别的男生，这感觉很奇怪，但是罗尼也不是完全的陌生人，至少现在不是。

我们一起躺在黑暗中，时间仿佛静止了，直到黑暗中传来他均匀平稳的呼吸声。后来，我也渐渐睡着了。

37

杰克曼打了个哈欠。当他叩响王杰公寓的大门时，街道尽头的主路上开始有车辆来往。门后传来软性足球落在地毯上的声音，紧跟着是转动门锁的声音，门很快打开了。王杰看上去刚起床，他揉着眼睛，头发胡乱竖立着。

“不走运。”杰克曼说，“有电话吗？”

王杰摇摇头。

杰克曼从口袋里掏出一张卡片递给他。“他一联系你就给我们打电话，拜托了。”他回到车上，关好门，车身微微一震。戴维斯被惊醒了，猛地坐起身，揉着脖子一侧，边瞥了一眼仪表盘上的钟。

“哇哦，都七点十三了？这么晚了？”

杰克曼点点头。“是啊，睡得好吗？”

戴维斯做了个鬼脸。“很多年没睡这么香了。”

“这才是你非要跟来的目的吧。”说完，两个人咯咯地笑了起来。

她抬手把松散的头发绑到脖子后。“有访客吗？”

“什么都没有，今天就到这里吧。”他刚伸手想发动汽车，手机开始震动了。

“杰克曼。”

基恩也顾不上自报家门，开门见山地说：“长官，又有一起绑架案。”

杰克曼惊得猛向前俯身，顿时腰部一阵刺痛。“什么情况？”

“这次是一名来自香港的男生，二十岁，名叫张罗尼，也是斯特拉特福德学院的学生。他父亲昨天收到了赎金要求，今天早上通知了学校，然后校方联系了我们。”

“他失踪多久了？”杰克曼问道。

“不确定，但那封邮件和李敏的一样，应该是复制的。看来我们要处理一起连环绑架案了。贾纳斯忙着召集大家，她在找你，会议一小时后开始。”

杰克曼谢过基恩，挂了电话，立刻打给贾纳斯。

“你他妈上哪儿去了？”她丝毫不掩饰声音中的恼怒。

“我在伯明翰，昨晚在这里过夜是为了碰运气看看能不能遇上……”

“好了，快回来。”她打断他，“立刻，雷利需要你帮忙。”

说完她挂了电话，又是一起绑架案，又是那个学校的学生。

杰克曼琢磨着贾纳斯的那句“雷利需要你帮忙”。这话什么意思？雷利和这案子八竿子打不着，难道是和里德曼案的新线索有关？

雷利这家伙宣称自己侦破了里德曼案，现在又要接手另一起受高度关注的案件，应该更得意了吧。杰克曼都可以想象他这么想的时候脸上渐渐浮现的笑容。如果案件顺利告破，这家伙下轮晋升估计没问题。一想到这个，杰克曼就咬牙切齿，有些人为了名利真是不择手段。

* * *

周五早晨，M6公路上交通繁忙。他们好不容易出了伯明翰，一路龟速前行，过了多层式立交桥才好些。太阳早已升起，昨晚的暴风雨仿佛是很久之前的事了。

经过左手边的邓罗普大楼时，交通又开始拥堵了。杰克曼转头对戴维斯说：“真他妈没救了。给基恩打个电话，看看那边取证都找到了什么。”

戴维斯在包里翻找了一阵，拿出手机拨号等待接通。

几秒后，车里都是基恩的声音。

“早上好，”她说，“开着扩音，路上很堵，取证有收获吗？”

信号不好，通话时有杂音干扰。“老听不见你们。”他说。

戴维斯晃了晃手机，车又前行了几米。“信号似乎好了，”她说，“有什么消息？”

“稍等，刚收到鉴定结果，收集到的头发样本和爱伦·里德曼匹配，而且，”他顿了顿，电话那头传来翻页的声音，“真有趣……”

杰克曼凑近手机。“什么？”

“他们好像找到了和她身上血迹匹配的DNA，还没有关于凯蒂·夏普的证据，但看来目前掌握的证据足以提出指控了。”

38

一股热浪吹过耳边，令我耳朵发痒。我扭动了一下身子，继续匍匐前行了几英尺远，水泥又划擦着了我的皮肤。

我费劲地转过身，伸展了一下四肢，回头看向罗尼。一道光照在他的脸上，我发现他正面向我沉稳地睡着，呼吸声缓慢而深沉。他离我很近，近到我可以感受到他身体散发的热量和胸腔的此起彼伏。

在这深坑中，一觉醒来发现自己不是孤身一人，感觉是不一样的，这几乎有种抚慰人心的魔力。我盯着他的脸看了一会儿。

他没有典型的中国式圆脸和细长的眉眼，脸型较长，眉毛浓密，还留着胡楂，紧闭的双眼状如泪珠。他长得真帅。

我看了他一会儿，他看起来很轻松安详，嘴巴微张，脸颊微微向里缩，应该是在做梦吧。

在家的时候我经常做梦，不是完整的故事或者场景，只是一些场景的片段，其中大部分都在醒来后的几分钟内忘记了，但我仍记得其中一个场景：考试时我发现笔坏了，拿起备用的笔也写不出来，连监考老师的笔也写不出来。我试了一支又一支，但没有一支能够写出字来。

我回头看着罗尼。到这里之后我还没有做过梦，在这里的每个夜晚，我都只是小睡一会儿，然后突然醒来。我知道老鼠都躲在周围那些阴影处。

今天阳光充足，照亮了整个坑洞，就像阳光穿过一条裂缝，浓墨重彩地登了场。温暖的阳光召唤着我，如同一个勾魂的指尖。我想象着外面是多么美好的一天，暴风雨给予了植物新的活力，空气中也留下了雨水的味道，变得清新起来。

上面是田地吗？我知道那里有树木，因为我听过树枝在暴风雨中弯曲和折断的声音。也许还有一片草地？我几乎可以在脑海中描绘出那样的场景：枝叶繁茂，郁郁葱葱，绿草如茵，微风摇曳。

我扫视了一眼周围的水泥墙壁。被困在墙内的这段日子，我如同生活在一个平行世界，一个独立于周围的世界中。在这里可以嗅到外部的气息，可以感受日夜交替，可以饮水进食。但这种生活从头到尾受制于他人。我们可以感知到外部世界的自然变化，却无法参与其中体验或享受一番。

我回头看了一眼罗尼，突然意识到，这是我第一次和除了汤姆之外的男人一起过夜。汤姆也曾经在我的房间过夜，但清晨的时候就会离开。我的房间很小，床很窄，而汤姆很高，我们一起躺在小床上时挤得人难受。

我忍不住想知道如果汤姆知道我和罗尼一起过夜怎么想，我告诉我自己没关系的，我们这么做完全是为了取暖保护自己的身体。但是，虽然他的身体这么靠近，我却觉得很陌生，这种感觉很诡异。

汤姆现在在做什么呢？他想过我吗？我想念他温暖的笑容和睿智，他总能让我放下烦恼，开怀一笑。但是我又很纠结，如果和汤姆再次见面，就意味着要决定是否堕胎，而我仍然不知道该怎么做。

我本能地揉了揉肚子，虽然还没有感到任何的胎动，但我知道他就在那儿。甚至在怀孕测试结果确认前我就感觉他就在那儿了。只是这次的感觉有些不一样。我想保护他，想给他一个健康的生长环境。我的肚子咕咕叫了两声，我需要吃点儿东西，我的宝宝需要补充营养。

之前为了给罗尼腾出空间，我把食物推到了角落里，当我吃力地伸手去拿食物时，我听到了远处传来了一阵划擦声。我回头看向罗尼，他还在沉睡中，我扫视了一眼坑四周。周围一片安静。

我向前爬了一点儿，然后又听到了那个声音。我伸手回去抓了一个空瓶子，可怜那只想偷吃我食物的老鼠了。

我慢慢靠近，一手抓起装有面包和饼干的袋子，另一只手举起空瓶子，用力挥舞，将它赶跑了。

一声尖细的叫声吓得我一跃而起。循声望去，一只幼鼠盯了我片刻，睁大眼睛，然后沿墙快速逃跑了。

自从罗尼来了之后，我就开始放松警惕，总算能够沉沉入睡，但我不能再那么做了。

39

双眼盯着屏幕上的图片，杰克曼感到背脊发凉，冷汗像是汇成一道水柱，沿着后背流了下来。照片里，张罗尼身体斜垮垮地靠在车子上，跷着二郎腿，两只手深深地插在牛仔裤口袋里。

“天啊，帮帮忙开窗户行吗？”贾纳斯说。边说，边用手给自己扇风。“这里简直热得像烤箱一样。”

拉塞尔蹭着身子穿过了挤满了人的会议室，打开了窗户的锁闩，窗子咔嗒响了一声。“关于这个人都了解些什么情况？”杰克曼问道。

“张罗尼，人称罗尼，”基恩回答，“中国航运巨头张淼的儿子，香港人，二十岁，学生，去年9月从香港来斯特拉特福德学院上预科。”

“我跟他们学校的院长谈过，这就是一游手好闲的纨绔子弟，靠着老爸坐吃山空，整天开着他那辆斯巴鲁翼豹四处张扬，至于说到校上课，做做样子去听几节课，保证出勤率不至于让自己被校方开除，就足够了。所以失踪人口里没有他，是他爸爸联系不上他，这才报了警。”

“他在这儿的朋友呢？有没有什么亲戚？”杰克曼问。

“没有朋友，也没有亲戚，比较独来独往，租了一间校外的公寓，一个人住。”

“校外？”

“对，有钱人家的小孩嘛，总是爱自己一个人住的。不差钱，何必和他人分享生存空间。”

“调查关于他的一切，”杰克曼说，“回到学校里，访问每个认识他、教过他的人，搞清楚不去学校上课的时候他都做些什么？去他住处看看。调出他的手机号码，看他都跟谁通过电话，再尝试对他的手机卫星定位。他跟谁要好？谁是最后一个跟他见面的人？调查一下他在香港的生活情况。你们跟他老爸通过电话吗？”

“最开始是基恩接的电话，后来我们找了个翻译，我又回拨给他了，”拉塞尔说，“他英语讲得不好，但是从他的话中我零星能听出，他好像要自己处理这件事了，一直说要让他自己的侦探过来。”

“求之不得！”雅努斯说。

杰克曼没理她，对基恩点了点头，说：“嗯，现在我们都掌握哪些情况？”

“罗尼的失踪时间应该在昨天。他昨天没去上课，但是也没人察觉，大家都司空见惯了。但在英国时间昨天下午四点半，他父亲突然收到了一封邮件。”

说着，基恩从电脑里调出了一封用粤语写的电子邮件，邮件里说：

> 想讓妳仔仔活命，唔許驚動警方同媒體，唔理英国還喺香港，都唔許。
>
> 張羅尼現喺我哋呢度。你定矖，佢現喺安全嘅。
>
> 但喺，如果想再次見到佢，做我話你做嘅事：
>
> 我哋要四万英鎊嘅用過嘅銀紙。把所有钞票綁喺兼埋，裝喺一個超市裡用嘅橙色膠袋裡。5月23日凌晨零點三十分，準時送到伯明翰嘅圖利工業區布瑞肯力治路旁停車場嘅垃圾桶裡。屆時，張羅尼將被釋放。
>
> 目前張羅尼有嘢食同水，平安無事。如果你唔畀钱，我哋唔会杀咗佢。但喺，我哋将唔可以满足佢基本生存需求。佢將被一直囚禁，直至飢餓緻死。

“还是那个镇子，换了栋工业楼，”杰克曼说，“赎金足足多了一倍，还没有任何图片。能不能查到邮件是从哪里发出的？”

“伯明翰另外一家网吧，不是上次那家了。”

杰克曼叹了口气：“依旧没人跟我们报案。”

“上次也是这样，”基恩说，“张爸爸自己联系了负责筹钱和交接赎金的人，应该是生意上的合作伙伴，这种事，他应该不会找信不过的人。”

“交接地点呢？有没有出现最后临时变更的情况？”

基恩抓了抓下巴：“应该没有。我问人质父亲交赎金的人有没有看到什么，他说交接场所空空如也，什么都没有。他们也不敢在那里长时间逗留，生怕被绑匪看到，生出变故。”

实际交接地点和邮件内地点一致，算是胆大之举了。如果人质父亲能早点儿联系警方，警方就能一早在交接地点周边作出部署，以观事态发展。杰克曼想到了他昨天和杨肯的谈话，张爸爸自己单枪匹马以身犯险的精神也真是“勇气可嘉”。他说：“好吧，目前有两名同校学生被绑，作案手法一致，赎金相符，二人均未被释放。他们现在在哪儿？互相认识吗？”

“会不会是小情侣私奔，自导自演一场乌龙绑架案，骗取赎金？”拉塞尔说。

杰克曼也想到了这一点。“如果真是这样，至少他们现在还能活着。”

“我已经向大使馆提出申请，调查他们各自的家庭情况，”拉塞尔说。

“有没有尝试联系过国际联络部？”杰克曼说，“或许他们可以帮我们提高一点儿效率。他们在中国大陆没有办事处，但是可能香港会有。就算没有，估计能给我们提供些以前的文件和联系人。试着联系一下，看能找出什么线索。看看两个学生的家庭之间是否有商业往来，再看看有关张家能深挖出什么信息。”

“关于李敏的叔叔，有没有什么新发现？”贾纳斯问道。

“他神出鬼没的，”杰克曼说，“不过他还在中国城附近，前几天有人在超市里见过他，还去过赌场。我们还在跟踪。”

杰克曼跟大伙儿道了声谢谢，就散了会。在大家起身回到工位上时，他环顾了一下四周，目光落在了站在后面窗边的雷利身上。开会时，雷利一直面色凝重，一言不发。杰克曼只是想不明白，为什么贾纳斯要带他过来。雷利出现在这间屋子里就让他觉得很不舒服，但是一转头，看到了贾纳斯正在看着他。

“威尔，我……”

“我们得想想在这件事上如何应付媒体，”他打断了贾纳斯，“全国播报，这样我们就能寻找交接地点附近的目击者了。”

“长官？”

杰克曼看了看四周，发现是拉塞尔在叫他。“不好意思打扰一下，”拉塞尔说，可是贾纳斯一把抓住了他的胳膊，不让他上前，“威尔，十分钟以后来大会议室找我。”她边说边走了出去。

* * *

杰克曼爬楼走向大会议室，只感到身心俱疲。他完全不能理解，像是应付媒体这类简单的问题，完全可以几个人在重案调查室分分钟搞定，为什么非要如此大费周章？他敲了敲门，却无人应答。片刻之后，他只得推开房门，却发现房间里只有贾纳斯一人。他环视一周，问道："人呢？"

"威尔，坐。"贾纳斯用手指了指她身旁的座位，声音却显而易见的紧张。

杰克曼小心翼翼地坐了下来，问："怎么回事？"

贾纳斯抿了抿双唇："威尔，我有点儿担心你的健康状况。"

"什么？"

"你已经连续缺席三次问诊了。"

"我前几天不是说过了吗？我今晚就会去。"

"嗯，好。但是我很清楚你的情况有多严重，而且去年为了爱丽丝的病，又加重了很多。我觉得你需要休息一段时间，就算是休个恩恤假期。"

"我不需要休恩恤假，只想好好上班。"

"那至少今天你要歇一天，回家，休息，出席咨询问诊。调整好了，明日返工。"

杰克曼感到自己的耐心在慢慢丧失："这不……"

贾纳斯抬起手，打断了他的话。"这是命令。"说完这句话，她的声音变得柔和起来："威尔，你看看你自己，连胡子都不刮，衣服也没换，还穿着昨天的。"

"我熬了一整宿，一直都在盯着李敏的叔叔啊，哪里有时间刮胡子？他可是重要线索啊。"

贾纳斯摇摇头，轻轻咳了一声，清了清嗓。"无论怎样吧，我接下来几天不在，得回去阿伯丁，我爸生病了。"

“嗯，我明白。”

贾纳斯点点头。“现在雷利负责里德曼的案子，所以关于皇家检察署的文件相关工作，他可以交给手底下人去做，他自己也就没什么事情了，我就让他来协办这个案子，也算给我们当个帮手。”

“我觉得没这个必要。”

贾纳斯取下了眼镜，说：“不是的，威尔，没有人质疑你的工作能力，只是，既然他也在跟进一起绑架案，有了他的帮助，对我们岂不是锦上添花？而且上层也觉得雷利应付媒体很有办法。”

“这话什么意思？意思是我面对媒体束手无策？”

“我不是这个意思，但是目前我们不得不改变策略，而且这几天你做出的一些决定也的确值得商榷。”

“哪些决定？比如说？”

“不公布李敏绑架案的细节，给人感觉其他学生的人身安全也受到了威胁。”

“给人感觉？谁这么感觉？”

贾纳斯抓了抓额头，没说话。

“我做的一切都是合规矩的！保证人质生命安全，对媒体保密。这难道不是标准做法？”

贾纳斯做了个深呼吸，说：“没有所谓标准和硬性规定，都取决于你的判断。你当时只是做出了你自己认为正确的决定。”

“绑匪的话清清楚楚，不许惊动警方。你总不能说是我的决定导致了第二起绑架案吧？”

“或许你的决定不是第二桩案件的诱因，但是为了提高学生的警惕性，难道不该公开案件详情吗？”

“我们不是说过了？让所有学生提高警惕，结伴出行，互相照看？当时的记者招待会你不是也在场吗？”

贾纳斯打断了他的争辩：“我想表达的意思仅仅是，局长觉得如果我们能够对媒体更加坦诚，或许学生家长们就能更加警觉，就能避免后面案件的发生了。”

“不是的。”杰克曼摇摇头说，“我不太明白你的意思，我理解你父亲的病让你状态不太好，我真的理解。但是在这件事情上，我们警察局从来不会对媒体公开透明。我们只能对媒体透露我们希望他们报道的信息，那些在报道后对案情进展有利的信息。”

“威尔，上层给我施加了很大的压力。他们似乎觉得，如果罗尼的父亲早早知道了之前那起绑架案，就会在收到勒索信的第一时间找到我们，我们也就可以在交接地点把嫌疑人一网捕获了。”

“这都仅仅是假设，所以我现在成了你的替罪羊，对吗？”

贾纳斯叹了口气：“没人是谁的替罪羊，你也做了你认为最正确的决定，但是，现在，我们需要做出些改变，让媒体参与进来。”

杰克曼气得直咬牙。

贾纳斯往前探了探身，拿起来面前的一摞文件，装在了一个粉色的文件袋里。“看来我们对此看法不太一致，”她站了起来，“下周见，不过在此之前你还是需要和雷利一同办案。”

贾纳斯走出房间，轻轻带上了房门。杰克曼此时也站起身来，走到窗边，思忖着，如果真如这些人所说，他们只是担忧他的健康状况，为何此时他只感到腹背受敌呢?

门外一阵近乎咆哮的喧嚣打断了他的思绪。他朝楼下看了看，原来是一群当地的媒体记者聚集在警局工作人员入口。来得正中下怀，杰克曼此时正需要和他们来一场正面交锋，不过如果这些媒体是为了新闻发布会而来，他可不想去现场听雷利裹脚布一样又臭又长的长篇大论，需要另寻出路，及时溜走。

于是他蹑手蹑脚溜到了重案调查室，走下楼梯，沿着走廊，一路来到了警察局和地方法院大楼相连的通道入口，看到入口这扇门没上锁，舒了一口气。他继续顺着走廊走到了地方法院大楼的入口，草草地向门外瞥了一眼，没人，于是溜了出去，穿过连廊花园，走到了彻斯纳特步道。

杰克曼就这样沿着街道一路走，路过了停在街边的无数辆汽车和一个堆满到溢出来的垃圾箱，但他似乎什么都没看到。此时此刻他只想远离警局，越远越好，他需要时间好好想一想。

他经过了预科学校，往老城方向走，已经可以看到远处圣三一的尖顶。一辆车从他身边飞驰而过，后面跟着一辆自行车，骑车人穿着荧光骑行服。

当他走进了通往教堂墓地的锻铁大门时，一只松鼠急匆匆地从他眼前掠过，他就此停下脚步，抬起头，端详着那座宏伟的石头建筑。杰克曼并没有什么宗教信仰，距离上一次他走进教堂，已经好几年了。爱丽丝曾经想过或许应该早点儿让西莉亚皈依天主教，这样的话“她就能对宗教有自己的见地了”。但是，眼前这座教堂的古代石雕却莫名地令人感到一丝平静。

他环绕教堂一周，最后在门口停了下来，这是他最喜欢的一处，从这里远远望去，能看到埃文河，以及修剪过的柳树围绕起来的游乐场，水面上几只鸭子在戏水，嘎嘎地发出聒噪的叫声。

杰克曼坐在紫杉树下的一条长凳上，任由自己的思绪徘徊。贾纳斯居然会对自己的决定提出质疑。如果她坐在自己的位置上，毋庸置疑，她会做出同样的选择。但他随即想起了她刚刚说过的话：“上层觉得……”

这是杰克曼第一次独立办案。强制命令他休假并让雷利来帮忙，是因为贾纳斯想要撇清她自己的责任。如果案情继续往坏的方向发展，如果被绑架的两个学生已经命丧黄泉，再或者案件处理方式被审查小组批评，杰克曼必定第一个被牺牲掉。

杰克曼一下子想到了他们两个人。他们配合得很好，很有默契，掌控着预算经费、安排讨论会议，手里还握着能够主宰他们事业的全部筹码。说什么关心他的健康状况，实际关心的不过只是自己罢了。

杰克曼会想起曾经的命案组，那个在雷利接管之前的命案组。他的前任侦探总督察，厄尼·斯蒂尔斯，是个作风老派、凡事亲历亲为的老侦探，经验丰富，办案老辣，却又谦恭虚己，公听并观。厄尼退休后，杰克曼曾向上级申请，接任他的职位。

当时他递交了申请材料，还参加了评选，并非出于所谓野心，而更主要的原因在于，他知道仅仅当一个督察侦探，他永远不能独立处理命案。高级调查官的头衔、执掌命案和重大案件的权限，全都被侦探总督察和高官职的人包揽了，而且还取决于你是负责哪一部门的高级调查官，以及你的职能权限有多大。

但是后来，爱丽丝便出了事。

面试时间定在她出事后一个月。尽管杰克曼当时还是参加了那场面试，可面试当场的表现，却是连他自己都不敢直面。但是真真正正让他感到如鲠在喉的，是那天雷利也去参加了那场面试，而且他通过了。

40

傍晚时，光线转暗，夜晚降临。“你饿了吗？”

罗尼点点头。

其实每顿饭的内容都差不多，重要的是定时吃饭。这不仅仅是为了我，更是为了我的宝宝。至今为止，我把一天中阳光最烈的时候当作中饭时间，日落时分当作晚饭时间，这个时间安排可以帮助我划分一天的时间，避免陷入漫长的无聊之中，而这正是我现在需要的。

我从袋子里取出一片面包，在上面放上一块饼干和苹果，然后递给罗尼。这么小的分量看起来令人毫无食欲和干渴，而在现实世界中，我们一般会用肉或者调味品调剂一下。但是在这里，我们也只能做到这么多了。

我递给他一瓶水，突然想起小时候玩的“过家家”游戏，我坐在一张铺好桌布的桌子前，我的好朋友们会假装用塑料盘子做好饭给我端上来。

我拿好我自己那份食物，坐在罗尼身边，默默地吃着，先是饼干，然后是面包，一些粘在了我的牙上，然后吃苹果的时候又把它弄干净了。苹果酸对我的牙来说可能弊大于利，但至少它们让我感到一丝清新。

“过家家”的记忆渐渐消散，取而代之的是家庭生活场景。吃饭的时候，我们一家三口会在没有客人来访的情况下坐在桌子旁一起吃饭，这些都是我所珍惜的为数不多的时刻。我的父亲会给我们讲述工厂里的故事，我的母亲则在一旁安静地笑着，对于一家人一起吃饭感到满足与欣慰。

一阵突如其来的乡愁击中了我。

罗尼嚼着他的苹果，“你在想什么呢？”他说道，嘴里塞满了食物，含糊不清。

“我的父母。”

“你想他们了？”

我看向他，点点头，“没想太多，至少之前没有。大学的生活非常忙碌，但那一切，现在看起来都如此的遥远。”他把手搭在我的手腕处，一脸真诚地看着我，如此的诚意让我有点儿震惊，“你们这么亲近，真好。”

“你不是吗？”

他撤回了他的手，继续嚼着他的苹果，然后把苹果核扔到了垃圾一角，我看着它滚进了一堆树叶中。

罗尼摇了摇头：“我的父亲一直在工作。”

“我父母也是这样，真的。我的母亲在一所学校里任教，父亲大部分的时间都在工厂上班，他们不在我身边的时候，只有我外祖母送我上学，陪我做作业。你呢？”

“多数时间都是保姆带我。”

远处，一只鸟在啾鸣歌唱，这是我们在现实世界中可能不会注意到的，但是在这里，我们的感官加强，让我意识到这是多么美妙的声音。无意中，我看到毯子的一角处有个结，当我向前想要解开它时，我感到罗尼瞥了我一眼。

“那是什么？”

我转过身，看到他的手正抚摸着我刻在石头上的名字，“哦，就是想找点儿事做做。”我可以感觉到脸颊在发热。

“这是一个好主意。”他靠过来，眯着眼睛看着我先用英文写的名字，然后是中文。

当他的手擦过墙壁时，一层水泥粉掉落在毯子边缘，我清了清嗓子，“我只是觉得这可能是一个线索，你知道，对某些人来说。”他点点头，眼神中并没有透露出只言片语。

他猛地转身面对我：“这缺少个日期。”

“什么？”

“一般都会有日期。想想看，我们不知道谁会发现它，以及何时会被发现。如果有个日期，他们就可以将你的失踪联系在一起。”

我盯着我的名字看，他说得对，但是加上日期让它看起来更像是一个墓志铭，好像我们正在刻自己的墓碑一样。我深吸一口气，把这个想法抛到脑后。

“我们应该用哪个日期？”

“我想是星期一，你消失的日期。”

“那你呢？”

“我们一会儿再担心我，先把这个完成，你还有石头吗？”

“我是用钉子刻的，”我伸手取出钉子，递给了他，“现在有点儿钝了。”

当他往后拉毯子时，灰尘飞散到空中，他向前俯身，用钉子在墙上刻画，金属混合着旧水泥的声音，一遍又一遍地在同一个地方回响，有种奇怪的安慰力量，就像当你坐在餐桌旁或者看电视时附近公寓发出的声音。

我看着他，感到无比的幸运。尽管我的父母一直忙于工作，但是他们仍然会抽出时间陪我。在我五六岁的时候，我的父亲也会坐在地板上陪我玩耍，我妈妈会和我一起做饭。虽然我从小物质上并不富裕，但是我一直都是被爱包围着的。

“这一定很难。”我说道。

他的头猛地颤了一下，但没有回头看我。“什么？”

“由保姆抚养长大。”

“别无选择，我妈妈去世了。”

“我很抱歉。”

“那是很久以前的事了，我那个时候才九岁。”“她是什么样的？”

我们之间的气氛变得凝重起来，过了一会儿，他才开始说话，他的声音听起来有种疏离感。“我的记忆有点儿模糊，”他坐在他的脚踝上，抓了抓后颈，“我记得她抱着我坐在沙发上，我那个时候应该是五岁，”他的嘴角有一抹淡淡的微笑，“她会读书给我听，《彼得潘和狮子》和《女巫和魔衣橱》，她称之为‘英国作家精选’，我们还经常去公园野餐，会带上所有你能想象到的食物……”他的声音渐渐淡去。

“你妈妈走得很突然吗？”

他的脸瞬间收紧：“我是在厨房发现她的，坐在一片血泊中。”

“她自杀的？”

“割脉自杀，甚至都没有说声再见。”

我的手瞬间捂住我的嘴：“我非常抱歉。”

“很明显她当时患有严重的抑郁症，但没有人告诉过我，我花了很多年才想明白。”

我还想再说些什么，一些安慰的话，但是话到嘴边，却不知如何开口。

“在那之后的几个月里，我都没有开口说话。而当我终于开口的时候，我说的是英语。”他转身看向我，“我的母亲是英国人，所以我的父亲雇了英国保姆来照顾我，我后来也曾说过粤语，但是我更偏向英语。”

“这就是为什么你的口语如此之棒。”

他嘴角微微一扬，但眼睛里毫无笑意。

“所以你可以在这里想要待多久就待多久？”

“什么意思？”

“英国母亲，中国父亲，完美融合了东西方的精华。”

“我持的是中国护照。”

一阵寒战扫过她的脊背，让她想起了劳伦。劳伦总是说当有人穿过你的坟墓的时候，你就会打一阵寒战。突然间，我感到非常难过。“你认为他们会把我们送回国吗？”

“什么？”

“我们是中国人，如果我们死在了这里，你觉得他们会把我们的尸体送回国，交给我们的亲人吗？”

41

杰克曼盯着四周的玉兰墙，心里叹了口气。高高的天花板，锻铁壁炉，巨大的推拉窗和抛光地板，很像他家里的前厅，但相似之处也就这么些了。角落里的书柜里摆满了现代经典书籍，那种打算周日没报纸时拿来读但从不会翻开的书；中间的圆形咖啡桌发出久未使用的光泽，墙上唯一一幅描绘插在花瓶里的粉红玫瑰的画毫无立体感，显得死气沉沉。这个房间里的一切都经过精心安排以提供基本的舒适感，同时避免住客分心。

他瞥了一眼斯蒂芬斯医生，这位医生让杰克曼称呼自己理查德，此时正坐在他对面，双手交叉放在膝盖上一张A4纸大小的垫子上，手指间夹着一支圆珠笔。两个人长久地沉默相对，理查德盯着他看，可一旦对上他的目光就侧过头去。这种等待也不知道什么时候是个头。

问询中，杰克曼使用了“沉默技巧”和“开放式问题”来推进谈话。事实上，他们的这部分工作职责非常相似。杰克曼努力让目击者和嫌疑人放松，营造一种他们感到舒适的氛围，鼓励他们开口说话，这样也便于他调查事实真相。但他们的相似之处也就止于此了。事实调查后，受害人、证人、嫌疑人都会转交给司法系统处理。理查德的工作就是将案件抽丝剥茧，层层厘清，探索情绪背后的事实，直到一切真相水落石出。

杰克曼盯着角落里餐具柜上的纸巾盒，那纸巾盒就在理查德椅子旁触手可及的范围内，他想象着理查德曾无数次伸手将它拿过来，也不知道他是否数过究竟有几次。理查德换了个姿势，笔从膝盖上掉落下来，掉到地板上发出咔嗒声。杰克曼看着他俯下身，伸手拿起笔，又坐下来，将一条腿跷到另一条上，整个人的姿势有些奇怪。他的思绪又回到了调查上，不知道新的赎金交付点那边的调查进行得怎么样了，不知道他们有没有从大使馆那边得到什么消息，或者获得关于李敏叔叔的新线索。

理查德吸了吸鼻子，把眼镜往鼻梁上推了推。“我想请你谈谈车祸当晚的情况。”他说。

“为什么？”杰克曼说。

“因为我们还没聊过细节，可能会有帮助。”

对你还是对我？杰克曼暗自想。但贾纳斯的话还在耳边。“预约了你就去一下，装装样子，不然社保局那群人又要来烦我们了。”他努力地压抑着内心的崩溃。“你想知道什么？”

“为什么不把全过程跟我讲讲？”

杰克曼犹豫片刻，在座位上换了个姿势，似乎试图从记忆深处找回那遥远的回忆。可问题恰恰是，那些回忆并不遥远。正是这些回忆时刻萦绕在他心头，令他在夜里辗转反侧难以入眠，清醒时更像洪水猛兽般时刻对他穷追不舍。

杰克曼清了清嗓子。“当时我在利明顿刚参加完一场告别派对，我当时的上司要退休了。我起初没想喝酒，但晚上玩嗨了就没忍住，所以结束后没法开车，只好打电话让爱丽丝过来接我。”

“爱丽丝当时在做什么？”

“您说什么？”

“你给她打电话时她在干吗？”

杰克曼没看出来这个问题和上文有什么联系。“她在床上看书。”

“她反应如何？”

杰克曼耸耸肩。“不是很高兴。她问是不是可以叫别人送我回来，但我没找到人，所以她最后同意出门来接我。”

“当时几点了？”

杰克曼想了一会儿。“出事时是零点四十九分，我记得当时看了一下仪表盘上的时间，那她应该是午夜时分出发的，路上花了半小时。”

“她当时看上去怎么样？”

“有点儿不爽，但我能理解。”

“确定你的记忆没有受到酒精影响？”

“我说的是喝了酒，但没说喝醉了。我很清楚当时发生了什么。”

“你说不爽是什么意思？”

“她当时很疲惫，还得为了我起床出门，所以有些暴躁。我们还吵了几句嘴，我向她保证以后会早点儿回家，并发誓不喝酒。”

“你能回想起具体的对话内容吗？”

杰克曼摇了摇头，试图掩盖谎言。其实他每一字每一句都记得清清楚楚，当时的场景至今历历在目，恍如昨日，但他不想和理查德分享这段回忆。

“接下来发生了什么？”

“没什么，我们坐在车里，好一阵子沉默无言。然后也不知道从哪里冒出了一辆车，突然横穿马路，迎头撞上了我们。”

停顿片刻，理查德开口问道：“接下来呢？”

“我记得当时头痛欲裂。我们的车侧翻了，爱丽丝失去了意识。我没法弄醒她，只是一直想着把她拖出车外。”这时，屋外一阵警车汽笛呼啸而过，打破了屋内的平静。杰克曼这才突然意识到，自己之前沉浸在回忆中。他深吸了一口气，恢复了镇定。

理查德向后一仰靠在椅背上。“好吧，这场车祸导致了你妻子现在的状况，你觉得谁应该为此负责？”

杰克曼回头看向他。“当然是那个超速行驶的白痴，自己的车都控制不了。”但他的话中透露出一股忧伤。他所说的那个白痴是一位年轻的小伙子，当时正在向同伴炫耀他的新车。那天晚上，他当场丧命，甚至没赶上十九岁生日。现实就是这样残酷和不公，对他和爱丽丝来说，这都是一场致命的意外。

理查德打量了他一阵。“那除了他之外，你觉得谁还有责任呢？”

回答时，杰克曼的声音轻得像在说悄悄话。“如果我那晚没喝酒，她就不会开车来接我了。”

42

我感到罗尼在看我。

“你知道我现在最喜欢吃什么吗？”他问道。

我将目光停留在角落里的面包和饼干上，其他剩下来的都是那些小老鼠啃食的残骸。我摇了摇头。

“大份的麦当劳薯条。”

我不禁笑出了声，我原本还期待他说出一些深刻有意义的东西，或者是他最喜欢的中国菜，竟然是麦当劳。我可以感觉到他在我旁边偷偷地咯咯笑。突然间，我意识到我已经很久没有这么笑过了，甚至在被抓到这里之前，和汤姆还有宝宝的问题，就像一片阴霾，笼罩在我的生活上方，久久不愿散去。我沉浸在这轻松的感觉当中，浑身的血脉在释放出令人愉悦的内啡肽。

“你呢？”他最终问道。

我把头靠在水泥上。一个星期前，我可能会说巧克力，吉百利牛奶口味。许多个夜色深沉的晚上，我会端着电脑在我的公寓里一边沉思，一边渴望那丝绸般的口感和浓郁的甜蜜。但是现在，奇怪的是，我渴望梨子、木瓜、荔枝和香蕉的清香与新鲜。

“水果沙拉。”

他笑道：“你可真无趣。”

“那你呢？薯条？你可真是英国胃啊。”

“可能吧。”

“我觉得这很棒，你继承了东西两边文化的精华。”

“或者是你从来都没有真正融入进哪一个文化吧。”

正当我生气瞪着他的时候，他又咧嘴笑道：“你可真好骗。”

我推了推他的肩膀，一阵暖意涌上心头，有罗尼在这里真好，他是个很好的同伴。有那么一刻，我都忘了我在哪里。

我伸开双腿，突然感到一阵刺痛，我喘了口气，抓住了肚子。孩子！

罗尼低下头来看我："你还好吗？"

我没有回答。又是一阵，比上次更痛，我跪了下来，双臂环抱着肚子，眼睛紧盯着前面水泥墙上的凹槽处，试图调整我的呼吸。

"李敏，你怎么了？"

疼痛缓解了一点儿，但是我还是痛得无法回答。我只能集中精力调整呼吸，放缓我的节奏。

"你怎么了？你生病了吗？"

我蜷缩成一团。发生了什么事？在那一刻我只知道，我不能让我的宝宝死，他是我生命的一部分，我不能就这么让他离开。我知道这不简单，但是我得努力一搏。

"李敏，拜托，和我说说话？"

我转身面向罗尼，我差点儿忘了他就坐在我身边。我张了张嘴，想要说些什么，但只能像缺水的鱼儿再次无力地闭上了嘴。

"你真的吓到我了。"

我清了清嗓子，刚才的疼痛已经由强转弱，让我能够喘一口气儿："我……我没什么，就是有点儿消化不良，我只要安静地坐一会儿就好了。"

他直直地看着我，眼中的神情告诉我他不相信我说的每一个字。为什么不呢？因为那不是真的。不知为何，我无法告诉他事实的真相，即便他已经向我吐露了他母亲的事。但我脑海里有一个声音告诉我，你要守护好你的秘密。至少目前如此。

43

回到家，杰克曼深吸了一口气，放松地坐在沙发上。

瞬间，房间里好像到处都是爱丽丝的身影。不是一动不动地躺在布鲁姆山疗养院里沉默不语、目光呆滞如行尸走肉般的爱丽丝，而是那个真正的爱丽丝。那个生机勃勃、古灵精怪的丹麦女子，她那诡异的幽默感和邪魅的微笑能让整个房间都为之明亮。如果用心体会，他似乎还能感受到她的存在——一会儿她仿佛和埃里克一起蜷缩在沙发上，盘着双腿观看最爱的美国情景喜剧，不时发出咯咯的笑声；一会儿她又把一半头发扎成凌乱的马尾辫，从厨房的烤箱里拿出一张煎饼；一会儿她又平躺在书房的地板上，紧闭双眼欣赏巴赫的音乐。她很喜欢巴赫，每次研究碰到问题，她总喜欢在黑暗中欣赏音乐，通过优美的旋律集中注意力。

杰克曼向来对古典音乐没什么兴趣，每次他把音量调到最大收听喷火战机乐队、红辣椒乐队和莱昂国王乐队的歌曲时，爱丽丝都会哈哈大笑。但此时，他居然有些怀念巴赫的音乐。

他拉上了长长的窗帘，将落日余晖拒之窗外，俯卧在壁炉前的地毯上按下了iPod的播放键。美妙的音乐响起，埃里克也踱过来趴在他身旁。他的脑海中渐渐浮现出了案情。

他想象着李敏离开老茅屋酒吧朝着警察局的方向走去，高跟鞋敲击路面发出声响。这时，那辆黑色的宝马车出现了，里面的人还停车和她攀谈。是他们的话让她决定重回酒吧吗？如果她那时没有回头而是继续沿路向前走，会发生什么呢？她当时是在朝着某个方向走去，还是仅仅为了解气漫无目的地瞎逛？

杰克曼叹了一口气。音乐渐响，紧张感也随之增长。他想象着她回到酒吧的场景。她是否犹豫着不知该不该走进去？他知道她会继续走下去，因为监控拍到了她转弯进入了格林希尔大街。然而她并没有走到大街的尽头，她在那条街上某个地方被绑架了。

音乐逐渐进入高潮，他的脑海中涌现出越来越多的想法。绑匪在人群中锁定了她，调查了她的家庭背景，安排了关押地点，并观察跟踪了她一段时间。万事俱备，只欠东风。但是他不理解的是，为什么她还没有被释放。这不过是一场交易，赎金都付清了。那么，她到底在哪里呢？

那辆使用假冒车牌的白色大众汽车仿冒了考文垂镇里一辆类似的面包车，并就在李敏之前穿过了格林希尔街。肯定是那辆车在李敏沿街行走时将她带走了，那他们接下来去了哪儿？

音乐一首接着一首，同时他不断地回顾着眼下的事实，虽然警方在学校附近部署警力以提供额外保护，但又一名学生张罗尼随后也失踪了。从赎金勒索信来看，绑匪是同一人，所以这两起案件之间有什么联系？

最终，房间里也归于沉寂，音乐全都放完了，他耳边只有埃里克轻柔的呼吸声。他伸手摸了摸它的脖子。它用尾巴拍打地板，身体一动不动。

杰克曼起身按下重播键后又躺回地板上，恢复了原来的姿势。暮色袭来，整个房间渐渐笼罩在一片黑暗之中。爱丽丝之前总笑话他办案太投入，没错，他能感受到，这次的案件已经透过毛孔渗入了他的五脏六腑。他当初进入警察局就是想有所作为，帮助危难中的人们渡过难关。但办案就要干实事——采访目击者、四处奔波、实地调查，而不是坐在办公室里查阅证词、制定策略，把所有调查工作分派给团队。

所以杰克曼无法相信雷利竟然成了他上司，觉得命运在无情地作弄他。的确，他是很擅长和新闻媒体打交道、游说政治家和上级领导，但他对调查没有兴趣，也没有这方面的天分。在他们共事的短暂时光里，雷利甚至明确表示他就是在这个位置上混资历以求日后晋升的。

杰克曼内心燃起了熊熊怒火。他坐起身来，出门走向厨房时，埃里克昏昏欲睡地抬头望了他一眼。今晚，他只想寻找一种慰藉。当孤独逐渐涌上心头时，这是他唯一的解药，这种解药就是威士忌。

他翻遍了楼梯下的柜子，双手四处摸索着，将拖把桶、购物袋、狗粮统统推到一边，最后终于找到了它。他骄傲地靠坐在后面的墙边。那是半瓶格兰菲迪，瓶口处落满了灰尘。他将它放到面前，吹了一口气，但上面黏着的灰尘纹丝不动。他便拿杯子倒了一杯。

喝第一口时他就呛到了，烈酒直冲他的喉咙，灼烧着他的胸膛，最终流入了愁肠。他用手背抹了抹嘴唇，又灌了一口。这酒比他记忆中的更烈，烧得他心里火辣辣的。很好，他现在正想要这种感觉。

他拿起酒瓶和杯子，回到休息室，一头扎进了沙发里。埃里克从地板上爬了起来，也一跃扎进了沙发，在他身旁躺下了。沙发垫一阵抖动，酒也从杯口洒到了他的裤子上。换作往常，他早就暴跳如雷，一边大骂傻狗一边去找布把裤子擦干净。但此刻，情况不同以往，他并没有在意这点儿小事。

他低头一看，狗把脑袋靠在了他大腿上。他忘记自己是什么时候把酒瓶和杯子放到了他旁边的咖啡桌上，空气中弥漫着苏格兰威士忌的浓郁香气。杰克曼又倒了一杯酒一饮而尽，然后又是一杯。他的身子开始往沙发下面滑，一股热气从胃部开始上涌，涌上了他的胸腔、颈部和脸部。慢慢地，眼前的房间开始变得模糊，思绪也模糊了。

* * *

感到小腿上一阵痉挛，杰克曼从梦中惊醒。他猛地俯身捏住了小腿上因为痉挛凸起的肌肉，然后突然一跃而起，用没抽筋的那条腿站起来绕着屋里单腿跳了起来。短时间内的剧烈疼痛让他暂时停止了思索，被迫放松大脑。渐渐地，拧作一团的肌肉松开了，但与此同时，他感到一阵头痛欲裂。黑暗中，他坐在沙发边缘，试图集中注意力。瞬间，整个房间都好像在摇晃，好像水面上摇摇晃晃的游船。然后他开始直冒冷汗，接下来是一阵恶心，最后一股胆汁涌上了喉咙。他冲上楼，一路上心脏怦怦直跳，还好在吐出来之前赶到了浴室。

他低头呕吐了一阵，浴室中弥漫着一股恶臭。他感到背后冷汗直流。最后，他终于缓过来了，那股恶心劲儿也过去了，瘫倒在冰冷的瓷砖上，精疲力竭。真轻松。也就半瓶威士忌，居然醉成了这样。

他觉得口干舌燥，鼻子里尽是那股恶心的味道。他本应该爬起来洗个热水澡，多喝点儿水，但他现在完全自暴自弃了，心里只有一个念头：如果爱丽丝现在看到他这副样子会是什么反应。

一股疲惫的浪潮冲刷着他的脑子，他想让它像婴儿的襁褓一样包裹着他自己，给了他一个短暂的喘息机会。

这时，一股倦意向他袭来。他任凭疲倦蔓延至全身，像襁褓中的婴儿那样一动不动地躺着，让大脑脱离思绪的风暴，暂时放空。

* * *

他的眼睛刺穿了湮没房间的黑暗。风也变得像私语一样轻声，好像外面的树木在远处正在分享很多秘密。

他坐起身来。白天的炎热已经散去，室内空气变得混浊刺鼻。他之前完全没想到，第二阶段的计划会如此难以执行。他感到后背和肩膀一阵酸痛。很快又要做出改变了，但他内心竟然有点儿享受这种追逐带来的原始刺激。想到侦探和他的团队在伯明翰四处翻找垃圾桶寻找蛛丝马迹，他嘴角露出了苦涩的微笑。事到如今，也只是早晚的问题了。

44

远处嘶哑的乌鸦声把我从熟睡中吵醒，我感到眼皮沉得抬不起来，身体像被粘在了床上一样。我已经很久都没有睡得这么香了，我还想再多睡会儿。汤姆的身体蜷缩在我身旁，肚子顶着我的背部，温暖而舒适。他的双臂环抱住我，像毯子一样搂着我的身体。我还想再睡会儿，但今早的乌鸦嘶哑着叫个不停，在坑内激起层层回音。我慢慢地睁开眼睛，开始我新的一天。

我仍旧被困在这个坑洞里。脚下几英寸远的水泥散发潮湿的霉味，不断刺激着我的鼻腔，我想要忽视这个气味，再睡会儿。同时我发现，抱着我的不是汤姆的手臂，而是罗尼的。

我本能地想要逃开他的怀抱，但那是现实世界的本能。在这里，一切都不再一样。这个怀抱并不带有浪漫的意味，相反，它只是纯粹对于温暖的渴望。理智让我慢慢冷静下来，我试着缓缓向前移动，但罗尼的双臂紧紧地把我搂住，让我动弹不得。

我感到一阵同情。在过去的几天里，罗尼一直对我很好，听我讲述我的故事，大方地分享食物，当我不得不使用角落里的临时厕所时，他会捂住眼睛和耳朵，避免让我感到尴尬。我不想叫醒他，但是我得想个办法。突然，我感到一股沉重的气息吹向我的脖子，他用鼻尖蹭了蹭我的头发，然后一个坚硬的东西顶着我的大腿根部。

我一下子僵住，一边快速过滤出我可以做的选择，一边听着他平稳规律的呼吸，感受他胸腔的起伏。那个东西又大了些。

我使劲儿向前慢慢挪动，终于逃脱开他的怀抱。他的呼吸声突然停住，我看到他咂了咂嘴，转身又睡着了。

当我从毯子里出来的时候，感到一阵解脱，我坐在前面，挠了挠我的后颈。今天是我在这个鬼地方的第五天了。

45

一束刺眼的光打在杰克曼的额头上。他的脸贴着冰冷的地砖，四肢摊开地趴在硬邦邦的地上。他抬起头，感觉仿佛有一百万个时钟在他的脑袋里同时嗡嗡作响。

他认出了周围的一些事物：马桶、水槽和浴缸。空气中弥漫着呕吐物的味道，不过他此时已经不再想吐了。现在他只感到口渴，口渴难耐。他费力地爬起来，眨着一只眼睛来缓解疼痛，然后打开水龙头，把嘴凑到水流底下大口大口地喝了起来，那样子仿佛是他在沙漠中央找到了一片绿洲。

他站直了身子，用袖子擦了擦嘴，看向窗外。明晃晃的阳光从两边的百叶窗缝隙中射进来。现在是几点了？

就在此时，他听到了楼下有粗壮的爪子在地板上来回跑动的声音。他再次打开水龙头，往脸上撩了点儿冷水，然后朝楼梯走去。

埃里克正在走廊迎接他，仿佛看见了久别重逢的家人一般热情。

“嘿，伙计。”杰克曼亲切地摸了摸它的耳朵，然后走进起居室看了一眼时钟。

杰克曼来到落地玻璃门前，猛地一下将这两扇门推开，呼吸了一会儿新鲜空气。埃里克在花园里吃力地走来走去。下了一夜雨之后，细小的水珠布满了草坪，在清晨阳光的照耀下闪闪发光。杰克曼现在最需要的就是浓咖啡和一些强效药。

埃里克从花园进屋时，杰克曼已经吃了两片扑热息痛并且坐在早餐台前喝起黑咖啡了。埃里克凑到杰克曼的腿边，抬头满怀期待地望着他。

杰克曼盯着埃里克的眼睛。“想出去遛遛吗？”

他这句话的语调让埃里克来了精神，它兴致勃勃地晃着尾巴响应着。

杰克曼放下咖啡杯，苦笑了一下。“那咱们走吧，伙计，”他说道，“出去跑一圈，正好让咖啡凉一凉。”

杰克曼家对面的公园在周六的早上十分安静。再过几个小时这里就会挤满当地的年轻小伙子们，他们会用毛衣当门柱，然后在这里踢足球，也会有小孩子在游乐区的攀爬架上爬上爬下，或者在旋转椅上转来转去。但现在，公园里除了杰克曼，只有一个推着婴儿车的男子。一切都是那么平静祥和，让人心旷神怡。

杰克曼解开埃里克的拴绳，然后抻了抻小腿。他感到头很重，整个脑壳都充斥着剧痛。他的右腿僵硬，由于头天晚上怪异的睡姿而感到阵阵酸痛，于是他简单地揉了揉腿。但即使全身疼痛，也都无法阻挡他跑步。

这并不是因为杰克曼有多享受跑步的乐趣，他其实已经没有以前那么喜欢跑步了。跑步曾带来的竞争感和成就感，跑步后身体分泌的内啡肽充斥血管的畅快感，以及运动后的肌肉令人放松的疲惫感，他现在都感受不到了。现在对他来讲，跑步更像是例行公事，是他往昔生活的最后一道堡垒，他实在不忍心就这么舍弃。

第一圈跑起来比平时累得多，杰克曼途中不得不停下好几次来喝水，由于宿醉，他整个人仿佛被榨干了一般。埃里克在他身边欢脱地跑来跑去，中间停下四处闻了闻，撒了泡尿，又再跑回到主人身边。第二圈就感觉轻松一点儿了，因为他身体已经放松了，但是第三圈再次让他饱受折磨，仿佛能听到每一根肌腱都在痛苦地嘶吼。看来今天注定是虚弱的一天，尤其是在半瓶威士忌下肚之后。他头发已经湿了，汗津津的T恤衫黏在身上。但杰克曼并没有停下脚步，反而加大了运动强度，开始在运河边的两棵相距差不多十五米的老柳树之间进行冲刺跑。他就这么来来回回跑了一趟又一趟。埃里克似乎已经对这一场景习以为常，它趴在一旁，看着杰克曼一直这么全速奔跑。一直跑到汗水顺着后背淌下来，跑到肺部开始疼痛。

终于，杰克曼停了下来，靠着树干滑坐在地上，粗硬的树皮刺过他薄薄的T恤擦伤了他的皮肤，但他一点儿也不在意。他在那坐了好一会儿，大口地喝着水，看着前方放空。当呼吸渐渐恢复平稳后，他开始想起昨晚辅导师对他说的话："我们得想个办法来应对那种愧疚感。"

他看了看公园那边。那个推婴儿车的男子此刻已经把小女孩儿抱了出来，追着她在公园奔跑嬉戏。小女孩儿回过头，男子双手抱住她，将她举得高高的。女孩儿开心地叫喊起来。这一幕又激起了杰克曼内心的忧伤。一年前他还有着幸福美满的婚姻，那时的他为了妻女，为了热爱的运动和工作而充满斗志地生活。而现在呢，他失去了妻子，失去了挚友，工作岌岌可危，女儿也上大学去了。他的生活只剩下运动了，然而就连运动也没有以前那么有意思了。

他想起了贾纳斯那天说的话，就是关于他认为自己在李敏的案子上判断失误的那些话。他又回想起跟理查德的会面，理查德也认为他已经被愧疚所吞噬了。真的是这样么？他是不是把自己逼进了愧疚的深渊，是不是把自己困在了某种情绪下，导致他无法在工作中做出公正的决断，丧失了判别是非的能力？他承认自己确实为爱丽丝的遭遇而深深自责。但他并不认为自己在李敏一事上做错了。如果李敏还活着，他那么做是为了她的安全起见的，不可能因为他的这一决定而导致第二起绑架案。

杰克曼一边收拾东西准备回家，一边又想起了理查德的话。尽管过去这一年他过得一团糟，但他仍是一名好侦探。

问题是，只有他自主开展调查，才有可能避开世界上那些像雷利那样的人。但是他没办法辞职单干，他需要这份工作，不仅仅因为它能带给自己经济收入来支持妻子的治疗和女儿的学业，更是为了自己考虑。这份工作是他离开部队后唯一坚持做的事，而且他做得得心应手。或许是时候考虑调岗了，换到其他警局或者新的片区，这样他的背景和回忆就无法纠缠着他，让他一举一动都饱受束缚。最好是能到一个地方，让他大显身手，有晋升的机会，还能主导自己的案子。也许现在就应该迈出这一步了。

46

“我们就剩下这些了？”罗尼问道。

随着他的视线，我看到角落里只剩下三分之一的水瓶，从旁边的盒子里掉落出来的几个早餐棒，还有搁在上面的一个苹果。我点点头，感到一阵头疼。

“他一般什么时候来？”

我瞥了一眼罗尼，耸了耸肩。我四肢乏力，身上的每一块肌肉都酸痛无比。

我的胃痉挛也回来折磨我。按道理，考虑到肚中胎儿的健康，考虑到我少得可怜的选择，我应该非常担心。但我没有精力去担心。我心想，有些事躲也躲不掉，被困在这个鬼地方，只有一丁点儿饼干、干面包、苹果和水，在这个暗无天日的洞坑里，与角落里的粪便为伍，与躲在黑暗处的老鼠做伴。也许这就是他长久以来的计划，活活饿死我们。

我试着去想象我父母的样子，那些我深深刻在脑海里的样子，但是连这些都开始变得模糊。我清了清嗓子，“第一次是在晚上，”我费力地说着，闭上了眼睛，“第二次是他把你带到这儿的时候”。

“他已经好几天都没有来了。”

我摇了摇头，感到他就站在我旁边。

“我们得想个法子逃出这里。”

我用手搓了搓我的脸。

“不，我说真的。他回来的话，我们就一起冲向他。二对一。如果他有武器的话，我就去控制住他的武器，你就趁机爬出来，找人来救我们。”他像孩子一样兴奋不已，而他的计划听起来像是战争电影里那种拙劣的逃脱计划。“怎么样？”

我想起我之前的逃跑计划，当时机来临，当我终于有机会逃脱的时候，我害怕得浑身使不上劲儿，一种绝望之情油然而生。而现在，我连战斗或者争辩的精力都没有了。

“你就这么放弃了？”

他声音里的绝望让我不由得将目光投向他。“我累了。”

“我们不能就这么放弃，我们必须得想个法子逃出去。”

我深吸一口气，他的逃跑计划是建立在一个很大的前提之上。“也许他不会回来了。”

“你说什么？”

“也许他已经被抓住了。”

47

听到敲门声时，杰克曼已经走出了浴室。他发出了一声抱怨，不理会敲门声，拿起浴巾裹住了身体。随后门外传来了捶玻璃的声音。

他走下楼梯去开门，浴袍随着脚步摇摆。

打开门，只见戴维斯站在门口，侧头看着他。“电话也不接？”

“早上好啊。”

他侧过身让她进门，随她进入前室，发现她的目光扫到靠在沙发旁的酒瓶。

"别担心，大多都吐了。"

她抬头表示认可，什么都没说。

杰克曼有些尴尬地东张西望着。"喝咖啡吗？"

回到厨房，他看了看手机。三个未接来电，都是戴维斯的，昨天两个，今天早上又打了一个。听着她脚步沉重地在房间里来回踱步，他又倒出几颗布洛芬止痛片，然后开始泡咖啡。她不适合做秘密工作，他想。手脚太重，笨拙得像头小象。

杰克曼回到房间里时，发现窗帘已经被拉开了。后方的法式平开门也敞开着，她站在水族箱旁，望着缸里发呆。他走近她，手中的马克杯里冒出腾腾热气，袅袅盘旋上升。

"你会不会好奇它们在想什么？"她问道，目光并没有离开鱼缸。

他递给她一只杯子。"可能在想下顿饭吧。" 杰克曼说道，"一群头脑简单的生物。"

他在她身旁站了片刻，看着鱼儿在缸中优雅地游动着。

戴维斯举起马克杯凑近唇边，又缩了回去。"没加牛奶？"

"牛奶没了。"

她放下杯子，什么都没说。

他转头看向她。"你来这里干吗？"

"你昨天把车留在警局了。"

杰克曼完全忘了自己的车还在罗德街车站的停车场里，不过他现在不打算承认这一点。“我当时想走走。”

她没理会他的辩解，望向门外。“屋里太臭了。”

沉默片刻，戴维斯直视着他问道：“你还好吗？”

他点了点头。“学生那边有消息吗？有没有新的目击证据？绑匪联系你们了吗？”

“什么消息都没有，看起来那辆白色面包车没了下文。”

“有什么好消息吗？”

她翻了个白眼。

“跟我讲讲绑架案的新进展吧。”

他朝沙发甩了甩头。他们走到沙发旁，各自坐在一边。戴维斯继续说道：“张罗尼最后一次被人看见是在昨天，他的英语老师九点左右看到他路过了学校。同时，他的手机也在学校附近关机了。”

“他的车呢？”

“还停在他公寓外面。你应该听说了赎金勒索信和交付的事吧？这次在另一个工业园区。”杰克曼点点头，她继续说，“我多方联系，又和我们在伯明翰的朋友D. S. 格雷聊了聊，他也同意让取证人员把那个垃圾桶带走，我还派出一些探员前去清理现场，并安排另一个小组去那边搜查附近区域。”

“有什么发现吗？”

“工业园区里没什么新发现。作案人选择交付地点时非常谨慎，搜查小组什么都没找到，不过我们本来也不抱什么期望。不过有一点，我们发现钱没有被取走，一直留在垃圾桶底部。”

“真的吗？我还以为罗尼父亲的联系人应该已经检查过了呢。”

“基恩也跟你讲了，那里是公开区域。”

“这次他们没有临时改变地点。”

“我知道，这很奇怪，似乎是中间出了问题。不过我去了那家网吧。这次他们换了一家，不过失策了，因为店里有摄像头。我们去店里搜查了一遍，发现邮件发出前后店里只有三个人。”

“能查到他们的身份吗？”

“还不确定，但我又和格雷讲了讲并把监控录像发给了他。他说会看一下有没有记录上的人。”

“干得好。”这么多天来，杰克曼第一次不自觉地流露出了一丝笑意。

戴维斯也冲他微微一笑。“过奖了。”她又啜了一口咖啡，“呃，真难喝。”她做了个鬼脸，把马克杯放回身旁的桌上，“简直要被雷利逼疯了。这家伙整天东奔西走，不是哭穷要钱就是在媒体面前出风头。”

杰克曼揉了揉额头，之前服下的止痛片起效了，脑袋里突突的跳动没那么厉害了。“好，给我十分钟。”

48

今天早上当杰克曼走进房间时，专案室里一阵骚动。他微微一笑，抬起手示意大家安静。“好了各位，请安静。”

拉塞尔站在房间后部说道：“中央情报局局长没法赶来参加会议，他正在利明顿和警察局副局长开会。”

“那我就不等他了。”杰克曼说着一跃坐上了桌沿。

戴维斯走到房间前部，打开她的笔记本电脑，用手指着投射在面前白板上的三位男子的静态影像。他们看起来都很相似：黑发，白种人，没有他能看到的明显特征。两个穿牛仔裤和T恤，另一个穿海军蓝马球衫和米色裤子。

她依次指了指三位男子。“这三位中的一人发送了那封邮件。”她说，“他们是谁？什么背景？为什么那时在网吧里？”

杰克曼转身面对一屋子的人。“工业园区那边有新消息吗？”

这时，基恩走了进来简单汇报了一下最新进展。

“没有目击者，也没有摄像头……”杰克曼总结道，“和上回一样。我们得调查清楚钱为什么没被拿走，是中间出了什么问题吗？”

“可能被什么事情打断了？”

“如果这样，应该会有目击者。关于那位姓张的学生，我们有哪些信息？”

“二十岁，学生，来自香港。”基恩汇报道，“大家都叫他罗尼，和李敏一个专业的，目前没有证据表明他们是朋友。他父亲出生在香港，母亲是英国人。他九岁时母亲去世了，是自杀。”

杰克曼歪过头。“现在英国还有他母亲那边的亲戚吗？”

基恩摇摇头。“看起来没有。张罗尼的母亲是独生女，张罗尼的外祖父母几年前搬去了日内瓦。我们联系上了他们，但女儿死后他们就和外孙罗尼失去了联系。显然，罗尼的父亲不怎么鼓励他们联系。”

“有意思，继续调查，把他家其他亲戚也查一遍。他的朋友呢？”

“知道的也不多，”基恩说，“显然他能逃的课就逃了，只求不挂科。”

“他有空都做什么？”

“不知道，我们搜查了他的公寓，除了一堆外卖盒和脏衣服，里面没什么东西，没有证据指向他可能去的地方。”

杰克曼用手指敲击着桌面。“银行流水和电话记录呢？”

“刚收到银行流水。每月，一个香港账户都会向他的账户汇一大笔钱。我们猜测是他父亲，不过还有待核实，转账记录还在调查中。他提现很多，似乎喜欢用现金，但目前看来，这说明不了什么。他的手机从周四早晨开始就关机了，他不太打电话。”

“国际联络有进展吗？”

基恩摇摇头。“香港回归中国已经二十年了，那边的情况变化太大了，无从谈起，所有的联系人不是搬走了，就是退休了。”

杰克曼思考了一阵，转头对拉塞尔说：“学校那边有消息吗？”她摇摇头。“我们又询问了几位老师，罗尼和李敏有几堂课一起上，仅此而已。”

杰克曼抬头望着白板。现在，罗尼的照片被摆在了李敏旁边。他重重地呼了一口气。“为什么是这两个学生呢？肯定和学校有关。再检查一遍证词，并向目击者确认细节。再调查一下两位受害者的家庭情况，和双方的父母谈谈，看看是否能建立联系。”

他走回办公室，打开笔记本电脑，开始浏览邮件。一封来自山姆·查普曼的邮件引起了他的注意。查普曼信守诺言，把上周末赌场摄像头拍到的录像发了过来，时长几个小时，并给D. S. 格雷拷贝了一份留底。杰克曼抬头望向张开的百叶窗缝隙。专案室里闹哄哄的，大家都在讨论今早公布的新线索。背景中，电话铃声此起彼伏，和吵闹的人声交织在了一起。他回过头来继续浏览这封邮件。眼下，他没有时间精力把这些录像从头到尾看一遍。新的绑架案将他们引向了不同的方向。

杰克曼任思绪纷飞。一想到要等好几天才能从大使馆那里得到罗尼的背景资料，他就怒上心头。眼看就周末了，调查又要搁置了。突然，他想到几年之前参加过一位老同事D. S. 戴夫·本顿的退休告别派对。在派对上，本顿在演讲中提到自己曾在1997年香港回归前夕曾被派遣去当地，那是他们认识之前好久的事了。他拿起电话，从通讯录中翻出了本顿的号码，拨了过去。虽然希望大于期待，但电话才响了四声就被人接起了，还是让他吃了一惊。更让他惊喜的是，电话那头传来了老同事的声音。

“戴夫？我是威尔。威尔·杰克曼。”

这位退休警官似乎很高兴接到杰克曼的来电，絮絮叨叨地和他聊了好久退休后的生活，讲述自己如何在健身房和高尔夫球场打发漫长的时光。出于礼貌，杰克曼任由他漫无边际地东拉西扯了好几分钟，然后突然插了一句：“实际上，我想请您帮一个忙。”

杰克曼三言两语向他简单介绍完案情后几乎能感受到本顿在电话那头急促的喘息，似乎从他的话中感受到了神圣的使命感。“香港回归中国前，您曾被调去那边的警察局工作过几年，对吧？”他顿了顿，继续说，“不知道你在那边还有没有熟人可以帮我查点儿东西？不太方便直说，你懂的。我想调查一户张姓家庭的背景，了解他们是否和警察打过交道，不一定要是记录在案的那种。”

本顿的语气中开始透露出兴奋之情，好像自打去年离开高尔夫俱乐部后就没再碰到过这么有意思的事情，他说可以试试。打完这通电话，杰克曼有些得意，老朋友那边应该很快会有回复，至少比使馆快多了。

他把电话放到一旁，打开抽屉，拿出工作日志开始记录晨会上的发现，列出当前策略和优先级的排布。就在一个小时快要过去的时候，他的房门突然被打开了，戴维斯气喘吁吁地冲了进来。

他把手机塞进口袋中，左侧脸颊的酒窝深陷。“格雷刚来电话。”她说，“他们核查了勒索信发送前后网吧中那名男子的身份。”

杰克曼感觉肾上腺素激增。“关于这名男子我们都了解什么？”

戴维斯在空中挥舞着便签本，一副胜券在握的样子。“是一个名叫理查德·惠特克的四十八岁男子，离异，目前失业中。他有前科，不过都是小打小闹：交易盗窃物、几次商店盗窃。格雷说他们的情报还显示，他在小范围内贩卖大麻。他的名字在线人那边出现了好几次，但他似乎非常小心，外出时总是偷偷摸摸，以免被不该看到的人看到。”“他和中国有关系吗？”

“据我们所知，没有。”

杰克曼皱了皱眉头。“那他似乎和绑架扯不上关系。”

“格雷也是这么想的，但摄像头拍到了他，技术人员也确认他使用的正是发送赎金勒索信的那台电脑。那前后十分钟内没人用过那台电脑。实际上，他在店里就待了五分钟，但付了半小时的钱。”

“和他有来往的人呢？”

“没什么消息，格雷和当地一些官员会去调查，不过他的确给了我一个地址。”

杰克曼的手机又振动了。他瞟了一眼屏幕，看到雷利的名字，在心里叹了口气。他抬头看着戴维斯说：“干得好，给我两分钟。”

杰克曼只花了不到半分钟就报告完了最新进展，结束时他说：“应该派人监视惠特克，确认他涉案了。两个孩子依旧没有下落。如果我们监视他，很有可能会获得有用线索。”

雷利沉默了一会儿。“现在逮捕他，把人带过来。我们有充足的证据逮捕他，剩下的问讯时让他开口。”

杰克曼深吸一口气，努力保持住消耗殆尽的耐心。“我们的当务之急是救人。如果他拒不合作，我们随时都可能会错过找到受害者的机会，无论他们是死是活。”

“不一定，我们可以搜查他的住所，肯定能找到想要的证据。”

“消息你也听说了，他就是个三流小偷，很有可能不是单独行动。如果我们跟踪他，或许能找到幕后主使。”

“现在我们需要做的就是逮捕他，其余的情况你们问讯时逼他说就行了。”

话音刚落，雷利就挂了电话。杰克曼气得边砸电话边骂骂咧咧。“这蠢货懂个屁。”他伸手停在了电话上方。有那么一瞬间，他甚至有种不顾一切的冲动，但想到在伯明翰时戴维斯说雷利和新来的局长一起上高尔夫球课的事，只得忍住了，嘴上又骂了起来。

49

车子从哈格雷路驶进理查森街时，杰克曼探出头望向窗外。道路两边各有一排砖砌连栋房屋，房前路边停着一辆辆轿车，看起来这个周六早晨大部分居民都待在家里。开到十八号公寓附近时，戴维斯将车速降了下来。这座公寓的窗户被奶油色的、脏兮兮的纱帘遮盖着，戴维斯继续缓慢行驶，在下个路口左转，将车子停在了路边。

杰克曼一下车就看见，在他们前面两辆车的位置，D. S. 格雷那圆滚滚的身影正从一辆绿色沃尔沃上小心翼翼地挪下车。他身后跟着三名穿制服的警员，其中两名戴着厚手套和头盔。

格雷看到戴维斯和杰克曼朝他走来，打了声招呼，并向他们介绍了身边的警员。他叉着腰环视四周。“我很了解这片区域，早些年我是这一片的巡警。这里的很多房子都改造成坐卧式两用房[①]或者公寓了。但好在惠特克家还维持独栋房的构造，这一点对我们有利，因为这表示进出这栋房子都只能通过

---

① 坐卧式两用房：Bedsits，也称为卧床房，带家具的起居室，里面有睡觉的地方，有时还包括烹饪和洗衣设施。

前门才行。我在他那条街道两头都安排了便衣警察，以防他现在人在外面，一会儿回家的时候发现我们想逃走。从那条小路，”他边说边指了指斜对面，“可以到房子的后面，我们也会派人盯着那里。这样一来，除非他从邻居的花园翻出去，否则我们肯定能抓到他。”

“你们觉得他在家吗？”戴维斯问道。

“不确定，但是……”他拍了拍他同事拿着的破门锤说道，“不管他在不在家，多丽丝都肯定进得去。”

“好吧，我提议咱们直接闯进去吧。”杰克曼说道，“有可能房里还关着受害人呢，我们可不想让他有机会伤害他们。那栋房子什么格局？”

“楼上楼下各两间房，此外还有厨房和卫生间。”格雷说道，“当然，还有阁楼，但是这片的房子都没有地下室。后花园铺了小路，没有棚子。”

“还有什么关于他的其他情报吗？”杰克曼问道。

格雷摇了摇头：“都是些细琐的信息。当地警员们说他跟一些大人物交情很好，但从来没见他和枪支弹药之类的有什么联系。”他扫视了一圈同伴们，继续说道，“我觉得我们准备得差不多，可以行动了。”

杰克曼点了点头，开始进行行动部署。他派格雷和其中一名警员绕到后面去，另外两名戴着头盔的警员则跟着他和戴维斯来到了房子前面。所有人都各就各位，杰克曼感到一阵兴奋。

在杰克曼下令行动后，两名穿制服的警员冲到门前，两声巨响后门被砸开了。随后这两名警员率先进了房子，其中一名跑到楼上，另外一名则走进一楼里面。

杰克曼和戴维斯紧随其后，通过前门便来到了客厅。客厅有一张棕色的沙发，扶手已经磨破了。沙发对面的角落有一张老旧的桌子，上面摆着一台平板电视。客厅另一边有一大块空地。壁炉上方挂着一面脏脏的椭圆镜。杰克曼走向壁炉，拿起了摆在壁炉架上的一幅照片，却不小心将一把缠满了一缕缕深色头发的梳子碰到了地上。他弯下腰将梳子捡起，又继续盯着这幅照片看了起来。照片里是一个年轻的男孩儿，据他判断大概有七岁。男孩儿穿着短裤和T恤衫，他咧嘴笑着，骄傲地展示着自己的豁牙。

杰克曼将照片放回原处，在灰色的地毯上踱起步来。地毯多处都已磨损，露出起球的内衬，在他脚下黏成一团一团的。他环顾四周，除了那张照片和角落的时钟之外，墙上一张画像都没有，屋里也没摆其他装饰物，甚至没有壁柜或者置物书架。

他推门走进了厨房，一股混合着炸薯条油烟和尼古丁的酸臭味扑面而来。他走到一堆放在洗衣机前面的脏衣服旁停了下来，拉开了一格抽屉，里面放着刀叉和勺子；另外一格抽屉放满了擦手巾和茶巾；还有一格放了一些收据、一张水费账单、一张手机账单以及一些商场集点卡。他将这几格抽屉都拉了出来，暗自提醒自己要将里面的东西打包带走，然后继续检查橱柜里的东西，直到他感觉身边多了个人，才停下了手头的工作。

“楼上什么都没发现，长官。”戴维斯一脸苦相地说道，“但他的床单倒是应该好好洗洗了，看起来得有几个月没洗了。那两位警员还在搜查阁楼。”

杰克曼站在窗边，看了眼外面空空的花园小路，感到一阵不安。到现在还没发现任何跟摩托车有关的装备，也没有任何跟受害者有关的线索。

突然间，他听到远处一阵骚动。一片喧哗声中，似乎有人很气愤。他随着声音来到前门，看到那两名戴头盔的警员正试图阻止一名穿着绿色T恤衫和牛仔裤的、深色头发的男子进入房子。这位男子的脸红得像番茄一样。他手里拿着的塑料购物袋滑落在地上。他抬头看着杰克曼，眼里充满怒火地质问：“你们是谁？”

*　　*　　*

理查德·惠特克是一位个头矮小、瘦瘦巴巴的男子，有一头粗硬的深色头发。在被带回罗德街警局这一路上，他一言不发。到了警局采集指纹要对他进行询问的时候，他也只是回答了一些不得不答的问题。甚至当警察已经要以绑架罪名正式逮捕他时，他也仍然保持着沉默。

杰克曼从桌底抽出一把椅子坐了下来。“跟我讲讲你周四下午的行踪。”他说道。

惠特克回答之前瞥了一眼他的律师，“我周四在哈格雷路上走来着，走到多弗路街角的JJ网吧时，有个男的拦住了我，问我想不想赚点儿外快。我以为他会先给我一些东西，比如毒品之类的。”他顿了一下，感觉突然被冒犯了似的，然后继续说道，“但他对我说，如果我帮他发一封电子邮件，他就给我五十镑。我只需要登录一个微软邮箱，在草稿箱里找到一封邮件然后点击发送，再退出账号就可以了。我本来有点儿犹豫，但是他拿着五十镑钞票在我眼前晃来晃去。我琢磨着这对我也没什么坏处，何乐而不为呢？”惠特克向后靠坐着，双手放在大腿上。

杰克曼盯着他看了一会儿。房间内十分安静，只能听到基恩的笔在纸上轻轻的摩擦声。“邮件里写了什么？”他终于发问。

“我不知道，不是用英文写的，好像是中文或者是日文之类的。”

“你能描述一下那个让你发邮件的人什么样子吗？”

“白人，差不多五英尺十英寸吧，穿着深色裤子和一件黑色帽衫，我看不见他的脸。”

杰克曼从他面前的棕色档案袋中拿出两张照片放到了桌上。他仔细观察着惠特克，看着他的眼神从一张照片移到另一张，再抬头看向自己。

“你见过照片里这两个人吗？”

惠特克摇了摇头。

“为了便于录音存证，我此刻正在给嫌疑人看李敏和张罗尼的照片，请你确认回答。”

惠特克凑近照片，仔细看了看罗尼。“我的回答是没有，我没有见过他们。”

杰克曼继续问了他周一和周二的行踪，惠特克坚称自己当时独自在家。杰克曼又问了一系列跟案件相关的时间点，包括罗尼的绑匪提出要赎金的日期，以及两起绑架的赎金被领走的日期，而惠特克的回答全都是在家，并且回答的语气越来越挑衅。

杰克曼从信封里拿出一张李强的照片，并将它放在桌上，摆在惠特克的面前。照片被杰克曼的手指摩擦出吱吱的响声。“那你见过他吗？”

惠特克靠近照片，犹豫了片刻，仿佛是沉思一般，然后他又坐直。“没见过。”他答道。

“你确定吗？再仔细看看，”杰克曼说道，他在照片一角点了两下，“他左脸下方有一个很明显的疤，而且他没有左耳垂。”

惠特克摇了摇头。

“为了便于录音存证，嫌疑人此刻表示自己未曾见过李强，也就是那个叫吴鹏的男子。”

如果此时杰克曼哪怕只眨了一下眼，他一定会错过一个细节，但他清楚地看到，当他提到“吴鹏”这个名字的时候，惠特克的下颌紧了一下。

他盯着惠特克看了一会儿。他瘦小的身板感觉要被警局给他穿的深蓝色运动服吞没了一样。这套衣服是警方要求惠特克脱衣接受医检后让他换上的。

“听着，我对你的回答有些疑问，”杰克曼说道，“正是你独自在家的时候，这两个学生消失了。”他指了指李敏和罗尼的照片。“之后不到十二小时，他们的家长就收到了勒索邮件要求支付赎金才能放人。我们知道是你发的第二封邮件。我们的监控已经拍到你了，但是你仍声称自己不认识这两个人。”

惠特克也盯着杰克曼，一脸泰然自若的样子。

“你有孩子吗？”

惠特克耸了耸一边的肩膀，点了点头：“我有个儿子，我和他妈妈分居了，他妈妈不让我见他。”

“所以你就绑架了别人的孩子对吗？”杰克曼并没有给他时间回答，继续说道，“所以你就提出了要赎金的要求对吗？就因为你想搞到一笔钱，让你的前妻对你刮目相看，让她能够准许你见你儿子？”

“这事跟我没关系。”

“真的吗？所以你只是有发奇怪邮件的习惯吗？”惠特克看向一边，没有回答杰克曼的质问。

杰克曼凑向他，问道：“谁指使你发的邮件？”

惠特克缩了缩脖子，答道：“我已经说了，我不认识他。”

杰克曼指了指李敏的照片。“这名学生周一晚上就失踪了。我们只要一分钟找不到她，就意味着她离死亡更进一步。还是说她已经死了？”

惠特克将目光移回那几张照片。杰克曼察觉到他眼神中流露出一丝恐惧。

“我劝你坦白吧，理查德，”杰克曼继续说道，“我们一定会找到这两名受害者的。无论他们是否活着，监控录像都表明你与他们的失踪有必然关联，”他说道，“你上一次骑摩托车是什么时候？”

50

无论我怎么做，我都无法忽略罗尼在我背后发出的砰砰声和哐当声。他使出吃奶的劲儿，试图掰断栅栏，拼命摇晃着，一会儿试试这个，一会儿试试那个。每个动作，每声哐当声都猛烈敲打着我，我抱着头，想让噪音快点儿消失，直到我终于忍不住了。

“拜托，快停下来吧！”

“我不能停，”他的声音充满了兴奋，“我觉得我快要成功了。”

我听到远处的链条发出晃动的哐当声和金属的击打声。

“李敏，瞧，它在动。”

我小心翼翼地站起来，正巧他给了栅栏最后猛烈的一击，栅栏条被他掰断，扔到一旁。

“我觉得这个根本没锁好。”罗尼兴奋地晃起来，肌肉也随着颤抖起来。“来吧，站到我的肩膀上，你应该可以从那条缝爬出去。”他伸直双臂，双手合十抱在一起。

我看了他一会儿，有点儿怀疑，“你先上，你比我高那么多，不需要借力就能爬上去。”

“你不上去我就不走，快点儿！”

我抬起脚，踩着他的双手向上爬，双手抓住他肩膀上的衣服稳住自己。一阵“嘶”声，我把他的衣服撕破了。

“啊！”

“不好意思。”

那种疲惫生病的感觉渐渐消失，取而代之的是一种肾上腺素的冲动。我集中注意力在即将而来的自由上，不再去想其他事情。我伸出双手穿过那条缝隙，推了推顶部的木板。

一道阳光射了进来。

“天呐！”罗尼在底下叫了起来。他的身体一下子重心不稳，倒向一边，当他重新稳住的时候，我感到自己在微微发抖。

我试着抬头看。经过数天的地牢生活，耀眼的光线刺得我睁不开眼。但我知道时间不多，我得赶紧睁开眼，注意力集中起来。这可能是我们唯一的机会，我抓住水泥墙的一边，努力向上爬去。

当我快到的时候，我的手一滑，下巴磕到坚硬的金属，我立马惨叫一声，下巴火辣辣的疼，像被人踢了一脚。我的脚一下子踢到了罗尼。

“啊啊啊啊！”

“你还好吗？”我的声音听起来断断续续，我一边集中注意力继续爬，一边问着罗尼。

“我的脚踝！”

我向前爬了爬，穿过狭窄的缝隙，我的膝盖被水泥擦破了皮，火辣辣的疼。

这是我几天来第一次离开洞坑，我停下来，四处张望了下，发现自己在一个破旧的谷仓里，地上散落着成堆的瓦砾，光线从一条缝隙处照进来，估计这里之前有道门，墙上混合着劣质的砖瓦和砂浆，木质的房梁晃晃悠悠地挂在上面，斑驳的光线从屋顶透进来，看来屋顶也需要好好修理一番。

我蹲在一边，回头看了看，从这个角度来看，这个坑的样子十分奇怪，像是另外一个世界。“你受伤了吗？”

罗尼坐在角落里，揉着他的小腿：“我想我的脚踝拉伤了。”

“你觉得你还能跳得起来吗？”

他小心翼翼地站起来，但一旦把重心放在受伤的那条腿，就疼得哇哇叫。他抬起头，脸因痛苦皱成了一团：“我想我应该跳不了了。”

一阵刮擦声将我瞬间拉回到角落的阴影里，我把身体贴在冰冷的砖墙上，几乎同时，那个声音停止了。过了一会儿，我一边缓缓移向出口，一边伸着脖子注意周围的动静。一堆瓦砾横在我的面前，与旁边的杂草墩相互夹杂，看起来很多年都没有人打理了。稍远处，可以看到大片的农田，一直延伸到山脚下，它的尽头似乎有道路连接着它。空气中弥漫着一股清新自由的味道。

我又回到洞口："罗尼？"

"你能看到什么？"

"我们周围有大片的农田，远处好像有条路，如果我们能一起出去的话……"

"不行！"

"我不能把你留在这里！"

"我的脚只会拖你的后腿。你先走，找人帮忙。"

"我不能……"

"你必须这么做，李敏。"

我犹豫了一下。

"往后退！"

正当我退离洞口的时候，一双运动鞋被扔了出来，扔到了旁边的墙上，然后又弹到另一堵墙上。

"穿上我的鞋子，"他说道，"虽然大了些，但好歹能保护一下你的脚。"

我的心提到了嗓子眼，如果那个抓我们的人回来发现只剩下罗尼一个人怎么办？我纠结万分，不知道到底是该留下来帮罗尼逃出去，还是先出去寻求帮助。

"走啊！快点儿！"

他声音中的紧迫感迫使我赶快行动起来，我把脚塞进他的运动鞋里，他说得没错，这鞋的确太大了，穿上就像踩着船一样。我使劲儿系紧了鞋带，站了起来。

"我会尽快回来的！"

我试探性地往前走，每走一步，就仔细听着周围的动静。

天空万里无云，骄阳似火，即使阳光照在身上的时候有瞬间的幸福感，我不得不举起手挡着我的眼睛。我站在高处，快速扫了一眼周围的情况，前面有条水泥路，很宽，可以通往我右手边水泥碎石堆后面的一条单向路。我突然打了个寒战，这应该就是抓我们的人会走的路，我可不能选这条。在我的左手边，有成片的农田一直延伸到远处的山脚下，我可以看到有条路，一辆、两辆、三辆汽车飞速驶过。我转身向着农田的方向走去。

我往下走的时候，摇摇晃晃，时不时还被绊倒，罗尼的运动鞋变得又重又笨，几分钟后，我就开始双腿酸痛，口干舌燥。

我经过右边一个小灌木丛，翻过山顶，来到山脚下的一个山楂篱笆面前，我的心开始往下沉。这里没有门，没有门槛，没有路。我转身回望。也许我经过的那个小灌木丛处有另外一条岔路？但一想到我还要再拖着沉重的双腿走回去，即使还有力气，也感觉是不可能的任务。

我沿着篱笆向下走，试图在这个天然墙洞里找个树枝不那么繁密的地方。最后还真让我找到了。如果我把身体缩成一团，跪着爬过去，应该可以钻过去。我从附近找了一根粗点儿的木棍，试图把这个洞再弄大一点儿，最后我真的爬过去了。

然后，我听到一记响声。

听起来像是一记响亮的鼾声。我转过身，看到不远处两百码左右的角落里站立着几头奶牛，身上黑白相间。我吓傻了，之前在家的时候，在一些乡村照片中看到过奶牛，但即使一辈子都在一个城市生活，我也从来没有看过真的奶牛，更别说和它们如此近距离地独处。一种原始的恐惧冲刷着我的血管，我踢开鞋子，赤脚飞奔起来，我穿过另一个篱笆，碎石划伤我的脚底，阳光炙烤着我的每一寸皮肤，我的视线开始变得模糊，膝盖酸软，肚子绞痛，但是我不能停下来。

另一记响声，是发动机的声音，我现在什么都看不清，但我的耳朵还很敏锐，这个声音是从农田那儿发出，正在慢慢逼近我。也就是这时，我意识到游戏结束了。

51

杰克曼回到了办公室，他双手揣在兜里，斜靠着窗户凝视着窗外的夜景。今天审问的结果让他感到失望。惠特克肯定知道真相，但证明他与绑架有直接联系是警方的职责。他只要坚持说是在哈格雷路遇到了一名陌生人，说服了他发送那封邮件，没有证人，也没有哈格雷路的监控录像，警方就没有办法证明他在说谎。

目前，在背景调查中，没能发现李敏与罗尼有联系，更别提斯特拉特福德学院了。但是就凭惠特克看到李敏叔叔的照片时的反应，杰克曼可以看出他以前见过此人。突然间，他回想起与李敏父母进行视频谈话时的一个细节。李敏父亲当时说他的兄弟很有语言天赋。而赎金的字条是用普通话和粤语两种语言写的。是李强写下了字条让惠特克发的吗？杰克曼需要尽快找到两者之间的联系。

此时，他身后的门开了，吱呀声打断了他的思绪。杰克曼回头，看见雷利进了房间。

他在对面的椅子上坐下，开口说："啊，威尔。我们终于有点儿进展了，真欣慰啊。受害人那边，有消息吗？"

杰克曼摇了摇头，给雷利看了审问记录。

"编得跟真的一样。"雷利说道。

"我觉得不是他。"杰克曼说道。

"但我们都知道他发了那封邮件。"

"他是发了邮件，但我觉得绑匪另有其人，他肯定还有其他帮手。"

"为什么这样说呢？"

"整个情况说不通啊，绑匪的要求是用普通话和粤语写的，语法很正确，但惠特克没有中国相关的背景啊？而且我们已经在DVLA查过了，他没有轿车，没有摩托车，连驾照都没有，他又怎么能去斯特拉特福德啊？怎么能取回赎金？"

"华威郡一半的罪犯都没有驾照，他们不照样开车吗？"

"那也还是解释不了中国背景的问题。我其实在考虑要不要释放他。"

"什么？"

"我们只能把他拘留到明天早上，除非他供出别人或者犯罪现场调查人员在他家搜查到什么东西，我们手上没有足够的证据起诉他。”

“法证科那边可能会有发现，我们可以申请延长他的拘留期限。”

“以什么理由呢？就凭他发了那封邮件吗？这只能证明他是从犯，就算我们以此起诉他，如果他不交代的话，我们还是没办法了解真相，受害者也还是下落不明。”杰克曼停了一下，声音里透露出疲倦，“你看，反正我是确定他是参与到其中的，如果他是主谋，那我们追踪到他这件事就足以吓到他。就算受害者已遭遇不测，他估计还是需要处理尸体、衣物，或者藏匿在别处的证物。如果我们不起诉的话，他很可能会回去，联系他的同伙，我觉得这是个不容错过的绝佳机会。”

“噢，得了吧，威尔。如果看不到实际的利益点，我是不会批准监视惠特克的。我们已经在这个案子上花了不少钱了，比如之前二十四小时监视那位男友……”

“可是他是有很强的动机啊……”

雷利打断了他：“还有那次克利福德钱伯斯小镇的搜索队行动。”

“那次搜索可是你组织的！”杰克曼感受到自己的疲倦正逐渐演变为愤怒。

“我们只需要对惠特克再严厉一点儿，把他丢到关押室关一晚上，让他想想清楚。”雷利看了看手表，说，“好了，我要走了，下午五点还有一个媒体发布会呢，你记得随时给我汇报案情发展。”

说完他昂首阔步走出房间，杰克曼怒火中烧地看着他的背影。

杰克曼的视线回到了自己的笔记本上。单纯地依赖拷问过于冒险，尤其在惠特克什么都不愿意说的情况下。他们需要一条新的线索，新的证据。杰克曼伸手拿电话，打给了格雷，要求他们加大力度寻找李敏的叔叔。

正当他放下听筒的时候，戴维斯出现在了门口，她的脸色看着有点儿阴沉。“长官，我们找到了一位女孩儿，疑似是李敏，您最好立即过去看看。”

* * *

杰克曼左转离开A3400，驶上了一条单行道。路的左边有一些工业厂房，在那之后道路变得崎岖不平。他沿着小路开上了起伏的山丘，在看到几辆停着的警车后，他把车停了下来。警车旁边是一辆旧路虎，一群穿制服的警察也站在一旁，其中一位正在拿着对讲机讲话。蓝白相间的警戒线被拉了起来，封锁了一个垃圾站和两个毗邻的谷仓。

杰克曼下了车第一个认出来的人是值班警长巴尔比。杰克曼走过去和他握了握手，说道：“谢谢您在这里主持工作，目前都了解到什么了？”

“那个农场主，詹姆斯·爱德华兹当时正在三块田地外的地方筑篱。”他停下来，用手指着一块一直延伸到路边的地，“这时，他看到了一个特征描述与李敏相符的女孩儿从树篱的缝隙中爬了出来。她看起来非常疲倦，一爬出来，几乎立刻就失去了知觉，只有救护车到的时候醒过来了几秒钟，嘴里一直喊着一个名字：罗尼。李敏被送到了医院后我们搜索了这个地区，找到这两个谷仓，其中一个里有个坑，上面盖着金属栅。当时张罗尼还在里面，他说他俩本来准备逃跑，但他扭伤了自己的脚踝。”

“他们两个人都还好吗？”

“医护人员说李敏有疲劳和脱水的症状。现在两个人都被送到了医院。”

“好。麻烦你组织足够的人手进行搜查工作，这整块区域都得检查。” 他说罢抬头看着天空，此时的天色已经暗下来，一块紫一块蓝，像严重的瘀青一般，暴雨好像也快来了。“越快越好。”杰克曼道了谢之后，走到了那辆路虎旁边。个子高大的爱德华先生穿着一件绿色开领衫，牛仔裤配着雨鞋，倚靠在车上。他手里把玩着一顶鸭舌帽，转了一次又一次，眼睛死死地盯着这田园景色。

杰克曼点了点头来引起对方的注意，他介绍了自己并问道：“能告诉我事情的详细经过吗？”

爱德华转过头来，眼神略显呆滞。“当时我已经为下面那块柳树田筑好了篱墙。”他指着之前巴尔比指过的方向说，“我刚刚钻进路虎车里发动引擎，她就从树篱的一条窄小的缝隙里爬了出来，正好在我面前。”他哽了一下继续说，“我差点儿没能及时踩刹车。” 爱德华摇着头，似乎仍对当时所见感到难以置信。“她看起来很脏，衣服又破又脏，头发也十分凌乱，但我一眼就认出她来了，就是那个上了电视的失踪女孩儿没错！她脚上连一双鞋都没有，谁知道她遭遇了什么，真是可怜。”爱德华停顿了一下，转了一下手上的帽子，“等我到她面前的时候，她已经晕过去了。后来救护车和警察到的时候，她醒过来了一小会儿。他们说要仔细检查这块区域，搞清楚这女孩儿从哪里出来的，还找我问了是否有什么地标。最开始我没能想起来，我是说，这后面的马道上确实是有一座废弃的房子，路对面也有工业厂房，但我直到最后才记起来那两个谷仓，好多年没有人用了，我们只有在扔农场废料的时候才会到这山上来。”

杰克曼向爱德华先生道了谢，让戴维斯来记录下他所说的细节。他自己套上了鞋套和手套，弯腰钻进了警戒线里面。

这里的角度完美地展现了这块覆盖了附近乡村且衍生到公路A3400的田野的完整样貌。那两个毗连的谷仓位于一个土堆后面，前面还有破烂的木制板条箱和生锈的农场器械。杰克曼绕了过去。谷仓快被一片灌木丛完全遮挡住了，几乎融入了树林的背景里。从山下往上看，也瞧不见谷仓。路后有一小片树林，一直延伸到附近的山上。他往下面看，主干道起码有四分之一英里那么远。杰克曼思考着绑匪是花了多长时间才找到这一藏匿地点——既足够偏远，让主路的行人听不到喊叫，又有一条延伸的小道直接连接到谷仓，让绑匪可以用车运输他的囚徒。再加上假牌照，就算附近的工业厂房有监控录像，估计也找不到他用的面包车，真是“聪明”。

杰克曼走进谷仓，脚下的碎石和掉下来的屋顶砖瓦发出嘎吱的声响。他一眼就看到了立在远处墙壁上的一架又老又破的木梯。一名犯罪现场调查人员正在从不同的角度给现场拍照，杰克曼为他往旁让了两步。他回头一看，发现戴维斯拨开警戒线准备钻进来。“这些谷仓是做什么用的？”他问戴维斯。

“没有人知道。这是在二战时期建的，当时是飞机场的一部分。当然后来飞机场被拆除了，然后爱德华家在四十年前左右买下了这块地。”

“感觉它们都快倒了。”杰克曼转身说话的时候，肩膀擦到了连接两个谷仓的薄薄的墙壁，扬起了一阵灰尘。“那个坑呢？”

“农场主觉得那个坑可能是战时用来储存武器之类的物品的，但他也不确定，只是说买下地的时候坑就在那里了，上面还有栏栅。”

杰克曼弯腰仔细看了看铁栏栅上面的铁锈泡。“这边只有一个坑吗？”

“是的。农场主修好了铁链以确保没有小孩儿或者遛狗的人会不小心掉下去，虽然我估计也没什么人会到这地方来遛狗。没有哪条公共小路能通到这里，我们上来的那条路是农场私有的。A3400公路再往上一段有一个入口，从那儿进去的话会到达一条骑马专用道，但从那条路就转到森林的另一边，方向完全相反了。我猜绑匪把铁栅栏的锁链给换了，用断线钳把旧锁链剪断不是什么难事儿。”

杰克曼抬头看了看，阳光从屋顶的缝隙中照射进来，照在正跪在坑里检查角落一条毛毯的调查人员身上，投射出歪歪曲曲的影子。杰克曼正打算爬到坑底一起检查，却被身后的声音叫住了。

“请您留意脚下，长官！”杰克曼闻声回过头，看到另一位调查人员站在角落里。“我们刚开始坑底的检查工作。”杰克曼点点头，在坑边蹲了下来。此时他立马闻到了一股浓重的尿骚味，这股味道在这一狭小空间变得十分强烈，他不得不捂住鼻子。角落的毛毯沾满了土，甚至都快看不清毯子上的格子花纹了。他指了指毯子，冲戴维斯喊道：“我们得把这些东西都装起来带走，看看能不能查出来卖家是谁。”

他认真检视着这四平方米大小的地方。看样子李敏已经被囚禁了五天了，罗尼应该是两天左右。坑那头的角落有些杂物，能看出来绑匪给他们俩准备了毯子、食物和水。既然都已经拿到赎金了，为什么绑匪还要费心留他们俩一条活路呢？又是为什么要把他们俩关在一起呢？

水泥墙上有些东西吸引了杰克曼的目光。“打扰一下？”

正在检查毛毯的调查人员闻声抬起头。

“请问那里写了什么？”

杰克曼看着调查人员凑近墙壁仔细地看着。

“看起来像是女孩儿在砖墙上刻了自己的名字和一个日期，19.5.14。”

“这正是她失踪的那一天。谢谢你，麻烦你给这些刻字拍个照吧。”

调查人员点点头，然后继续他手头的工作了。杰克曼盯着布满尘土的坑底。雷利一定会在警局神采飞扬地走来走去，就跟中了彩票似的。发现了这个坑足够让他再多关惠特克二十四小时，如此一来，法证科就有时间仔细检查这片区域，搜索队也能扩大搜索范围，看是否能找到一些线索，证明惠特克和犯罪现场有关联。

杰克曼在走出谷仓的时候想起来，格雷姆·沃德曾声称自己看到一辆白色面包车，与疑似绑匪犯案时所使用的面包车的特征相符。鉴于沃德的儿子与里德曼谋杀案的关联，警方认为沃德先生可能把他看到的面包车和卡尔的面包车搞混了。但是他的证词中提到他走遍了克利福德钱伯斯小镇四周，或许他还真的在A3400公路上看到了那辆油箱盖锈迹斑斑的面包车。

杰克曼转过身，看着那架倚在谷仓墙壁上的旧木梯，猜测绑匪一定是用这架梯子将受害者运到坑里的。他想象着惠特克扛着李敏顺着梯子爬下坑里的画面。惠特曼一定很吃力，毕竟他那么瘦小。但是李敏体重很轻，所以还是可操作的。也许他给李敏下药让这一切更顺手？但是他又是如何把罗尼关进坑里的呢？从罗尼的照片能看出来他高高壮壮的。那么惠特克一定持有凶器吧，又或者他有帮手？

杰克曼拿起电话拨通了专案室，基恩在第三声铃声响起的时候接起了电话。

杰克曼省去了寒暄的步骤：“请跟医院的警员们核实一下，确保两名受害者身边时刻有警员陪护。”

52

杰克曼和戴维斯向站在病房外的警官点点头，慢慢地走了进去。李敏睡得很熟，她的面色苍白而憔悴，眼睛下面有深深的黑眼圈，下巴上有一块结痂的擦伤。

他们转过身来，另一个身穿深色西装的人从他们身后走了进来，她的脖子上松松垮垮地挂着一张工作牌。“能帮你什么忙吗？”

杰克曼和戴维斯亮出了他们的名片。她介绍说自己是卡彭特医生，边说着，凌乱的马尾辫边跳动着，她过来和两个人握手。“她现在不适合回答问题。”医生说，然后拿起床尾的病情记录研读了起来。

“她怎么样？”杰克曼问道。

医生在病历上草草写了些什么，把它放在床尾的金属隔板上。“没有任何长期物理伤害的迹象。他们把她带进来时，她很痛苦，所以我们给她服了一种温和的镇静剂。我们会留她过夜观察。”

“孩子怎么样？” 戴维斯问道。

“一切看起来都还好。”卡彭特医生朝门口走去，做手势让他们出去。“但我不认为你们今天能从她这边问出什么，她需要休息。”

他们朝门边走去。就在医生打开门的时候，杰克曼问道：“你治疗过另一个受害者张罗尼吗？”

医生点了点头。“他的情况好多了，他没被折磨这么久，他在二楼，我带你去见他。”

他们跟着她穿过走廊，穿过一扇门，上了侧楼梯，到了下一层楼。他们进入的走廊是下面这条走廊的镜像，墙上挂着不同的风景画。戴维斯的电话响了，她挂断电话查看留言。

“张先生的脚踝扭伤了？”杰克曼问医生。

她又走了几步，然后在一间房间外停了下来。一个穿制服的军官站在外面，向他们两个人点了点头。“不是扭伤，只是崴了一下，只需要休息几个小时，很快会好的。”

她歪过头示意任务已经完成，对着穿制服的警官笑了笑，继续沿着走廊往前走。

戴维斯快步进入走廊，加入杰克曼的行列，脚踩在油毡上吱吱作响。她抓住他的胳膊：“刚收到基恩的短信。搜救队在坑后的老灌木丛中发现了一个深坑，他们差点儿没注意到。里面有几卷胶带和一个记忆棒。”

杰克曼扬起眉毛。

“那个记忆棒里满是李敏的照片，大概有五十张，在斯特拉特福德周围不同的地方拍的。基恩说，这些照片基本上是在她被绑架之前拍的，她并不知情。”

“那张罗尼呢？”

她摇摇头。“目前只有李敏的信息，但他们仍在搜索。”

“有什么能表明这个记忆棒属于谁的吗？”

“目前还没有，他们把所有的东西都送去检查了。”杰克曼推开门。罗尼从床上坐起来，盯着窗外。他们走进房间时，他抬起头来。

杰克曼介绍了自己。“你经历了一场相当严峻的考验。”他说。

罗尼盯着他，忧郁地点了点头。

他躺在单人床上，身体看起来很奇怪，似乎床不太合身。“能回答一些问题吗？”

“你们见到李敏了吗？”罗尼看看杰克曼，又看看戴维斯，一脸忧惧。“她没事吧？”

“是的，”戴维斯说，她的语调柔和而令人放心，“她现在睡着了，但她会好起来的，别担心。”

“他们不告诉我。”他的脸稍稍放松了，但看上去很累，很憔悴。

“你还记得什么？”杰克曼问道。

“不多。”他咽了口唾沫，低下了头。

“跟我们讲什么都行。”戴维斯说。但他没有抬头。

“让我们从你失踪的那天开始吧。”

他重重地叹了口气，点点头。“周四我正要去上课，突然脑后被人重重地一击。”

杰克曼俯身向前。“当时你在哪儿？”

罗尼抬头看着他。“什么？”

“你被袭击时在哪里？”

罗尼想了一会儿。“我在奥尔斯特路上，向小镇走去，几乎就在学院对面。”

“那时几点？”

“九点左右，我上课迟到了。”

“你还看见谁？”

他摇摇头。“我只记得自己之后上了一辆面包车。车停了，我就被带到旷野，有人用刀刺我的背，把我扔进坑里。”他讲了一下自己是怎么被绑起来的，后来又是怎样给李敏和自己松绑。

“还记得他们长什么样吗？”

“那个男的戴着面具，看不见脸。”

“他们有口音吗？”

他摇摇头。“他没有说话。”

杰克曼眯起眼睛。“男的？”

罗尼看着他的眼睛。“什么？”

“你说，‘那个男的’。”

“一定是个男人，他又高又壮。”他把手举过头顶，“比我高。”

杰克曼又问了几个问题，想了解绑匪的具体细节，但显然罗尼已经筋疲力尽了，什么也没问出来。他们只好打道回府，然后说，等他休息好了，有个警官要来做一份声明。

回到走廊上，杰克曼又在脑海里回忆刚才罗尼的话。他的陈述断断续续、语焉不详。也许是被下药了的缘故？还有一件事让他不解——和罗尼目光相遇时，他有一种似曾相识的感觉，不知道为什么。他不记得他们以前见过面。这时，一个来电打断了他的思绪。他低头一看，看到了一条来自D. S. 格雷的信息。“我们找到李强了，他死了。”

53

一个小时后，杰克曼和格雷向入口处的那名警官点了点头，越过门口的警察封条。李强的公寓位于伯明翰市中心不远的一条昏暗的小街上，只有李敏学生公寓的起居室那么大。一个水池、一小块工作台和滚刀挤满了一个角落，另一个角落堆了一袋大米。一扇折叠门微微半掩着，露出小小的淋浴间和厕所。窗户对面墙边的灰色沙发上还留着李强身上的血迹，现在已被移走检查。一卷羽绒被塞在边上，看起来是摊开当床用的。房间里弥漫着臭烘烘的床单气味、污浊的空气和炸土豆条的气味，还有一股刺鼻的死亡气息。

杰克曼的目光落在一件米黄色的夹克衫上，那件夹克衫还挂在门后的挂钩上。他想知道李强是不是穿着那件夹克去了凯奇赌场。他是那里的常客，怎么也戒不掉赌瘾。这是一种令人贪得无厌的消遣，不断地蚕食着他的钱包，直到他一无所有，然后又把他扔到一边，去找新的受害者。

“这所房子是波士顿夫人的，”格雷说，“她把这里改造成了她妈妈的老年公寓，在她妈妈死后租了出去。李强已经在这里住了大约六个月了，尽管她一直想让他退租。她说他很不注重卫生，不付房租。不管怎么说，波士顿夫人已经走了一个星期了。她今天回来后，首先注意到的就是窗户内的苍蝇和屋里的气味。她敲不开门，就给我们打了电话。”

“我们知道他死了多久了吗？”

“病理学医师估计大约四十八小时——所以是在周四的某个时候。”

周四，杰克曼思考着。也就是第二次交付那天，难怪没人把钱取走，那天也是戴维斯和他为了等李强在伯明翰蹲守的日子。“有人看见或听到什么吗？”他问道。

“我们正在对当地居民进行逐一询问。”格雷的脸沉了下来，他摇摇头继续说，“但是他们都门户紧闭。这是有组织犯罪杀人的特点，甚至可能是黑社会做的。周四晚上八点半，主干道上的摄像头拍到了三辆有座的摩托车。五分钟后，他们离开了，朝不同的方向飞奔而去。”

“有车辆或车主的线索吗？”

格雷摇了摇头。“三辆车都用了假车牌，所有人都戴着带有色面罩的头盔。我们正在等待病理学医师的完整报告，但不需要医师就能确定，这些伤口是一把非常锋利的大刀砍的。切肉刀是黑社会最喜欢的，”格雷说，“再加上我们的李先生经常光顾凯奇赌场，八九不离十了。他住在一间小卧室里，当服务员，却能在赌桌上一掷千金，不是私下做了见不得人的买卖，就是欠了别人一大笔人情。”

有东西从羽绒被下面探了出来，吸引了杰克曼的目光。他弯下腰拨开羽绒，隔着橡胶手套，有个摸起来怪怪的东西。

“是什么？”格雷问道。

杰克曼没理他，又把羽绒往后拨了拨，里面露出了一件黑色皮夹克。他使劲一拉，觉得拉链刮到了什么，看来里面有藏得更深的东西。他又伸手往里面探了探，拖出了一个黑色的摩托车头盔。头盔后部的数字是46，数字6中部有一道很深的刻纹，就像他们在急诊室墙上的照片看到的一样，是第一次收赎金的摩托车手穿的。

杰克曼站起来，在脑海里描绘出一个情景。他了解像三合会这样的黑帮作案的方式。他们讨债时十分冷血，很少单独行动。带着车座的摩托车的数量表明，来人中其中有三人进入了公寓。他们没有熄灭引擎，并留下三名骑手原地待命。房子的正门完好无损，说明是李强让他们进来的。也许他是想求他们饶过自己。他回头瞥了一眼公寓的门，他们用力踢过的地方已经变形了，锁也踢断了。也许李强看到了他们带的刀，惊慌失措地跑到自己的屋里，把门反锁了。

他想象着这些人怎样夺门而入，李强看到刀时是如何惊慌失措，左顾右盼，企图逃跑。但是房间很小，唯一的出口被他们堵住了，他无处可逃。

也许其中两个人抓住了他的胳膊，把他拉了回去，而另一个人手里拿着切肉刀，逼他偿还欠款。他几乎能看到李强额头上的汗珠，看到他乞求再多给些时间——再有几个小时的时间，第二批赎金就到了，他就能还上四万英镑。但他们早料到他会这么讲，这种话他们听多了，别无借口了。一定有人看到什么？听到什么吧？

但没人敢开门，每个人都为自己和家人的安危担心。杰克曼瞥了一眼还留在墙上的血迹。如果李敏的叔叔因为赌债绑架了两名学生，并劫持他们索要赎金，那么，惠特克在这一切中扮演了什么角色呢？

* * *

天花板上的灯透过水晶的阴影投射出一道彩虹色的光带，杰克曼睁开眼睛，什么也看不清。他眨了几下眼睛，瞥了一眼时钟。现在是三点半。他从伯明翰回来时，已经过了午夜，他还没脱衣服就疲惫不堪地倒在床上睡着了。他爬起来，脱下衣服，关了灯，爬上了床。

杰克曼换了好几次姿势，最后仰面躺了下来。他睁着大眼睛，凝视着黑夜的帷幕。他挠着胸口叹了口气。这时他想起赌场发来的电子邮件，也许他可以看看。

他拉开被子，在门后穿上长袍，轻轻地走下楼梯，埃里克在床上睡得很沉。他打开灯，给自己冲了杯咖啡，打开笔记本电脑，这时，埃里克从门边溜了进来，睡眼蒙眬地望着杰克曼，爬上沙发，蜷缩在他身边。

杰克曼抚摸着狗的头，等待着他的电子邮件显示出来。收件箱打开后，他向下滚动，打开邮件，等待下载。

查普曼从上周五到周日发送了三天的录像，总共七十二小时的视频。他咔嗒一声打开视频，等待它加载。屏幕上出现了一幅很大的图像，他认出那是赌场的大厅。底部有几个较小的缩略图。他点击了角落里的一个按钮，把它放大，可以看到赌场不同区域的图像：游戏室、酒吧、休息室和门厅。他按下播放键，坐回去看。过了一段时间，才有事情发生。他能看见他在吧台后面喝酒时遇到的那个女孩儿，后面的人看起来像经理，然后就什么都没有了。

几分钟过去了，他突然有了一个想法。东方花园酒店的厨师长曾说，李强是个夜猫子。

他白天很少露面，李强去过酒吧。然后杰克曼打开了九点后的录像。

这时的赌场里更加忙碌了，人群熙熙攘攘，两对情侣在玩轮盘赌。半圆形扑克桌启动起来，有几个人在酒吧里。杰克曼喝了一大口咖啡，盯着不同的录像窗口，没有像李强的人。他按下快进键，以便能以两倍的速度看它。

几小时过去了。赌场里人头攒动，赌客们在桌上尽情豪赌，在酒吧尽兴玩乐。没有任何发现。埃里克的身体热得像个火炉，紧贴着他的身体。最后，他的眼皮越来越沉重，最后轻轻地闭上了眼。

54

我感到脚下的地面十分松软，像水波一样荡漾开来。

空气中有一股奇怪的味道，混合着漂白剂和牙膏的味道。身上盖着的毯子如千斤重，将我重重压在床上，无法起身。

我向前动了动，想要坐起来，但我的头像灌了铅一样沉重。

我突然想起我的孩子，赶紧伸手摸向我的肚子，但一不小心，手背上的擦伤处碰到床单。

顿时一阵刺痛。

后面传来窸窸窣窣的声音，我微微睁开眼睛，张了张嘴，但只能发出咕哝的声音。

一个女声回答了我，没有听清说了什么，但声音听起来很舒服。

我是在做梦吗？我回想起那个洞坑，上面成片的农田，背景中还有发动机咆哮的声音。

罗尼，我要赶紧去救罗尼。我张了张嘴，嘶哑地说出他的名字。

一双手轻轻地搭在我的肩膀上，我缩了一下。

又传来那个悦耳的声音，我努力辨认，听到她说：“好好休息吧。”

我慢慢闭上了眼睛，但能看到前方有一抹明亮耀眼的光芒，温暖迷人。

55

埃里克砰的一声从沙发上摔了下来，杰克曼被惊醒了。他赶忙伸手，就在笔记本电脑快摔下来的时候抓住了它。埃里克往后一靠，搔着耳朵，杰克曼活动着肩膀，两眼依旧盯着屏幕。画面仍在快进播放。他看了看时间进度条，显示目前已经到了周六。他快进到晚上，用手背揉了揉干涩的眼睛

他不确定自己坐在那里盯着屏幕看了多久。他中途出去冲了杯咖啡，然后又回到沙发上坐下。就在他打算洗澡的时候，屏幕上出现了一个画面，看上去似曾相识，但又不知道在哪里见过。镜头先是离开了拍摄范围，然后又转了回来。杰克曼凑近看了看。有个人看起来很像理查德·惠特克，但和那个坐在警局里的理查德·惠特克很不一样。他穿着一件开领的白衬衫和一条黑裤子，浓密的头发梳在脑门前。他在酒吧里和一个人聊天。杰克曼把图像放大，但他认不出另一个人的脸。

惠特克走开了，过了一会儿又出现在游戏室里，但没有靠近桌子。他站在角落里，手里拿着一品脱啤酒。另一个男人走近他，和他握手，这是一个黑头发的亚裔男人。

突然一条信息在屏幕上闪现：电池电量低。杰克曼跳了起来，冲进厨房，抓起桌边的充电器，给电脑插上电源。窗口消失了。

他又放大了画面。这名男子背对着摄像机站在惠特克面前。

“快转身啊！”杰克曼大声说。那人没有转过来。这时，另一个男人走了过来，穿着漂亮的黑色西装，打着领结。他也背对着摄像机站着。

杰克曼急得坐立不安。“拜托转身啊！”

惠特克突然兴奋起来，开始手舞足蹈。杰克曼把播放速度放慢了。

当他们转身时，杰克曼凑得离屏幕更近了。他按下了暂停键，伸手从口袋里掏出了李强的老照片。他把照片展开，抚平折痕，并将其与屏幕上的图像进行比较。这名男子穿着一件米黄色的夹克衫，和他在李强家看到的那件很像，但他不能确定是否是同一个人。杰克曼看不见他的左脸。他又按下播放键，希望镜头能从其他角度捕捉到他，但是没有画面了。

他倒回去把那一幕回放了一遍。那里有三个人，其中两个是亚裔。他调慢了播放速度，从各个角度仔细观察着三人的动静。就在他要放弃的时候，他捕捉到了那个画面——那个左侧脸轮廓的快镜头。他按下播放键，重播一遍录像。这个人的头发盖住耳朵，但有一个明显的伤疤一直延伸到下巴。他就是李强。

突然，第三个人微微转过身来，侧视图有些模糊不清。他暂停了录像，往后退。他见过李强的这位中国朋友，实际上，这张脸和警局专案室白板上某张照片中的脸很像。

* * *

那天早上，杰克曼和戴维斯踱步走进医院，杰克曼向她描述了昨晚发现李强尸体的最新情况。

“听起来可疑。你应该给我打电话的。”

“没这个必要，一切都在格雷的控制之中，不过还有一件事情。”

他们走到电梯门口，她按下了按钮。他把在赌场录像中发现的情况一五一十地告诉戴维斯后，她转向他：“张罗尼？你真的这么觉得吗？”

“差不多，我已经把录像发邮件给基恩再确认一下。张罗尼昨天出院了，今天早上他过来给我们录一份正式的口供，但是我们还有很多问题要问他。”

电梯到了某层楼，门缓缓打开了，两个穿淡蓝色工作服的护士站到电梯后部。电梯一路上行，每个人都沉默不语。他们一走出去，身后的门就关上了。戴维斯问：“这说明了什么？”

“这意味着罗尼、李强和惠特克之间存在某种联系。”他们拐过拐角，来到李敏的房间门口时，他压低了声音。“这意味着惠特克之前说不认识他们是假的。”

杰克曼注意到，今天早上房间的样子明显不同了，好像更明亮了。李敏也是，她坐在床边，穿着奶油色的衬衫和发白的牛仔裤。她刚洗完澡，头发还湿漉漉地搭在肩上。尽管下巴上有瘀伤，但她的眼睛很清澈，脸色也好了不少。

杰克曼脸上露出十分亲切的笑容，正式向她介绍了一下自己和戴维斯。“我知道你经历了一场可怕的磨难，”他说，“我这边的侦探稍后需要你提供一份正式笔录。同时，你能尽可能详细地向我解释一下上周发生的事情吗？从星期一晚上开始。”

李敏勉强笑了笑，然后闭上了眼睛。当她说话时，她的声音温和而柔软，她的叙述出奇的详细和清晰。她把能记住的都讲了出来：她离开酒吧，男孩儿们坐在宝马车里，她转身向学校走去。“我不记得被打过，但隐约记得，自己好像是在一辆面包车的后座上醒来的，但当时看不太清。等我醒过来，那个男人已经把我扔进坑里了。”

“那个男人？”戴维斯问。

“我确信那一定是个男人。抱起我，把我放进坑里。当然还有罗尼。”

“可你从来没有见过他的正脸？”

她摇摇头。“他总是蒙着脸。”

“你能描述一下他吗？”杰克曼温和地问道。

她停了一会儿。“我觉得，他比较高。嗯，比我高。”

她又摇了摇头。“一切都发生得太快了。”

接着，她又描述了他是如何向坑里送水和食物的。她说那时自己特别害怕，后来罗尼来的时候，那个男人是怎么把她绑起来的。“在那之后，他再也没有回来过。我想知道你们抓住他了吗？”她抬头哀求地看着杰克曼。

“那是什么时候？”杰克曼问。

“星期四，罗尼到的时候。”

杰克曼看见戴维斯在做笔记。惠特克直到周六才被逮捕，这给了他足够的时间周五时待在矿坑，但他没有。根据病理学医师和警方目前掌握的证据，李强是在周四被杀的。

面对一群侦探，李敏看看这个，又看看那个。“你们应该抓住绑匪了吧？”

“是的，”杰克曼说，“但我们仍需要敲定一些细节。为了安全起见，今天我将安排一个警卫看护你。”

李敏把头转向门。“你认为他还会出现吗？”

“这只是预防措施。李敏，你见过或联系过你在英国的叔叔李强吗？”

她皱起眉头，摇了摇头。

“你认识一个叫理查德·惠特克的人吗？”

“不认识。”

“罗尼怎么样？几天下来你一定了解了他不少吧。”

“什么意思？”

“你们聊了什么？”

“家庭琐事，学校，就这类事情。”

“他向你提过这些名字吗？”

“不，罗尼怎么会认识我叔叔呢？”

就在这时，杰克曼的电话响了。他找了个借口，向走廊走去。屏幕上闪动着拉塞尔的名字。

“你好，”他说，“你把张罗尼带回来了吗？”

“没有，先生，我们还没有找到他，他不在家。”

“看守他的警卫在哪里？”

“他把他打发走了，说他不需要警卫。”

就在这时，汤姆出现在走廊上，手里拿着两杯装在塑料杯里的咖啡。他盯着杰克曼，杰克曼侧身让他过去。

“但请你务必现在过来一趟，”拉塞尔继续说，“我们应该找到了那辆面包车。”

56

他坐在床沿上，攥紧了被子，气得咬牙切齿。

今天，他看见她了。她从医院出来时，身后跟着一名警卫，她看上去梳洗妥帖，精神抖擞。她的奶油色丝绸衬衫在晨曦中飘动，整个人像天使般纯洁美好。她环顾四周，一脸忧伤。他正要上前和她说话，就看到有人走到她身边。他们都又高又瘦，站在大风中。她向他转过身的时候，一丝光亮照亮了她的脸。他把身子缩进遮阳篷的阴影里，看着他们拥抱在一起。

她紧紧地搂住了那个人。如果就是这样，他还能原谅她。但是，她把头埋进了那个人的怀抱里，他抚摸着她的背，托着她的脸，捧到嘴边。后来，她用手指钩住他的手，好像永远不会分开似的。这让他妒火中烧。

他又一次从街对面看着她。她和其他女人一样将他玩弄于股掌之间，先让他陷入爱的漩涡，任他坠入万丈深渊，把他半死不活地吊了一阵子，然后又若无其事地将他拉回温柔乡，和他母亲一副德行。

尽管已经快十二年了，他的脑海中还是会浮现出母亲的样子。她披散在肩膀的金发闪着动人的光泽，乌黑睫毛下扑闪着蓝色大眼睛，涂着唇膏的嘴唇亲吻他时在脸颊上留下印记。

有时候，她也会把他拉进温柔乡里，对他和风细雨。抚摸他的头发，睡前亲吻他的前额，让他倚靠在她胸口，坐在一旁给他念书。

然而，好景不长。短暂的晴天过后就是乌云密布，她的脸色也变了，她的眼妆哭花了，粘在眼下，黑乎乎的一片，头发变得暗淡而扁平，眼神也呆滞了。这时，她把他关进房间里，在他身后锁上了门。有时，这样的折磨会一连持续好几天，唯一的喘息机会就是每天的饭点。那时，门会打开，送进来几片水果和饭。但很快，门又会关上，让他与世隔绝。

他记得自己大喊大叫、使劲地敲门，但他的痛苦在房间里回荡，最终消失在虚无之中，没有人会来救他，直到她想通为止。

然后门就会打开，她又会变得容光焕发，再次对他微笑。

有一天，他不停地拉着门，听着木屑碎裂时发出吱吱声。最后，他把门拧开了。他跑下楼梯，跑得比以前任何时候都快。

当他走到厨房时，闻到一股奇怪的金属味，一种强烈的焦虑不安感涌上心头。她坐在地板上，血像缎带一样从她的手腕流出，汇入她身下的水池。

这一切就是悠悠球，结果总是一样的，最后绳子断了，游戏结束。

突然，他心中爆发出一股愤怒，他不能让这种事再次发生。

57

杰克曼朝车库走去，脚下传来碎玻璃的沙沙声。43号车库外有一群穿着白色制服的犯罪现场调查人员，一位身穿便衣的警官站在他们中间。杰克曼走到他面前时停顿了一下。

警官咧嘴笑的样子让他立刻认出这是巴尔比警长，于是和他握了握手。“你好啊，巴尔比，了解到什么了？”

“你们真是让人一刻不得消停，控制室早上接到一通电话，是41号车库的主人打来的，说有人闯入，还偷走了自行车。我的警员来现场的时候注意到这里的锁被撬了，门也被破坏了，于是他们联系了房子的主人。”警长查了下自己的笔记，接着说，“主人是布雷克先生，不过他好像把房子租了出去。他想去叫租客，结果没找到人，所以就下楼去车库查看，打开车库门就看到里面的面包车。”

杰克曼顺着警官的目光看，那辆白色面包车塞满了小小的车库，车身上的油箱口已经生锈。他转身问巴尔比警长：“车库主人还在这里吗？”

“还在，我让他先别走。”

“好，我要跟他谈谈。”

巴尔比点点头，转身离开。此时杰克曼抬头盯着黄色的折叠门，这门升起的角度很奇怪，好像其中一边的铰链掉了。他低下头跨过门槛。从这个角度看，锈迹更明显了。向下看时，他不自觉地看了一眼车牌号码，然后又抬眼看看另一侧，什么也没有。尽管这辆车停在正中央，但外部的活动空间还是很局促。他屏息侧身走到了车前。那里有几个车牌靠在墙上，还有一套螺丝刀。

他转身叫在外面的戴维斯进来，于是她侧身穿过狭窄的间隙走到杰克曼身边。

杰克曼指着车牌说：“查查这些车牌，里面可能有一个是真的。”

戴维斯点点头，转身离开。杰克曼跟着她走到了面包车的侧面，滑动门是开着的，临时架设的警灯照在金属内厢上投射出诡异的影子，里面乱七八糟地散落着一些标记了号码的证物，这些东西之后会装袋送到实验室检验。角落里有一条叠好的格子毛毯，很像勒索信里照片上的那条。空气中混杂着霉味和柴油味，还有一种杰克曼没闻过的甜腥味令人作呕。

他从车库出来时巴尔比已经在等他了。他把他带到车库后面，一个光头文着花臂的男人站在那里抽烟。“长官，这位是布雷克先生，车库是他的。”巴尔比介绍道。

那个男人眼中写着怀疑，杰克曼朝他点头示意。“请问你把车库租给了谁？”他问道。

布雷克挠了挠满是胡须的脸，回答道：“都是我老婆管的，好像是叫唐彼得，他已经租了差不多六个月了。”

“你们签合同了吗？”

布雷克摇摇头。“没有。不是什么大事，因为我不用这个车库，所以我老婆就在当地的报纸发了个广告，那人来看了看，提前付了六个月房租，我们谁也没多问。”

“他长什么样？”

“问这个干吗？”

“你能描述一下他的样子吗？”

“我只见过他一次，个子挺高，中国人，不过英语说得很好。”

“谢谢。”杰克曼掏出手机，拨通了格雷的号码，他需要一张照片副本，一刻也不能耽搁。

*　　*　　*

杰克曼和戴维斯一起走进审讯室，此时惠特克表情谨慎，看上去像一晚上没睡的样子。

戴维斯一打开录影机，杰克曼就开始自我介绍，然后从一个信封中抽出一张照片放到惠特克面前的桌上。

惠特克吃惊地睁大眼睛，但什么也没说。

在和车库主人交谈之后，杰克曼让他向画像师描绘对租客的印象，自己则派格雷发一张停尸房里李强的照片给他，也就是现在桌上的这张。这张照片比杰克曼前一晚看到的那张要干净一些，但还是相当震撼。

杰克曼没说话，又从信封中抽出另一张照片。这是他昨天给惠特克看的那张李强的旧黑白照片，中间有一条折痕。

“认识这个人吗？”杰克曼终于开口。

惠特克身体前倾去看这两张照片。“不认识。”

杰克曼又拿出罗尼的照片。“这个人呢？”

“不认识，我昨天已经告……”

杰克曼夸张地抽出最后一张照片，这是从赌场监控拍到的影像，是这三个人在一起的照片。“你确定？”

惠特克抬头直视着杰克曼的眼睛。“我没做什么错事。”

“那这个怎么解释？”杰克曼反问。

惠特克用手扫过额头，指着李强的照片说：“我认识一个叫吴鹏的人，跟他有点儿像，就是我在赌场认识的人。”

“昨天为什么不告诉我们？”

“这张照片太旧了，我拿不准。”

“他的左耳垂不见了！”惠特克耸耸肩。

“是这个人让你发邮件的吗？”

惠特克点点头。“邮件已经写好了，存在一个Hotmail账号的草稿箱里，我要做的就是登录邮箱把它们发出去，这些我都告诉你了。”

“它们？”

“什么？”

“你说把‘它们’发出去。”

惠特克面色忽然变得很不自在，瞥了一眼他的律师。

“你是说两封邮件都是你发的？”

他清了清嗓子。“我就是照他们说的做，我也不知道邮件里写的是什么。”

“你发现这些邮件是用不同语言写的吗？一封是普通话，一封是粤语？”

惠特克摇摇头。“看上去就是外国字。”“李强是中国人，他说什么语言？”“英语，普通话，估计也会说粤语——我知道他交过一个广东女朋友。”

杰克曼指着赌场监控照片上的另一个男人。

“这个人呢？”

“我不认识他，他是吴鹏的朋友，叫唐彼得。”

*　　*　　*

杰克曼快速离开了审讯室。赌场照片上的人是罗尼，这就表示罗尼就是唐彼得。他回想起李敏的好朋友劳伦·塔特说过的一些话。“李敏和所有人关系都很好，她甚至会帮那些有钱人家的孩子，把自己的笔记借给他们补课。”同时，杰克曼猛地想起张罗尼谈及绑匪和绑架过程时语焉不详、遮遮掩掩的样子。罗尼一定参与了对自己的绑架。

他掉头跑到走廊尽头，每一步都重重地砸在地板上，上后楼梯时两步并作一步。就在快要到达重案调查室的时候，手机响了起来。他骂了句脏话，扫了一眼手机，想要关掉，然而戴夫·本顿的名字映入眼帘。他停下脚步，倚着墙按下了接听键。

“嗨，戴夫，谢谢你给我回消息。”他尽量让自己急促的呼吸平静下来。

“没事，能有机会再接触警方的工作很有意思，我还真挺想念的。”

杰克曼尽量抑制住声音中不耐烦的情绪。“是啊，有什么发现吗？”

“有。我外面有些朋友，消息很灵通。他们认识这家人，爸爸的生意在香港做得很大。”接着又闲聊了几句。在杰克曼想结束通话的时候，戴夫又说道：“还有一些情况，不一定有用，但我跟你说一下，罗尼在那边有过一个女朋友，名字叫徐婷。据说他当时很迷恋那个女孩儿，后来两个人闹翻了，然后女孩儿就不见了。”

“不见了是什么意思？”杰克曼几乎是咆哮着问道。

“警察没找到过她。她有一次去买东西，之后就再也没回去。有人怀疑可能和罗尼有关，他可能把她解决掉了，但没有证据。警察提审过他，但是证据不足又放了。女孩儿失踪的那天下午他有不在场证明，他父亲公司的人给他做的证。有一些幕后消息说他父亲用了些手腕，很明显他搞定了所有该搞定的人。两个月后，罗尼就去英国读书了。”

“谢谢你，戴夫，再联络。”杰克曼挂上了电话，又跑进了重案调查室。他进去的时候所有人都抬起头看他。“张罗尼在哪儿？”他问道。

基恩摇摇头：“还是找不到他。”

他抓着桌子边缘，尽力调整呼吸。“那李敏呢？”

“她离开医院后就直接回家了，有一个警官跟着。”

基恩看了一眼杰克曼脸上的表情，立刻拿出手机开始拨电话。拉塞尔也开始打电话。有这么一刻，整个房间都安静了，直到基恩不自然地举着手机说：“转语音信箱了。”

拉塞尔也摇了摇头。“李敏也没接电话。”

这时，戴维斯冲了进来，拿着一张A4纸。“这是画像师给面包车司机画的像。”

杰克曼拿近看了看。画像上的男人比他见过的样子要整洁一些，头发剪短了，皮肤黑了一点儿，但肯定是张罗尼不会错。

58

我慢悠悠地洗着澡，尽管之前在医院里已经洗过一次，但我仍觉得身上脏兮兮的，而且今天不会有人冲我大喊大叫，让我快点儿洗完出来了。虽然整栋楼里每间房间都配有独立卫浴，但热水供应是限时的。碰巧今天是期中放假，很多学生都回家或者和朋友相聚，所以我可以随心所欲地洗澡。

升腾起的水蒸气将我团团围住，紧紧地贴着我的后背和胸部，还渗透进我的头皮里。我又打了遍肥皂，好像怎么洗都洗不掉我在过去几天里积累的污垢。温暖的水温令我的每一寸皮肤都放松了下来，简单的快感仿佛是生活中的一种秘密奢侈品，让我甚至忽略了背后供水管道发出的噪声。这些公寓楼经常发生故障，我都见怪不怪了。

当我在医院醒来的时候，我仿佛置身于一片白色的峡谷。我以为我已经死了，宝宝也死了。人们进进出出，好像一场梦，就像风平浪静的一天，我独自一人驾驶着一艘没有方向舵的小船在大海上漂泊。

但后来我醒了过来，大脑比前几天敏捷多了，肚子疯狂地叫嚣着想要进食。在医生来看我之前，我连吃了三碗麦片，医生解释说我因为过度惊吓和缺水，在农田那边晕倒了。他们要将我留院观察，说我会没事的，我的宝宝也会没事的。

我打开衣柜，拿出一些牛仔裤和一件套头衫。新款的牛仔裤是我为了期末的派对预留的，这些牛仔裤占据了我学生预算的一大部分，但现在，这一切都不重要了。我打开床头柜，正当我想要伸手拿起剪刀的时候，我停下了。衣服上的标签一直都是我的阴影，从很小的时候起，皮肤摩擦标签的感觉就像被新修剪的指甲剐擦了似的又痛又痒，所以我总会让母亲把它们剪下来。这已经变成了一种习惯，但是被困在那个暗无天日的洞坑里六天，已经可以治愈我身上的每一条敏感的神经。我穿起裤子，享受着标签紧贴我皮肤的感觉，让我感觉温暖、安全与充满生命力。

洗澡产生的热量镇静着我过度紧张的神经，我用毛巾包裹住我的头发，然后用手擦掉镜子上的水雾，看着自己在镜中的身影。我的眼睛恢复了神气，下巴上在逃跑时形成的瘀伤也渐渐消退，最后，慢慢能看出我原来的样子。

我想到了罗尼，他今早来医院看我，告诉了我警方的救援情况。他现在能够四处走动，脚踝也在好转，他坐在我的床边，我们讨论了重获自由后的兴奋与解脱。

和警察谈完后，我便打电话给我的父母。听着他们的声音，知晓他们安然无恙，我激动得无以复加。他们明天就会来接我。

和一名警察一齐离开医院让我感觉怪怪的。到了现在，他还驻守在我的公寓门外。他们已经逮捕了一名男子，但尚未提出指控，所以不能有一丝闪失。

我到现在还不敢相信我还活着，还回到了自己的公寓，汤姆就在前厅。突然间，我意识到这是近一周来我第一次感到安全。

当我走出浴室的时候我听到的第一个声音是电视声，音量在节节攀升，震耳欲聋的爆炸声、重击声和喊叫声充斥着整个背景音。一股幸福感油然而生，汤姆正在看电影，虽然我对动作片一直不是很感兴趣，但是汤姆喜欢看，每次都把音量放到最大，这样他就能最大限度地感受到特效。以前我可能会觉得很恼火，但现在这些都不重要了。

当我进入休息室时，我受到了又一次的“热烈欢迎”，振聋发聩的爆炸声和角落屏幕上被炸掉的建筑物冲击着我的感官。汤姆背对着我，他拉了一个扶手椅坐在电视前面，将身体埋进了椅子里，一条腿悬在一边，鞋带松松散散地耷拉在他的栗色匡威上，就像一条挂在树上的蛇一样。我笑了笑，张开嘴刚想说话，然后，我僵住了。汤姆从来不穿栗色的匡威，我的舍友们也不穿。

椅子唰的一下转过来，对面坐着的，是罗尼。

“哦！”我气喘吁吁地说，“你吓到我了，”我双肩放松下来，我扫了一下房间，“汤姆在哪儿？”

罗尼没有回答。当我回头看他的时候，我看出他有点儿奇怪，他的眼中闪过一丝火焰。

我咽了一口口水：“罗尼，怎么了？出了什么事？”

他慢慢地站起来，眼神依旧炽热，嘴巴紧紧地闭着。

厨房那儿传来一声低吼，我急忙走向厨房，但罗尼更快，一下子扑过来，堵住我的路。但他没有快到挡住我的视线，我看到倒在地上的汤姆和警察，他们俩背靠背，双手被捆在一起，嘴巴也被堵上了。那名警察盯着我，两眼翻白，而汤姆……他应该是晕过去了，脑袋耷拉在胸前。

我回头看向罗尼，他一脸威胁的表情，但眼中的火焰暗淡了些。当他开口说话的时候，他听起来有些不同："如果我是你，就不会走过去。"

"汤姆，"我张了张嘴，但没有发出声，"你在做什么？我们得去帮他啊。"

他盯着我说："你不准想他。"

我瞥了一眼汤姆，希望他能动一动，露出一些生命的迹象："我不明白你在说什么。"

罗尼的嘴里发出奇怪的咯咯声，这是我以前从未听过的声音。

"罗尼？"

"你真的什么都不知道，对吗？"

"知道什么？"

他向前迈进，迫使我往后退："你真的连猜都没猜！"

他的脸上露出了一种不可思议的表情，一副自鸣得意的样子。

我摇了摇头："这一点儿都不好笑，罗尼。"

"我就是那个绑架你的人，愚弄警察的人，然后设计派人绑架自己和你一起待在洞里的人。这些都是我干的。"

这次轮到我不可思议了。罗尼？这是那个我在坑里帮助过我的男人，那个和我分享食物的男人，那个在他感冒的时候会搂住我的男人吗？我突然感到一阵口干舌燥。

他的目光变得柔和起来：“我这么做都是因为我爱你，敏。”

他又向前一步，我可以感觉到他的呼吸扑在我的脸上。

“我没有机会接近你，像你这么受欢迎的女生永远不会和我在一起玩，但是如果你有机会了解我，接近我的话……”

“但是……我们还试着一起逃跑啊。”我试图争辩道。

“不，我的确尝试了，只是没尽全力罢了，那个栅栏其实一直都没锁，不然你觉得我们最后怎么逃脱出来的？”

“我们都快断粮了，而且你当时那么生气。”

罗尼的嘴角出现一抹邪恶的笑容：“我快得到你了，不是吗？赶紧承认吧，你当时真的开始喜欢上我了，直到你逃出那个洞口，然后遇见了他！”当他说完最后几句话的时候，眼中又重新燃起了熊熊火焰。

59

死前的那几秒并不像我想象的那样，我的一生并没有在我面前闪现。即使我用力地挣扎，想要挣脱禁锢的双手和双脚，一股扑面而来的恐惧和悲伤湮没了我，就好像上周发生的事情已经把我的精力榨干了一样。

我还这么年轻，我还不能死，我还得完成我的学业，向世界展示我的成就，我还得让我的父母为我感到骄傲。

我看着他拿起一把刀，手指沿着刀刃摩挲，眼睛几乎要被迷住了似的。他抬起头看着我。

我的四肢开始颤抖。求求你快点儿吧，这次没有帽子，没有面具，就只剩下你和我。

他穿过房间朝我走来，站在我面前，弯下了头，他的眼神突然变得柔和，甚至悲伤起来。

当他伸手想要抚摸我的脸颊时，我呆住了。他托着我的下巴，轻轻地抬起我的脸。我不知道我们在那里待了多久，周围没有声音，只有墙上的时钟轻盈地嘀嗒走着，还有因为我颤抖的四肢而晃动的床。

他的视线柔和，仿佛在回忆一些遥远的温暖的回忆，直到他内心的东西突然将他拉了回来，脸色立马冷峻起来。

60

罗尼转身，关上卧室的门，瞥了一眼像奴隶一样被捆得严严实实的李敏。他感到心里一痛，后退了几步。看到她这副样子，他有些于心不忍，但她罪有应得，是她自找的。

“我记得你第一次和我说话的时候，”他说，“我们当时正在伦敦玩，你站在等候登上伦敦眼的队伍里，对我说：‘上面的风景一定很美。’”当他回忆起那段往事时，他的目光变得柔和起来。

“在学校上英语课时，你坐在我旁边。”他深深地吸了一口气，“我喜欢你香水的味道，能从你借给我的书上闻到。我也喜欢当我们在走廊上和校园里相遇时，你对我点头微笑。”

李敏挣扎着想挣脱捆绑，但他无视她，陷入了沉思。

“我费了好大的劲才找到接近你的方法，花了好几个星期的时间追踪你叔叔，试图进入他肮脏的生活：那个长着黄色牙齿、有口臭、穿着破旧的米色夹克的小个子男人。后来才发现他与家人疏远了。然后我想到了绑架。起初，它看起来像一个梦，几乎像一个连环漫画故事。”

说到这里，他哧笑了一声。“我记得我第一次把这个想法告诉你叔叔时，他脸上的表情。他迫不及待地想把脏手伸向现金，第二次支付更让他兴奋。”罗尼的脸色变得严肃起来，“但他想不到我有多聪明，我把他出卖给了他的债主，他还没来得及告发我，就已经死了。”

他把目光移开。“这是一个完美的计划，直到你投入了他的怀抱。”罗尼回头瞥了一眼门，然后转向李敏。“你让我失望了，就像其他人一样。”

当他回忆往事时，他忽然不说话了。他的第一次尝试几乎成功了。这个计划酝酿了好几个月，但在最后一刻被否决了。

徐婷只想做朋友，单恋的刺痛毒害了他的心。他不能让她那样做——让他陷入情网，又让他坠入深渊。他不能再允许这种事情发生了。

杀死徐婷比他想象的要容易得多，没有传说中的那么愤怒。那天下午，他很容易就说服她一起去海里游泳，就像朋友那样。起初，当他把她的头按到水下时，她剧烈地挣扎，正如他所料。其实，他甚至有点儿享受她带着体温的冲击，这让他感到充满了力量。当她的身体变得软弱无力时，他感到了一种正义感。

他感受到李敏射向他的抗拒的目光。他望了她一眼，手里拿着刀，穿过房间走到她床边。她在床上扭动着，浑身颤抖。他的胸中因愤怒和令人厌恶的内疚感而纠结，他变成了一个多么畸形的人啊。

他慢慢地举起刀子，用力一划，割破了身体。那种疼痛难以忍受。他听到背后有一声低沉的叫声，但他没有抬头，他不能。当血开始从他的手腕上喷涌而出时，他换了一只手，开始捅向另一边，下手更重了。

一道鲜血喷涌了出来，溅在床上，他跪倒在地。李敏挣扎得越发激烈了。他的双眼模糊了，透过遮住眼睛的水雾盯着她看了一会儿。她是这样美丽，就像他母亲一样，眼前的画面渐渐模糊，痛苦在灼烧着，黑暗降临了。

61

当我把手按在肚子上的时候，我感到一股无言的悲伤向我袭来。我不敢相信他已经离开了我：一个计划之外的宝宝，带来了那么多的惊慌失措，那么多的沮丧。在他生命的形成初期，他就已经经历了这么多，对于一个这么年轻的生命，他经历得实在是太多了。

我躺在床上，动了动，皮肤被医院里刚洗好的床单刮破了皮。无论我怎么换姿势，我都感觉不舒服。这看起来真讽刺，四十八个小时前我还被困在坑里，又饿又脏，只有一片水泥地和几条毯子，而现在，我洗了个澡，浑身干净，吃着健康的食物，躺在一个有枕头和毯子的床上，可真是天与地的差别，但我还是感到不舒服，医生说我这是由于过度惊吓和创伤造成的。

今早，督察过来看我，跟我说了他们在洞坑附近的树丛里找到一个包裹，里面有一个记忆棒和一些胶带，记忆棒上面有一整个文件夹都是我的照片和录像，上面的指纹也与罗尼的相匹配。他肯定一直在观察我，在我不知情的情况下连续拍摄了我几个星期，一直在等待合适的时机。

我仍然可以看见刀片穿过他的手腕，就好像在刮一层黄油似的，他的眼睛一直死死地盯着我。也许震惊是有限度的，它会慢慢累积，直到冲破那个临界点，你内心的某些东西就会爆发，或者是一些坏事发生，比如说失去你的孩子。

我流下滚烫的泪珠。也许我死在那里会更好，至少我可以把所有那些可怕的记忆都抛之脑后，我的生活不会被那些永不消失的黑暗所侵蚀。

汤姆遭到了殴打，伤了头部，还被绑起来，但幸存了下来。那位和他一起的警察也是，受了点儿刀伤，还有一点儿瘀伤，以及轻微的脑震荡，但今天就会出院。今天早上，汤姆被允许坐在我的旁边，握着我的手，试图安慰我变得勇敢点儿，但是我知道在他内心深处，他其实悄悄地松了一口气。孩子是他现在最不需要的东西，也是我最不需要的，虽然我似乎无法避免那种极度的寂寞感。

今天晚些时候，我的父母会来接我。我不确定他们是否知道孩子的事，我逃出来后，我曾简短地和我的父母说过话。那是我一开始从医院出院的时候，在我最后一段梦魇开始之前。

我已经决定和他们一起回中国，至少待一段时间。我需要时间，需要回家，回到我所熟悉的，让我感到安全的，被父母宠爱的家中。我需要和我父亲坐下来一起吃吃米粉，和母亲一起做做饭。只有这样，那些在我脑海里疯狂旋转的回忆才会渐渐安息下来。

62

杰克曼坐在爱丽丝旁边，喝了一口水。塑料杯的边缘裂开了，他的嘴唇被夹到的时候身子缩了一下。刚才的半小时他一直在解释自己之前这几天去了哪儿，还有这个案子的出奇结局。这个星期发生的事情太多了，当杰克曼终于可以放松下来的时候，各种细节开始像潮水般涌来。

罗尼对李敏的迷恋变得极为扭曲。李强只是他游戏中的一枚棋子，是他用来接近李敏的工具。杰克曼怀疑，第二次超大数额的赎金是罗尼想用来雇杀手杀害李强的。但由于场所太为空旷，这一步太过冒险。整个计划近乎无懈可击，唯一的败笔是李强把惠特克拉来发送那些邮件，而惠特克可以认出罗尼，并且确定他与李敏的叔叔有联系。此外，罗尼也没想到自己会在坑中伤了脚踝，让他没法先和李敏一起逃走，然后再去取回装着记忆棒的手提包，里面还有满是他指纹的胶带。他将目光投向身旁，语调沉重地说道："没有一个计划是万无一失的。"

杰克曼把爱丽丝扶起来坐在床上，伸手拿来梳子，轻轻地梳理着她的头发。头发柔软而顺滑，反射着房间里温和的日光。梳完头后，他放下梳子，扶着爱丽丝重新躺下，微笑着对她说：“这样好多了。”

“贾纳斯回到办公室，发现我们已经结案了，整个上午都心情明媚。”杰克曼笑道，“不过你应该看看雷利的脸。你是不是觉得我们能起诉里德曼的案子，并且能和北安普敦的谋杀案联系起来，雷利应该很高兴？但问题是，罗尼在警方联系后就死了。雷利气坏了，因为这个案子可能会交给投诉警察独立监察委员会来审查。直觉告诉我，他可能会因为杀人官司纠缠一段时间。他后半辈子肯定不想背上这个罪名。”

他的声音越来越凝重，脸色也沉了下来。“有传言说会有另外一个监察委员会。”说这些话的时候他眼睛盯着地板，像是在自言自语。“不知道雅务斯会不会支持我，但我一定要试一试。可能需要去另一区工作一段时间，但是爱丽丝，我保证不会离你太远的。”他揉了揉自己的额头，问道，“你觉得呢？”

爱丽丝投回凝视的目光。

近一年来，这是他第一次感觉身边出现了一丝希望。在他起身离开的时候，手肘勾到了西莉亚放在床边的笔记本，笔记本张开着掉到地上，他弯腰去捡的时候读到了女儿写在上面的话：“致妈妈：永远不放弃希望。”